金月蓮

朱嘉漢

CONTENTS

第一章

凝視

1.

只剩夢是溫暖的。

阿金透早起來，就著晨光整理心緒。趁夢的潮水退去前，用最後一點泡沫溫柔自己。

坐在床上，閉著眼，陽光紅透了眼皮。冰冷的手腳漸漸暖活起來，關節的痛楚也緩和下來。

老了總不好睡，容易累又睡不久。坐著總是打盹，躺著又翻來覆去，手腳冰冷。

每當阿金想抱怨老年的艱苦時，往往會憶起青壯歲月。比起那時，為了生計得要摸黑出門工作籌錢的日子，算有福報了。

他決定今天早一點出門辦事。

簡單加熱豆漿與半顆饅頭當早餐。轉開收音機，聽聽廣播劇。有些節目會放點昭和時期的歌曲。昭和的曲子，不管有沒有聽過，就是多了份親切感。像是旋律早在心內，聽過一遍就會唱了。聽到佮意的歌，他會按下錄音鍵。他錄了幾十卷有，隨性聽，不分次序，沒有排比，也不怕重複，亦不煩惱分類問題。前兩年，最小的兒子開車帶他去迌迌時，轉進了一間音響店。小兒子送他一組ＣＤ播放器與一大盒昭和時代歌曲全集。在小兒子教導下，他配合著學習按鍵操作。只捱不過兩天，他又回到老式卡帶與收音機，彷彿這樣的興致，隨著最小的兒子難得來訪而來，又隨著他離去後一併消逝了。

他沒特別想像過自己會活超過二十一世紀。畢竟一九二一年出生的他，猶如另一世人。他認識的人很多都不在了，有些甚至比他年輕個一、二十歲的少年人，也就這樣往生了。他像是活著的亡靈惦記前世，一如他對老相片的珍惜，是超乎其他人能想像的。

他不用相片炫耀過去，只在一個人的時候翻閱相本。他不打算與誰分享，亦不想訴說相片裡的人事物。他沉靜無言，一如他長年來的修練，在心中習慣無語。靜到深處，情感會回甘，親像喝茶，在口齒間的餘香。剩餘的，才是好的。他做任何事始終不急，就讓時光剩給他，就讓自己被時光剩下。

這時，時光才屬於他。

所以不信命理，信一切因緣卻不追問，寧願回歸無語。

他亦不去思索前世今生、輪迴轉世。雖然他從不去否定她的信仰與寄託，這是他虧欠她的。只是有點遺憾，他們連為此冤家的機會也沒有了。畢竟，即使他們之間鮮少爭吵，多是冷戰，實際上他們算是冤家一輩子了。

他有一絲期待今晚也許會見到她，卻不敢多想，因為任何的假設，他心底早已清楚只是空夢。

這世人無論如何，她是不願再見他了。

他不免怨嘆，為何她會如此絕情。不過冷靜後，他知曉，是他該放下，不應該再糾纏她了。

他耳邊迴響她不曾真正說出的話：「系你，攏系你，拖磨我一世人。」這聲音只有他聽得到。他當作這話語只對他一人訴說，因此無疑是真實的。從聽見她的聲音時開始，他的人生，只願相信孤身一人才能見證的事實。曾經從集體的幻覺中死滅，便再也離不開孤絕狀態體認的真實。

他甘願獨居，與回憶共處，回憶裡的回聲更入心坎。

2.

他重聽許久。久到他都不確定有多久了。

一開始也是看電視的時候，覺得聲音聽不到，起了疑心。他謊稱電視故障，請大兒子世雄來看看。世雄工作運不佳，一直找不到好頭路，倒也學會了各種技術謀生。世雄檢查過後，覺得沒問題，兀自猜測父親所說的故障在哪，話題卻被阿金轉走了。他又測試一兩次，在禮貌貼心的大兒媳雅子拜訪的時候，將電視音量偷偷轉大一兩格，然後裝作充耳不聞讀起報紙。雅子經過，纖瘦的她端上沏好的茶，伸出手指輕輕調降了音量。他知道，這位中日混血媳婦就算猜到了，也是很安全的。畢竟雅子是最能守護他微不足道的尊嚴之人。也許是她流著一半日本人的血的緣故吧，她敬重著他一切頑固的部分。

他猜想她知道了。於是不張揚，維持兩人不說的默契。他記下刻度，讓電視與收音機在固定的聲量。他練習自己的講話維持同樣的力道，並從對方的表情判斷是否自己說話變大聲。寧願輕聲細語，對方聽不清時多說一次，也不要習慣大聲說話。

莫著急，他對自己說，就像心內的聲音，輕輕地說出最清楚。心內的話會傳到該去的地方。重要的心意，不用真的說出口。

本來就寡言的他可以毫不顯眼地減少話語，成為安靜的老人。也是這個過程中，他才確定身邊的人很習慣他不說話了。

他沒能學會辨認唇語，但也毋要緊。別人問話時，或聽別人說話時，他用心感受對方的心思。有時微笑以對，有時安靜。多數時候，他僅僅回答：「對啊。」竟滿足了大多數的人。

知道世間大部分的話語都是無分別的，也就無須執著意義了。當下即刻地適當回應，比任何言詞的斟酌更加有意義。他因此更讓人心安，兒孫們、朋友們，慢慢的越來越多與他交代心事，甚至難以啟齒的祕密。聲音逐漸消失，只在記憶留存後，或許正好讓他成為這世間最好的聆聽者。他安於這種矛盾，在失去聽覺能力的過程中，更專注於傾聽。

不但沒有無法與人溝通的焦慮，他甚至覺得心中被話語充盈。

也許有一天，他就能說出自己的故事了。

耳朵慢慢退化，他漸漸安靜。電視無聲，收音機無聲，不過奇怪的，這情況令他安心。他猜得到電視裡的人在說什麼，收音機的歌也能依稀從曲調中辨認。有時大兒子夫婦在，他隨意拿起錄好的卡帶播放，一邊哼起日本演歌與臺語歌，完全配合著曲調，雅子聽到熟悉的歌也會跟著哼，介於無聲與有聲的陪伴著他。他不覺得寂寞。

甚至，他在聽力逐漸退化的過程中，感到一點安慰，終於有了休息的感覺。

他耳朵奇大，聽覺也特別敏銳。年輕的歲月，不論是日本人統治時師長的吼叫，以及上戰場時的砲擊與槍聲、吶喊，或是國民政府來臺後的殺戮，無止盡的政令宣導、國語教育，過多的喧囂，他的神經飽受折磨。最嚴重的時候，他甚至產生耳鳴、幻聽，在暗夜無聲之際，聲音還是折磨著他。現在，他聽力喪失的過程中，內心的聲音也同時安靜下來，只留下她的聲音，即便是抱怨他、咒詛他，他也甘之如飴，感到溫柔。數十年未見，她的形象已經模糊，聲音是最後留存的記憶。關於她的記憶，即使揪心，也不想忘記。

他把時間過慢，他發現，至少在他的周圍，一天所能接觸到的話語，很多其實不需要說。聽得到也好，聽不見也罷，活著所必要的話語似乎這樣就夠。

他忘了過了多久，有一天，很自然的，世雄與雅子問他聽不聽得清楚。他微笑，說自己好像變成臭耳人啦。沒有反抗，沒有鬧脾氣，他被帶去配戴助聽器。不幸負兒女心意，阿金戴了一陣子，過於清楚的聲音令他有點困惱。

先是轉小音量，有時關上，逐漸配戴時間減少。後來其他人也忘了這件事。他早已接受這樣的生活，差別只在需要點時間讓其他人習慣。

年老也是一樣，死亡到來也是如此。這些早就先在那裡安安靜靜等待著，讓人在喪失之前先來習慣，才不會不知所措。他見過許多同齡的老人，為自己的年老或鄰近的死亡感到不解、困惑，進而憤怒。他則因為早一步準備好了，反倒看起來比同齡人年輕一些。

簡易盥洗，裝上假牙，穿著整齊戴上帽子。執起手杖，檢查一下側背包裡是否有鎖匙、財布、糖尿病藥仔，以及這趟出門最重要的目的，他欲翻拍的那張相片。

3.

他拄著手杖走在三重街頭，一拐一拐前行，走進離家最近的、開了三十多年的相館。

相館前一個老闆阿華他有熟識，大他個兩三歲，做到七十多歲才退休，前幾年過世了。相館由兒子經營，不過也跟不太上時代了。阿金走進相館，聞到獨特的臭味，心中懷念。他覺得像這樣的角落，與巷口的柑仔店類似。這些小相館、柑仔店曾有一時的小小風光，在街頭林立，然後被一個趕過一個的時代浪潮淹沒。很奇怪的是，總有那麼一兩間偷偷地活了下來，像是被死神耽擱、活超過該有歲數的老人。這些店，每次經過都不見什麼客人，店內的擺設固定，像是架上的貨品從來沒賣出過。

這間相館本身，本身已經變成泛黃的舊相片了。待在裡面的人也是，彷彿一開始就那麼老，過了數年、數十年回去看，他們依舊是記憶中的樣子。也許這間相館，以及老闆的兒子有變，可是自己的眼睛也蒙上一層白霧，習慣這樣的看世界，自己也配合著時光的濾鏡觀看。

老這件事，應該是主觀的。年輕時，眼睛所見的總是新鮮的事，壯年時看見是穩定的事，到老年，看見的則全是衰老的事物。阿金看見故人之子的外貌像極了他阿爸，不免感動。儘管他知道那是朋友好幾年前的模樣，若活到現在，已經更老了。不過這像是時間凝結的感覺，仍然給他安慰。

想著今晚的聚會，兒女們身上有自己與妻子過去的樣子，孫子女們有子女們幼年的模樣，心內覺得溫暖，彷彿時間沒有背棄他。或者，早已釋懷時間曾經的戲弄。他接受了。

「阿金阿伯，今仔日要啥服務？」

「啊歹勢，」他從側背包拿起相片，「這張相片，咁會使洗幾張予我？」

「我看…這款老相片攏無底片著毋？好，無問題，你小等一下，你愛幾張？」

他愣了一秒，「五張，啊毋著。四張就有夠。」

坐在靠門邊的椅子看著街頭發呆，雙手壓著手杖頭撐起上身。他覺得今天精神氣色不錯，晚上應該可以好好跟子女們好好開講。可以的話，給相片的時候，他想對子女們說說年輕時的故事。

故事在他們出生之前，也在他們的阿母出世之前，從他準備赴死的那一天開始說起。

4.

要怎麼說呢？不，除了從那一天開始，還能從哪裡開始呢？

就是那張相片。快門一閃，他的人生停格在那一瞬，他凝視的前方，除了光亮什麼都看不到。

彼時的他猶是少年，父母知道他要去作兵，趕緊幫他辦理婚事，讓他與家裡的童養媳阿琴結為連理。妻子的年紀大他三歲，原來是打算給二哥娶作老婆的。

阿金生性害羞、單純，青春期一到，性慾便成為他灼燒般的痛苦。他對阿琴懷有情慾，卻因為是二哥的女人而壓抑著、折磨著。他從來沒想過，抱著某種自毀的意圖投身於志願兵，卻讓他成為阿琴的丈夫。

他曾激烈想過各種死亡：二哥的死，阿琴的死，以及最讓他快活的，自己的死。他在心中草擬遺書，對著不識字的阿琴訴說衷情。沒想到阿琴整個人屬於他了。「整個人」，這念頭讓他無比沉重。他諷刺地察覺，他只在永遠愛不著阿琴的情況下，才能愛著她，而這份愛已經結束，永遠結束。

更令他痛苦的是，在他渡過恍惚而沒有實感的一日後，新婚之夜，印象中一向低頭的阿琴終於正眼看他。在她漆黑如夜空的眼眸裡，他看見的情愛如此純粹而直接。

原來阿琴愛著的一直是他。而他這一世人，恐怕是無法愛她了。

在長輩半是曖昧暗示半是露骨的指示下，兩個少男少女獨自在房間一再地做愛，直到他的身上再也榨不出一滴精液來。就像他再怎麼努力，面對阿琴也擠不出一絲情意來。

他佯裝成熟，堅定眼神，不去回應阿琴的心意。

他也無奈的知曉，這無關於自己。

無論如何，阿琴都絕望地愛著他，如同他抱著求死的心走向戰場。

人一但開始逃避，果真就沒完沒了。

一開始逃避自己對阿琴不該有的情慾，到頭來逃避了阿琴對自己最難推卻的情意。

他們之間不是無緣，而是緣分太深，太難切斷。以至於他錯誤的想斬斷念頭，卻牢繫更沉重的枷鎖。

然而他當時忘了問，阿琴咁有後悔，咁有甘願？

關於那天，他記得的事不多。他渴望前往戰場，遠離臺灣、遠離故鄉。至少多受點苦，懲罰愚蠢的自己。他穿上實習兵的衣服，手上拿個大大的太陽旗，被擺在鏡頭前面，那瞬間的閃光衝擊著他。

光亮灼燒他的眼，他忍著不讓敏感的眼球流下眼淚。

在恍惚一瞬，他悲傷的想著，死亡的那刻，最後所見的，也許就是這吞噬一切的強光吧。然而，他並沒有瞎。在介於暗紫色、暗紅色的視覺暫留慢慢退卻時，有那麼零點幾秒的時間，他看見未來。他儘管雙眼灼痛，仍捨不得這景象，專注不已。他以為模糊、碎裂的未來景象，會隨著視線的恢復而看得更清楚。轉瞬間他無以清楚的明白：這模糊與碎裂已經是未來的風景最真確的樣貌了。

那不是幻覺。不是視力暫時消失的景象。那是允諾他獲得看見未來的力量，是他誠心向上天許願，希望赦免他的罪惡心思，願意自我犧牲，所換到的一瞬間的預示。

那畫面終究失去了。他不肯移動，像是把自己變成相片，惹得身邊的人都笑了。

好在他牢牢地記得一個影像，他知道那是關鍵。那是一個身影嬌小的女性。美麗的，和善的女性，她周圍有些人，他看不清楚，卻有種親切感。以女孩為中心的眾人，有種他不理解的幸福感。這份幸福感，使得他自顧自的悲壯心情顯得毫無意義。他想要靠近那裡。

看不清楚毋要緊，細節袂記得也毋要緊。但是他憑著直覺知曉了這件事：他將會遇上一個查某囡仔，她將會拯救他，讓他感受這種生命的歡喜。

在此之前，他要先找到她，先把她救下來，蹉跎一生的時間也值得。

5.

「阿金阿伯，相片好了。這你少年時陣？緣投喔。」

阿金看著包在透明塑膠套，反射著白光的相片，有點不知所措。

「好看是好看，嘛是我手上這張，舊舊的，較有感覺。」

阿華後生頓了一下，也許當阿金老番癲了。

「當然無仝啊。幾年以後，這張相片嘛會變舊。會變黃、變舊，到時親像你手上這張舊相片，較舊，也較有人情味。」阿華本身嗓門就大，這對阿金來說正好，聽懂他說的話並不費力。只見阿華最後補充一句：「攏要時間啦。」

阿金看著阿華後生安撫口吻，像是自己偶爾固執時，兒媳半是惱怒，半是同情的神情。他想說，不是的，不是的，不是要難為人，也不是認知不了現實。只是老了，意味著像個嬰兒被拋進一個全然陌生的世界，你身體有各種痛苦、需要，試著用言語說出卻沒人能體會，淒苦的是更多時候無從言語。

我知我知，只是暫時沒法度接受。他沒說出口。他這世人最不擅長的，就是解釋。

「需要時間，對啦，需要時間，我知。」阿金小心地說。

6.

「你予我一個交代。」

走出相館，伊的聲，又那麼突然絞進他的心。

他想起她的臉。那張已經模糊的面孔，只有那雙怨懟的眼神隨著歲月更為清楚。

他承認這世人是辜負她了，即便怎樣努力都無法補救。

更令他心痛的是，每逢他回想那犯錯的時刻，無論如何苛責自己，他都無可否認：他以為自己終究能夠救助她的。

他以為能將她從一個地獄拯救出來，卻讓她掉進另一個地獄。一次就是一輩子，畢竟那是他的地獄。他曾以為的拯救，實際上是一廂情願，想脫離地獄的其實是自己，卻讓她也陷入了萬劫不覆。他把她拖離她的地獄，卻綁著她一起陷入他的地獄。一起受苦也罷，可恨的是大部分的苦難折磨，還是她獨自承受。她被留在他的地獄的最邊緣之處。或許，那就是地獄中的地獄了。

多年後，當他最小的兒子也順利成家，娶了一個體面的媳婦時，他其實已經準備好面對她的話語了。她說什麼，他都不會逃避。已經許久沒有見面與交談的她，與他比鄰而坐。席間他們充滿默契，在親家面前落落大方。他看著她，儘管風華老去，然而多年愁苦下不曾屈服過的骨氣，已讓她綻放成一朵豔麗的花，並主導著整個場面。

他以為他們之間已經一同走過風雨，可以老來作伴，無須責怪。

隨著新人敬完一輪酒，微醺的眼瞥見她桃紅的臉，早上剛燙好的頭髮已經塌下，散髮模樣更顯現她絕望的美。她的酒量一向比他好，喝下越多，她就越為嬌豔。這個美令他痛心，懊悔，又不由自主地迷狂。他壓抑回憶，不讓這美麗伴隨的痛感在此時發作，不去想起她過去是如何賣弄風騷來養家活口。同時矛盾的，他的所有感官，他的腦袋，以前所未有過的專注力，想欲記下她的身影，將畫面定格，讓這一身紅衣成為記憶裡的火焰，溫暖他早已冷得發抖的靈魂。

「月娥。」

正他準備深情叫喚她時，突然，在整個婚宴會場所有的目光看向新郎與新娘的時刻，他們彼此相視。像是彼此尋覓已久，在那時間的縫隙間，她微笑對他敬酒。他如此興奮，以至於忽略了吵雜聲中他們玻璃杯相碰時的清脆聲響多麼地不祥。

他愉快地回家，過上幾天心裡輕鬆的日子。厝內底的大某阿琴，對於他娶細姨，其實甚少失控，只求他留在身邊。儘管她對於月娥仍然無法接納，可是對於月娥生下的小孩，認為同是阿金的骨肉，難免還是關心。阿金去參加月娥最小兒子婚禮當天的領帶，還是阿琴親自幫他繫上的。

他以為那晚，從月娥的眼神裡，看到了一種原諒。是願意放下怨懟，一起重新面對生活的首肯。不料，在最小的兒子才剛蜜月回來，就急打電話給他。電話裡，小兒子大哭著對阿金說：

「阿爸，阿母出家了。」

7.

後來的十五年，他幾乎沒再見過月娥。生離等同死別。她只託兒女告訴他，緣分已盡，莫閣來纓纏。

最近幾個禮拜，他有預感，覺得心內底有聲音，告訴自己大限將至。即便月娥不願意再見他，但透過他們所生的兒女，有些情意依舊能夠傳達。

他想像，隔絕著他們的，猶如生與死。是他活太久了。他平靜接受死亡，希望以死者的方式，去庇蔭心所愛的人。

所以，他今晚想欲講，講他少年時候的一件事情給他的兒女聽、孫子聽。這件事他們不一定會懂，但只要留下一點點的痕跡就好。不用去注意，不必放在心上，就像放在抽屜裡、角落裡的小小物件。有一天發現到了什麼，也很好。

懷中揣著剛沖洗出來的相片，幻想著這相片跟著時間變老的模樣，到時相片中少年的伊，會變得更加堅毅，而少些生澀。少點尖銳，卻多點溫柔。最後，當相片的相紙也變舊的時候，他應該已經不在許久了。到時候，年輕的舊相片與老年的他，在時間的作用下，就不會差別那麼的大。

8.

「阿ちゃん，阿ちゃん，這刺身咁有好食？」

「阿ちゃん，最近身體咁攏好？」

圍坐在日本料理的和式包廂，他們把剛上桌的刺身與握壽司輕輕擺在他面前。

半透明白陶色、飽付彈性猶如活物的いか。

桃紅色閃著油脂光澤的とろ。

邊緣鑲著深紅色狹長三角形、漸層著白色與粉紅色魚肉的ブリ。

金黃色散著水澤、表面有無數顆粒狀的うに。

橘紅色間以白色紋路的まぐろ。

樸素的半透明珐瑯白而邊緣略有粉白相間的たい。

白如雪澤且入口即化的平目。

炸物裹上的金黃色麵衣，鍋物以昆布熬煮的褐色卻清澈的湯底，蒸物冒出的白色水霧。

阿金靜靜欣賞著，靦腆微笑。聽力雖然喪失大半，但視力仍好，除了一點輕微的白內障，他連老花眼的情況都不嚴重。看著這些豐富的色彩，他滿心欣喜。儘管也許過早出門，在街上曬太多日頭，才剛坐上日本料理餐廳的榻榻米頭殼就痛，並稍微眩暈，仍然不減興致。

阿ちゃん，阿ちゃん。只有與月娥生的子女們這樣叫喚他。

記得是從次女翡翠開始，口齒不清地發出「阿講、阿講」的音，後來三男祥雲，最小的兒子、四男豐盛出生後也跟著叫。於是連同長女惜蓮也在後來隨著大家叫起阿ちゃん。就此成為他們的專屬名字。

月娥既沒跟著叫，也沒有阻止孩子的意思。畢竟，與其讓她的孩子叫起「阿爸」，她寧願孩子們用其他的叫法。

他聽起阿ちゃん一開始是趣味，後來是習慣。阿琴的小孩叫他「阿爸」，月娥的小孩則叫他「阿ちゃん」，某方面來說，這種區別也讓他在兩個家庭間，心靈上有了轉換的距離。

到了現在，他無比愛惜著聽他們叫喚的時光。即使聽不清楚了，還有記憶輔助。即使哪天頭腦記不住了，身體還是會幫他記住。哪天身體也不行了，靈魂也會記得。

阿ちゃん，阿ちゃん。這發音聽了就歡心。

他慢慢吃著刺身，讓魚肉的油脂在嘴裡慢慢化開，直到滿口都是軟軟香甜的魚肉。酌清酒，一杯一杯喝。

阿金喝酒容易臉紅。年少時，他在日本前輩的鼓吹之下喝起酒。大伙喝到興致來，相互搭著肩唱歌。在青春時候，他曾想過，在將來，能與這些日本人沒有分別，就跟酒後的微醺與快活能暫時抹去界線那樣。或在異地的戰場上，與死亡為伍間，有極少的情況放下戒備與同袍放心喝酒，卑微的生命與酒精如此完美的結合的狀態。當時的他，為自己的渺小感到幸福。

只是他料想不到，沒有界限的世界不曾到來。反倒在戰後面對著另一種更陌異、更無話可說的壓迫。他沒想到自己的後代會不再聽懂日語，甚至孫子聽不懂他講臺語。過去的歲月被一刀兩斷。他不再與人喝酒，只願獨酌，把所有說不出來的話，再度混著酒吞進腹肚內。酒進了胃裡。酒香回甘到喉頭，酒精也慢慢進入他的血管裡。原來的輕微暈眩，在這時已經不停地轉起來。

阿金下意識的把手伸向一旁想扶著牆，被長女惜蓮輕輕握住。

「阿ちゃん。」他聽見女兒呼喚，也許是不自覺喝太多酒，情緒一來，眼睛就充滿淚水，眼前的世界看起來更為模糊。他閉上眼睛，回憶就這麼襲捲上來。

在那被債務追著跑的歲月，躲進月娥住處喘息時，他學會如何慢慢地把自己灌醉。他以前的醉往往不知過程。前一秒還覺得能喝上好幾杯，下一秒就天旋地轉，頭痛欲裂。清醒的走入醉的境地，是一個人孤獨的漫漫長夜裡才能學會的。

一杯，一杯，彷彿腦袋中有個刻度，可以細緻的感受自己的醉。不用杯子，不用酒水的量，而是隨著當天身體的狀況，血液循環的速度，去調整自何時要醉，醉到怎樣的程度。

這樣的醉不會失禮，不會像少年時分，忘了人與人之間是有差別的，也忘了人與人會分別的。他也清楚，這種醉不是真正開心的。毋寧說，那是藉由酒精，暫時淡忘一種愁，才能徹底進入一種痛。這是能好好感受痛，感受情緒的醉。

那些夜晚，為了籌錢而白天奔忙的他，假如有空，或領到一點工資安撫了債主而喘息時，會在夜深時候，躡手躡腳鑽進月娥的住處。那幾年間，月娥為了幫他還清債務，也為了養育兒女，在被阿金從酒家贖出來作細姨的幾年之後，再度穿上鮮艷的衣裳。她塗上胭脂，轉入酒歌聲色之處，掙取一家生存的資源。

月娥在夜晚出門工作，直到凌晨才滿身酒氣的回家。阿金會刻意避開她出門的時間，安靜地推開家門，象徵性地挾起留給他的一口飯菜，然後靜靜的等待。無論如何，他們有個不變的共識，生活窮苦也好，低賤也好，一個家要有老爸在。他會一個人在飯廳，就著月光，小口小口地喝酒，聽著孩子沒的酣睡聲。直到月娥返家，阿金才像接力似的離開，回去他真正的家，那裡有同樣整夜沒好睡的阿琴在等他。

阿金沒有對誰說過，他那段四處「走路」躲債主的日子，即使如此疲累又卑微，但那些漫長的夜，對著月娘喝酒，守著兒女，盼著月娥早點回家的時光，他其實略感幸福。

幸福非等於快樂。至少對他而言，是種坦然地擁有。失敗也好，挫敗也好，都不必偽裝，他能夠好好地，在這夜深之際享用自己這份屈辱感。他可以在清醒無比的痛苦當中，體會這份他渴求的折磨。他其實喜歡這種徹底被打倒在草地上，看著月娘滋潤的光芒而毫無想法的狀態。阿金會覺得，既然被打倒了，就再也沒有什麼能打垮他了。是他之前太自信。他以為能拯救月娥，想不到後來還是害了她。信誓旦旦允諾幸福，將她自酒家贖身，亦花了一筆錢讓她與養父母斷絕關係，到最後還是讓月娥重新出去賺皮肉錢。

予人希望，擱予人失望。為此，他無從辯解。他確實辜負了月娥。

奔忙籌錢的日子其實不難過，被債追著跑，一晃眼歲月就過去、身體便衰老，而兒女一下子抽高長大成為他陌生的樣子。跑路跑久了，心靈自然麻木，連債款都像虛幻的。像是從一生下來就是在還上輩子的債，否則月娥怎會如此歹命？漸漸地，他對於債主的催討一點感覺也沒有，像是被驅趕的羊群，或一輩子耕田的牛，除了眼前的勞動，沒有剩餘的人生。

這些難捱的夜，屈辱的情景。因為痛苦很實在，歉疚感就能緩解。只是自己受苦就罷，但月娥何辜呢？他知道，從那時之後，他們之間再也無法真正的親密了。

最小的兒子豐盛出生後，才剛享有短暫的安寧與富裕，他經營的藥房被合夥倒債，從此墮入被債務追逐的日子。月娥無怨懟，只將愁苦吞入腹肚，終於成為血液中的冰冷。等他發現時，他已經再也親近不了她了。

她只說，前世無修，這世人才會受苦。

在這句話語之外的阿金，只能一個人暗自地品嘗自己的地獄。

9.

「阿ちゃん，酒嘛是莫飲傷濟。」惜蓮打斷阿金的思緒，阿金忍不住害羞地笑了。他看著惜蓮的獨子阿偉，已經是個大人樣子。阿偉今年剛考上臺大，剛到餐廳時，阿金還偷偷的塞了紅包給阿偉。

「惜蓮，阿偉已經是大人款了。時間過真快。」

「對啊，阿ちゃん，伊最近時常問我你的故事。我跟他講，細漢的時陣，你飲酒，飲著飲著，會在暗暝唱歌。你的歌聲，足溫柔。」

說完，惜蓮小小聲的哼著旋律。雖然阿金聽不清楚，但他突然熱淚盈眶。

阿金突然發現，過去那些孤單喝酒的日子，惜蓮原來醒著。

長女惜蓮早熟，且承擔起弟妹的起居。她早慧且早熟，唯獨缺乏安全感。擔憂阿母酒醉、被客人纏上，也擔心債主找上門，驚嚇了弟妹。她總是淺眠，即使沒有任何動靜，也是在睡眠中，留待一點點的意識觀察外界。每當阿金對著月娘飲酒，喝到微醺時，醉得能好好品嚐自己的罪時，他會輕輕地，小聲地，哼起悲傷的日文歌。讓流不出來的目屎，隨著歌聲慢慢宣洩。

老了能懂很多事，很多事能突然懂。此刻，毫無預兆，他知曉，那些無眠無夢的夜，惜蓮一直聽父親酒後哼歌。那些她並不明瞭的日文歌詞，與他滿肚的愁苦，在惜蓮心中卻是溫柔的撫慰。自己的悲愁原來會讓子女記得這麼久，以這麼美的方式。

這份溫柔的情感，經過那麼多年，依然完好如初，讓他具體地感受到。

他沒想過，原來有人聆聽過他，即使不理解，也願意相伴。許多事物都是這樣的。

阿金內心激動。同時提醒自己，來日確實無多了。他微笑地環視身邊的兒孫們，然後眼光回到惜蓮身上。

他看著惜蓮，突然想起了過去在相館所見閃光幻覺中的女子影像。他輕度白內障的白翳彷彿被抹去，眼睛像回到過去那樣烏黑。在醉醺凝視中，阿金體悟到，惜蓮不是他當初所見的幻影中的少女，月娥也不是。這世間本來就不存在那樣的人。他一輩子追尋的，真的只是幻影，不會有人被他拯救，也不會有人能真正的拯救他。

然後，他發現，他早已經被原諒了。在某個不存在的時刻，不存在的世界，被某個人，真正的理解，且原諒了。那些懊悔的、喪失的時間，就這麼還給了他。

那天圍在餐桌旁的相片，他微笑得特別自然，像是特別給予兒孫們的祝福。

拍完照，惜蓮的獨子阿偉，走到他身旁，花了好大的力氣，用臺語問了他一些過去的故事。阿偉講說他想寫故事，想聽聽阿公講古。阿金拍拍孫子的肩膀，說他累了，往後再講，或問阿母就好。阿金說，關於他的故事，很久以前，就無啥好講了。

他想起還有件事忘了交代，於是拿起早上在相館翻拍的相片，慎重地交給阿偉。他交代這孫子，把這些相片分送給他其他三位子女。阿偉等著阿金繼續交代，阿金卻不說話了。原本想拿著相片說的話，他已經忘記了。

就像拍下相片那天，那瞬間，他目盲間所見的未來，其實無從描述，甚至也無從應對，人生就走到這歲數了。

這幾十年來，每當他困惑，拿起這相片思考，久而久之，印象就這麼疊加上去，抹消得如此無所覺。他看著相片的自己，想從少年時的眼神，快門按下的一瞬間，看見少年的自己眼裡到底看見了什麼。才發現，長久以來的凝視，其實是被凝視。他以一生的困惑，以時光證成的命運，一次一次地，獨自地投注於凝視。這些凝視，都進入了相片，那個年輕的自己的眼眸裡。

確實也毋啥好講的。到此，他不需要解釋了。他不介意他們怎麼看待這張相片，或許這相片依舊會繼續靜靜地等待凝視。某一天，他們當中的哪一位，拿起這張相片，凝視就完成了。

即使他不在了，相片少年的伊還是會看見更遠的未來，屆時，說不定故事就能講出來了。

走出餐廳時，頭頂的月娘正圓。

他有奇妙的感受，覺得自己的故事不再是自己的故事，感到輕鬆而無罣礙。

第二章

沉睡

1.

她睡了好久好久，似乎在睡夢裡，有另一個人怎麼睡都睡不夠。一層一層，越往下沉。她緊閉著眼，將感官鎖進身體裡。抵抗光亮，抵抗聲音，抵抗味道，抵抗接觸，她用意志阻斷所有知覺。這是她最頑強的抵抗，決心不被任何人喚醒。

出家二十餘載，在外雖然慈悲和善，骨子裡，對於過往俗世的恨意依然。彷彿慈悲的佛法絲毫無法化解她深深的恨。

這種恨沒有對象。她並沒有任何人可恨。人也好，事也好，命運也好。即便過了那麼多年，某些屈辱的情感還是緊緊勒著她，讓她夜半胸悶驚醒，一顆心像是越敲越快的木魚。

所謂的業障，不是佛經說的那些殺生、偷盜、淫欲、妄語。對她而言，僅僅是纏繞著每個人身上的斬不完的線。一鬆懈，就會被徹底占據身心，成為被蜘蛛絲捆住的獵物。倘若過度掙扎，又會越陷越深。

或是最簡單來說，業障就是過去，尤其出家之前的人生。

她一輩子都在戰鬥，一輩子都在失敗，受盡世間種種屈辱。像被蛛網捕捉，越是掙扎，纏得越多近緊。在出家之後，好不容易透過修行與堅持，替自己赢得了一絲尊嚴，不料在晚年寧靜沒幾年，又被打垮。

這一次她完全站不起來了，連她過往最自豪的骨氣，都垮散一地。

她決定癱軟在床上，用僅有的力氣閉緊眼睛，不讓任何外界的事物，侵入她的眼眸。她決心用這種方式成為最孤獨的人，不與外界有任何瓜葛。屆時，一切的傷害都將進不去她的身體，所有的髒污將會被排除在外。心靈是她最後的底線，而她將這界限推到身體的疆界上，不讓任何東西，玷污她的身體。

就像被賣去酒家的前一夜。

2.

她還記得，那一天，養父母吩咐她打掃完灶跤後，先燒一鍋水。準備好後，他們叫她先洗身軀，要洗清氣些。她預感不對，就像之前每回阿母要賣掉她的前夜，她總會感到胃部一陣痙攣，忍不住想走到後巷乾嘔。

她彆扭的脫衣。像是剝皮，顯現出自己血淋淋的肉，任人切割，秤斤論兩地販賣。遮遮掩掩，舀起熱水，忘了試一下溫度，燙得她皮膚發紅刺痛，卻忍住不能尖叫。她的淚水立即湧了上來，卻不甘心落淚示弱。

畢竟過往她都是全員最後一位洗的，每次輪到她，都得要抖瑟著身體沖著已涼去的水，牙齒打顫的擦著身體。第一次突然熱水淋上，像被火燒著。皮膚變得無比敏感，風吹一下也會痛。她忍著淚水，慢慢擦拭身體。她專注在自己身上，一邊遮掩一邊洗，不敢去注意窗外的視線。

命運的輪仔轉來轉去，她怎麼可能逃得走呢？

落在她裸身上的視線她並不陌生，只是假裝天真。裝肖是無路用的，她只想著守住最後一點點顏面，從容的面對命運，即使命運從來不屬於她。就像她如何裝作體面、維持尊嚴，也隨時在一聲命令就被扯下，比她穿在身上的破衫更不值。

從任何方面來說她都是卑賤的，可她從來都不願接受。恨意就是這樣滋長的，猶如某種樹，會從屋子的縫隙間壯大，漸漸吃掉整棟建築物。她已經從內裡被這種恨意吞噬了。

她慢慢洗浴，原是想拖延。體內的血液，在習慣了熱水之後，也沸騰了起來。她赤紅的皮膚燒了起來。一開始遮遮掩掩，在羞恥到了極限後，她豁了出去，大膽起來。她伸展四肢，抬頭挺胸，無畏於目光。

既然已退無可退，那麼剩下的無論如何沒有人能奪得走。無啥好失去的，因為她早就是被賣來的。她人在這裡，就已經代表自己可以被買賣。那麼儘管去賣。她身上一定有無可奪走的部分，這份羞恥與恨意就是證明。

她在這沐浴的煙霧中，養父母的偷窺視線中，頭一回清楚意識到自己的價值。這價值一點也不抽象，就是她作為女人的潛質，可以估價買賣的肉體。她打雜、養雞養鴨，服侍這一家人只是附加的。她是因為這個身為女兒的價值才被父母賣的。

幾年來被當作傭人使喚，受盡各種屈辱，使她無意間覺得自己是低賤的。如今，在她即將被賤賣，被迫去做下賤事情的前夕，撫摸著自己微翹起來的乳尖，細細冒出的陰毛，她知道自己無論如何是有價值的。即便她如此厭惡自己的身體，恨不得毀去，這肉體仍然是有價的。

她把自卑的低賤感讓熱水沖走，在那一刻，要她跳下油鍋也可以。只要能讓他們知道，她身上有個部分是無論如何不能剝奪的，她就贏了。

沐浴後，正廳裡，養父母已經坐定。

這一兩年，她為了遮掩女性象徵而彎腰駝背。這時她挺起腰桿來，既然避不掉，就不要表現出任何可以再讓人輕賤的姿態。她仍然依習慣低頭細語，保留意見，可是無論眼神、語氣、姿態已完全不同。

過往，面對養父母的責罵、挖苦、譏諷，她隱忍以對。今日，她依然沉默，氣勢卻壓過他們的卡在喉頭的話。她知道他們原來要問她意見，要她選擇。一直都是這樣的。所有的詢問，所有的選擇，其實只是告訴她別無選擇。選項不是她能決定的，要不要回答也不是她能考慮的，一切早已有了答案，需要她配合而已。身為一位查某囡仔，她任其擺布。

現在，她對於他們的心思無比清楚。

她用眼神告訴他們，這回，是她決定自己走進地獄。

月娥命定如此。她的命，就是搏鬥。活下去要搏鬥，要尋死也要搏鬥。月娥性格最烈的部分，就在被決定悲慘時覺醒的。屈辱感成為喉嚨的的一顆吞不下的球。吞不下，就算現實無法抵抗，她內心也不會有任何退縮與動搖。一但決定什麼，不管對錯，不論後果，就無法改變。

被賣去酒店那一天，她睜大著眼，挺身前行。帶著覺悟也好、怨毒也好，她要看盡所有，記下所有發生在她身上的事。

這一回，是月娥最後一次對命運頑抗。她決定閉眼，癱軟在床上，再也不睜開。等待遺忘。

3.

沒有人知道那一晚發生什麼事。她自己解釋不了，也不願解釋。

同住的二女兒翡翠癌症開刀第一晚，她本該獨自過夜。才從浴室走出，忽然膝蓋一軟，沒來得及反應抓住任何東西，向後跌坐在地。沒有任何意外，沒有滑倒、踩空、撞到，就是剛從走廊踏往客廳時，像是被抽去了力氣，軟綿綿地倒下了。

到了她的年紀，死亡就在身體的背面，轉個身就由生翻死。她聽過太多例子，老人的骨頭禁不起摔，一摔就垮，從最內部的地方壞掉，所有的病灶傾巢而出。

她意識著身體失衡摔向地板的零點幾秒，那一刻她幾乎尖叫出聲。不是怕痛、怕受傷或怕死，而是那是她過往每一回，身不由己墮入地獄之途時所感受到的失重感。眼前的線條崩解，成為混亂的色塊。毀滅不令人恐懼，但完好的我剎那變成損壞的我，斷裂感是如此痛徹心腑。完好的與壞毀的，卻在同一的我的感受中，這令她無比厭惡。

對於死亡也是這樣。若死亡會帶走一切，那也罷了。她深沉的恐懼，在於清楚意識著走向死亡。她害怕死亡不是解脫，而是另一道輪迴，無窮無盡的折磨。若真有下一輪人生，她寧可放棄。她來世的確不願再做人了。

這無人知曉的一晚，或確切來說，那無人知曉的七十七分鐘，並不是她預期的墜落的撞擊、錐心的疼痛，清楚感覺骨頭的碎裂、血液的流失，甚至清楚感受到生命的燭火消逝的過程。她只是奇妙的感覺自己輕飄飄的向後，極為緩慢，卻不斷向後。像是有人攙扶著，小心翼翼讓她躺在地板上。地板隨著她的身體凹陷，暖暖的包覆住她。沒有痛，沒有不舒服，只是倒退的感覺，在她落地之後仍然持續著。

先從身體的倒退感，到倒在地上仍餘留著後退的感覺，然後脫鉤了時間。時間在往前走，她的意識則被拉著往後走。她的意識逐漸遠離了此刻，卻沒有斷絕聯繫。她倒退著陷進過去，此刻則落在前方成為一個極小的點。像是有一條絲線，連接著倒退進過去的她與她的此刻，被垂放到無限深的井裡。

在那七十七分鐘裡，她回顧了她七十七年的歲月。

4.

長女惜蓮第一個發現。

沒有驚慌失措，沒有尖叫，沒有搖晃月娥的身體。

惜蓮只是跪坐在地，以小時候用樹葉輕輕撈起困在水坑中螻蟻的姿態，輕撫月娥的額頭、摩挲臉頰。然後溫柔地扶起月娥的上身，將月娥的頭枕在她的腿上。靜靜地抱著她。

月娥還不能動，無法言語。試著張開眼，才撐不到一下又闔上。她起初有點無奈，內心淒苦。她想，也許惜蓮以為她死了。也或許這就是瀕死的狀態。就任由惜蓮如何對待她這副身軀吧。

漸漸的，她感受到一股暖流。暖流的流動，滋潤了她乾枯崩裂的皮膚，放鬆了她緊繃的筋骨，連幾十年來硬挺起來的腰桿都變得柔軟起來。月娥才知曉，惜蓮抱著她的方式，不是視作屍身或瀕死老人，而是初生的脆弱嬰孩。

她的全身無力，無法言語，卻不再那麼慌張，當作自己是個哭累了、疲倦的嬰孩。

睜不開眼也起不了身的月娥，在長女惜蓮的懷中靜靜地睡著。一直以來冷得發抖的心靈，變得暖烘烘的。月娥此刻，成為惜蓮的女兒。這一世人，從來沒有像這樣被好好疼愛過。

5.

月娥認為所有的不幸皆來自於為人子女。以至於她早早成為嚴母，不讓自己與子女再遭受羞恥，不論任何命運在前，都要有尊嚴。以至於即使在她出家多年後，依然在子女面前保有威嚴。

月娥過去當過三次女兒。三次各有其難以忘卻的羞恥。

第一次是出生。生於窮苦人家的女兒，一出生就不被當家裡人，而是待價而沽的商品。過多疼愛，也終究會成為養女的女兒。

第二次是成為童養媳。她在這個家也不是真正女兒，除了如傭人一般被使喚欺負外，只是如家畜養大待宰的狀態。當她終於從女孩轉變成女人的前夕，他們未將她許配給自己的兒子，而是讓她繼續當養女，甚至賣去酒家，賺錢來供還他們過去在她身上的投資。

第三次則是成為阿金的細姨後。他們做夫妻的事，生了孩子，卻不是正式的妻子。阿金年紀大她近二十歲，走在路上總被當作父女，令她萬分羞恥，不願白日與之同行。她亦默默恨著，阿金的內心底，確實視她如女兒關愛。

身為女人，她十足怨恨。她認真發願來世轉生為男子。「一漏不能為身主；二漏不能為家主；三漏不能為人主；四漏不能為物主；五漏不能為聖主」，月娥在通悟佛理那天，驚訝地發現女子的五漏，她竟然完全無一不漏。

才剛豁達了過往不甚理解的佛理，轉瞬間又墮入俗世的想法。她與過往計較，去嫉妒未來。計較那無法挽回的過去，又嫉妒著這世的修行竟只能讓下輩子享有福報。

月娥心有不甘，決心以餘生對賭。

出家之後，她硬挺著身子，不論晴雨，不論身體疲憊，參加或主持各種法會。她比剃度前更強勢的干預子女的人生，並將兒女的成就視作自己的大智慧。她拿兒女的錢布施，為子女累積福報。幾年過後，她身邊多了許多信徒，對她尊敬有加，亦積極捐獻。她終於在進入老年後，第一次憑著自己力量贏得尊重。她熱愛引導迷途信眾，開示眾生，在那幾年間，過往的苦難以另外一種方式遺忘：苦難不再是苦難，而是她最有說服力的資產。因為她心中並不存在比她過去更悲慘之人，她得以站在高位，指點受苦的人們。她成為毫無煩惱之人，她的過去已經被她神話化。

她以為主宰自己的人生，亦指引了他人。無奈命運還是一瞬翻轉，就如同這輕如鴻毛的一摔，瓦解了她所有的信念。月娥在經歷了那七十七分鐘後，真正體認了何謂「業」。起初是被迫的無力，才在惜蓮的懷抱中慢慢放鬆。她努力地睜眼，模糊地看著女兒的憐惜眼神，知道自己確實無需牽掛了。

這一次，在長女惜蓮的懷中，她再度成為女嬰。成為真正的，被呵護在懷中的女兒。

她在內心嚎嚎大哭，把滿腹的委屈全都哭了出來。

於是終於，她連靈魂也好好睡了一覺。

6.

檢查結果出來後，月娥的子女們雖然鬆了一口氣，然而擔憂隨即而來。月娥除了一點點的瘀青之外，所有的報告都顯示她的身體並無大礙。甚至報告出來，各項的數字，甚至比她年屆中年、已經有了高血壓或糖尿病的子女更為健康。

但是，月娥回家後，就再也沒真正醒過來。像是有什麼不知名的力量阻止她醒來，可是又能怎樣呢？看遍了門診，最後到了身心科。醫師說，這是重度憂鬱症。

無論他們相信與否，醫學若是無法解答，信仰方面則讓他們手足無措。畢竟，在月娥本身已經是出家人，佛祖不能回答，還有什麼能依靠呢？若有任何其他的方式，那便是否定她最後二十年來的信念，甚至否定她的人生。既然她的一世坎坷，後來成為她在信徒間、師兄弟姐妹間談論佛法的資產，她的修行就不能被推翻。

所以如此矛盾的，月娥不能被其他事物拯救。

月娥不能被拯救這件事，恰如其分地成為業障，只能由自身來承受。在這奇妙的昏睡狀態，連吞嚥都無力的身體，緊守著的，是她一生坎坷卻怎樣也不曾失去的尊嚴。

7.

無論翡翠怎樣哭喊與叫喚，月娥的身體只有輕微的反應。祥雲與豐盛試著扶她起身，按摩她手腳，同她講話，她只能短暫的醒來，恍惚地唸著他們的名字，然後再度沉睡。

她不吃不喝，連帶著便溺也少，像是完全進入了冬眠一般。

他們驚恐，意志力如此堅強的阿母，竟然摔了這麼一跤以後，身心徹底的崩解。

這當中只有惜蓮知道，阿母不是喪失求生意志，而是以難以估量的意志，讓自己進入這樣的狀態。惜蓮隱忍痛苦守著阿母的祕密，她知道這是月娥多少年來，真正平靜的選擇。

惜蓮安慰傷心欲絕的翡翠，提醒她剛開刀完的身體，不宜傷悲，否則傷了身體更是不孝。

翡翠想起童年時，每回阿母生病，阿ちゃん跑路，債主上門討債的絕望交錯時刻，總是靠大姐面對。弟妹們成年後各有成就，阿母亦以他們的事業有成為榮。有時背著惜蓮，有時當著面抱怨，惜蓮婚後甘心當家庭主婦，變得沒有主見。這回出了事，最能夠穩定子女心情，作出決定的，還是惜蓮。於是翡翠也告訴弟弟與弟媳，這件事，就交給阿姊來處理。

畢竟，只有惜蓮與月娥兩人獨自在房裡時，月娥才會奇蹟般地醒來。確切來說，要關上房門，其他兒女都保持在門外，遠離到某個距離且聽不見裡頭聲音後。月娥才會如同感知道外頭的動靜，緩緩睜開眼睛，轉動脖子，慢慢地在惜蓮的攙扶下半坐起身。

他們實驗過，在聽到惜蓮與阿母說話之後，躡手躡腳地靠近房間。他們發現，阿母的聲音會漸弱，直到靠上房門，復歸沉默。

他們不明就裡，但完全接受。這是他們自小到大學習到的應對方式。尤其他們知道，大姐與阿母的身上有難以解釋的感知。這是即使與阿母多年同住的翡翠不曾體會的。

於是這樣，月娥的最後沉眠時光，選擇以這樣的方式，交代她的話語。祕密能被說出的關鍵並不在訴說，而在傾聽。善於傾聽之人，不必開口，不必透過言語也能知曉祕密。若沒有傾聽，無論懷有祕密者如何大聲疾呼，反覆叫喊，也只是充耳不聞。

在她最後一次說話，月娥把祕密傳給了唯一能聽見的惜蓮，為了這一天，她等很久了。翡翠則當起這祕密的守護者，願意放棄偷取祕密的權利，守住距離，並不對惜蓮多問一句。

8.

阿母。
莫叫我阿母。
那我愛按怎樣叫才好？
叫月娥。
我無按呢叫過。
也無啥人按呢叫過我。
阿母。
叫我的名。按呢就好。我希望你。
月娥。
閣一擺。
月娥。
我自細漢無人好好叫我的名。
咁有？
無人真正熟識我。
我嘛是？

你無同。

所以我佇遮。

惜蓮，你聽我講。

好。你有什麼想欲講，攏總講出來。

惜蓮，你攏知影了。

猶有沒講的嗎？

毋是這個這个意思，你知的。

好，我聽你講。

我的故事，是講未完的。講不出嘴的。

但是你欲講，一定欲講。

對。毋彼擺我應該已經死啊。是你的關係，我才會繼續佇遮。惜蓮，一定有話該對你講。

佛祖講的嗎？

攏是佛祖安排，這是我的劫。我最後的劫。

了後呢？

就了啊。

那你今仔日愛講了嗎？

惜蓮，你知影，我毋時間了。

我知。

你知。

你準備好啊嗎？

我自古早就佇準備。

阿母。

我講過……

阿母。我一定愛按呢叫，才會講得出來。

啥物問題？

阿母，我毋是阿ちゃん生的？

你知影阿ちゃん毋是你老爸了？

自細漢就知了。

啥物時陣？

有一擺，阿爸打我。我共阿嬤哭，彼時我就偷聽著，阿公佇遐講：「毋是家己生的就毋疼。」我問是啥物意思，您就沒講話了。

按泥你就知了？

你袂記了嗎？我轉來以後，有問你為啥物阿公講，阿ちゃん不是我老爸？問完，你一直哭。

一直咧哭？

哭袂完，你哭毋聲，但是看起來足痛苦。續落來，你就昏倒了。我驚著了。毋敢擱問了。

我想起來了。我彼時陣會傷心痛到昏倒，我逐擺昏去，攏破病倒佇咧眠床，一兩工毋法度起來。

你會規个人反常，毋法度講話。

親像天昏地暗，毋法度振動，規个人壞去。

所以我毋敢再問下去。這个心事，我一直放佇心內。

歹勢，我一直毋知你已經知影。作阿母實在不應該。

我想欲問，我毋是阿ちゃん生的，那翡翠呢？

毋是，只有祥雲共豐盛是阿ちゃん生的。

我知了。

擱有啥物問題想欲問。

毋了。

毋想欲知真正的阿爸是啥人嗎？

阿ちゃん就是我阿爸。

伊對你真好，對翡翠也是，尤其對你，比親生的較疼。

我真感謝伊，我想伊嘛知影了。

安呢就好。

我毋問題了，你精神較好的時陣，擱來共我講你的故事，講啥物攏好。

我答應你。

好。

擱叫我一擺。

月娥。

9.

到後來，月娥連起身都難。她用無聲暗示死亡緩步到來。

翡翠不死心，試圖哭喊，被惜蓮訓斥後，於是也像小女孩般哭了起來。經過幾回，所有人也默默接受了。

月娥儘管不吃不喝，整日睡著，臉色卻安詳，在關著燈的房裡，像月娘一樣發散著柔和的光。在徹底失能的軀體上，竟然出現了莊嚴法相。曾有那麼幾年，他們心底不說，卻暗自覺得阿母已經不像剛出家時那麼專注佛法。在簇擁的信眾裡，失去了修行人該有的樣子。現在，他們知道，原來阿母遭逢如此多不幸的一生，能在最後呈現出莊嚴相，已經代表修行不易了。

起初他們不安。預感月娥即將往生，想知道她還有什麼遺憾，還有什麼想交代。他們希望惜蓮再度喚醒月娥。惜蓮低眉不語，如此鎮定了他們的慌亂。

惜蓮說：「最後的時陣，阮越愛堅強。袂使予伊掛心。」

於是他們記起，比起叫阿母，月娥更希望他們叫她師父。這樣，他們就是弟子，不是子女。那份纏繞的親情終於能清理。

過去這二十年，他們參加法會，念經禮佛，不單為了信仰或是修行。而是根本上為了孝順阿母。只有這樣，他們的親子關係可以用另外一種方式維繫。月娥甘苦一世人，終於在出家後有了地位。作子女的虔誠，是她的面子。這一回，他們不為她面子，不為自己修行。在月娥沉睡的房門外，圍繞在客廳，低聲念經。

過去是子女原先配合著出家的阿母扮演弟子。現在，在阿母的最後時光，他們以自己的意志皈依。只要他們誠心地成為弟子，阿母就是師父，不需斷絕親情。佛法就是他們的連繫。

10.
「肉眼清徹，靡不分了；天眼通達，無量無限；法眼觀察，究竟諸道；慧眼見真，能度彼岸；佛眼具足，覺了法性，以無礙智為人演說。等觀三界，空無所有，志求佛法，具諸辯才，除滅眾生煩惱之患。從如來生，解法如如，善知集滅音聲方便。不欣世語，樂在正論。修諸善本，志崇佛道。知一切法，皆悉寂滅。生身煩惱，二餘俱盡。聞甚深法，心不疑懼。常能修行其大悲者，深遠微妙，靡不覆載。究竟一乘，至於彼岸，決斷疑網，慧由心出。」

「或時室家父子，兄弟夫婦，一死一生，更相哀愍。恩愛思慕，憂念結縛，心意痛著，迭相顧戀，窮日卒歲，無有解已。教語道德，心不開明，思想恩好，不離情欲。惛蒙闇塞，愚惑所覆，不能深思熟計，心自端正，專精行道，決斷世事。便旋至竟，年壽終盡，不能得道，無可奈何。總猥憒擾，皆貪愛欲。惑道者眾，悟之者少，世間匆匆，無可聊賴。尊卑上下，貧富貴賤，勤苦匆務，各懷殺毒。惡氣窈冥，為妄興事。違逆天地，不從人心。自然非惡，先隨與之，恣聽所為，待其罪極。其壽未終，便頓奪之。」

他們的聲音，無論男女，也無論親生父親是誰，在快速低吟的單一節奏下，慢慢成為難以分辨的音調。他們忘記了煩惱，一併連自身的問題也拋在腦後。

只有惜蓮一人，獨自懷著思緒難解。

11.

他們知道阿母再也不會好起來了。在一開始的慌亂之後，終於放鬆去接受了。

儘管不吃不喝，僅能以流質灌食，阿母的臉色卻顯得紅潤，表情柔和。這是從他們有記憶以來，她最為溫柔的時候。

他們等待惜蓮說話。惜蓮不語。

然後，才在月娥陷入昏迷第七晚，惜蓮終於開口。她沒有提阿母的狀況，只是打斷眾人的念經，要他們說故事。她會把這些故事，講予阿母聽。

這是他們多年來，第一次說出阿母這兩個字。

兩個字，釋放了他們壓抑如此漫長歲月的記憶與情感。來不及傷悲，在某種義務感與直覺感應下，不假思索地講起故事，欲陪伴月娥這一程。

12.

翡翠第一個說。

她說，小時候因為憨慢，家裡又窮，很怕自己被賣掉。大人教她的事，一緊張，學袂曉，甚至連原來會的都忘記，講話結巴，就哭出來。

翡翠說，其實她不是真的那麼笨。只是自細漢就感覺離世界比較遠，或是真正的「我」，是在身體內底較深的所在。別人對她說的話，命令或要求，進了耳朵，要隔一小段的時間，才會被身體裡面接收。

更麻煩的是回應，想開口的時候，卻因為這個距離，不知道怎樣能把話講出來，講話都結結巴巴。她看到的，總是比實際要遠，手伸出去都差一點點抓不到。所以她動作很慢，很小心，像是要操作一個很難控制方向的機器。

豐盛打斷對話，說：「莫怪妳細漢時經常跋倒。」

大家笑了，翡翠繼續說。她問他們，他們對她小時候印象最深是什麼？

「揣無路。」惜蓮回答。

翡翠說，對。

小時候因為阿ちゃん要躲債主，他們得跟著四處搬家。三重埔的小巷本來就很複雜，小孩子記不住路是很正常的，何況本來就憨慢。實際上，迷路有其他的原因。

翡翠講，細漢時陣，伊記得的路，與要回去厝內的路總是不一樣。

最簡單的直線，等到要回去的時候，全會變得彎彎曲曲的。明明拐個彎就看得到家門，卻在拐彎後，發現自己回到了原點。

她記得的世界，好像與外面的世界毋同款。別人跟她講到以前發生的事，跟她記得的總是不同。反之亦然，她談論什麼事情時，總惹得身旁的人困惑，甚至被認為是講白賊。

跟漂亮又聰明、有人緣的大姐惜蓮比，她自認較無價值。每次聽到誰家的女兒被賣掉，她心中都一陣慌亂，以為那終究會是自己的命運。

迷路這件事，給她一種宿命感。像是有一天自己會被人拋棄。找不到路，感覺就像被拋棄了。越急著找路，路就越複雜、越不像記憶中的樣子。路的方向，房屋的樣子都變得陌生。最後，整個世界都變得毋熟識了。

聽到這裡，惜蓮默默地將自己的手掌，握蓋在翡翠因為化療與開刀而瘦弱的剩下皮包骨的手。

翡翠吞了一口唾液，深呼吸，繼續說。伊一直沒有跟別人說，每一擺找毋著路，都是阿母第一個找到伊的。

不論她走到多遠，多麼偏僻的所在，阿母攏找得著伊。伊問阿母，是用什麼方式揣著她的。阿母講，妳一哭，我就知影妳佇佗位了。

伊後來留意，確實，伊一哭，不久，阿母就揣著伊。然後心內想，是不是只要哭袂出來，阿母就揣無著了呢？

有一次，因為一直被同學笑沒有老爸，是外口偷生的，伊跟阿母番要找阿ちゃん，被阿母搧喙頓。阿母漲紅著臉，發抖著身體。她心裡感到害怕，又相當不甘心。於是直接奔出家門，不顧一切的走。走到累了，又是一個毋熟識的所在。

這一回，她連原路都沒有印象。她想，終於再也揣毋著路轉去了。阿ちゃん毋佇身邊，阿母也毋愛伊。

她在路邊站著，無處可去，路人問話也不回答。最後被人帶去警察局。

翡翠一開始很害怕，幾乎要哭了出來，但忍著不哭。她想進了警察局，找不到父母，就會被當孤兒。雖然她不知道當孤兒會是什麼命運，至少不是予阿母賣掉的。少了她，家裡負擔會比較輕，但她也不想要被賣去別人家。

警察問了翡翠幾句話，因為是國語，聽毋，被當作是啞巴。

翡翠就這樣趴在桌上睡著了。醒來的時候已經天黑，她感到飢餓如絞。

她小時候不知道為什麼，又瘦又小，又總是腹肚枵。這時，她的面前擺著一串香蕉。翡翠家裡窮，過去總是看著別人吃香蕉而羨慕不已。警察們示意要她吃。她不敢吃。其中一位警察，幫她把香蕉剝了皮，遞給了她。

翡翠說，當時她遲疑了一下，終於吃了。小口小口的，接著開始狼吞虎嚥。警察們看著不說話的細漢囡仔這麼愛吃香蕉，覺得趣味，全都圍著看她，直到她把香蕉食完。

這是她生平第一次，能吃著喜歡的食物直到吃不下，這滿滿的幸福，卻讓她瞬間感到悲傷。翡翠悲從中來，大聲哭出來，哭得所有人都慌了。撕心裂肺地哭，哭到難以喘息，幾近暈厥，就在快要暈過去的時候，有個聲音拉住了伊。

翡翠說，當時在劇烈的哭聲當中，辨認出一個細微的啜泣聲。那是阿母的哭聲。翡翠才驚覺自己哭聲中的啜泣，便聽到阿母在呼喚伊的聲。回頭，阿母就在門後，哭得五官已經哭得模糊了。

翡翠說，那一天，她知道兩件事。

第一是阿母不會賣掉伊。應該說，不管生活再苦，屈辱再多，阿母絕對不會像她以前被賣掉一樣，賣掉任何一個囡仔。因為賣囡仔對她來說，這比屈辱更嚴重。

第二是，不只阿母聽得見她在哭，她其實也聽得到阿母的哭聲，只是過往沒有辨認出來。阿母很少在人面前落淚，每次背著人哭，不論多遠，多小聲，甚至只在內心哭泣，翡翠的耳朵就是聽得見阿母在哭，也連帶的使她經常莫名悲傷。

她知道，即便這世界距離她有點遠，但阿母的哭聲，使她超越了所有的距離。只要陪著阿母，她就可以透過阿母，連接著世界。

豐盛說：「所以妳才一直陪著阿母。」

翡翠說：「對。」

祥雲問起：「那她現在有在哭嗎？」

翡翠說：「毋了。跋倒後就毋哭了。」

13.

祥雲說，換我好了。

他說，細漢時陣，尚驚就是半暝仔作歹夢，醒後無眠到天光。

惜蓮：「我會記。我攏會安慰你。」

祥雲說是。阿姐會第一個察覺並來安慰。但他心中有一塊陰影，需要阿母來照亮。阿ちゃん的時常缺席或許讓他變得沒有安全感，不過他最渴望或許不是阿ちゃん那種樂觀的、陽光的光亮。而是阿母如月娘的溫柔光亮，可以直視很久很久，心裡會平靜的光亮。

祥雲說，他小時候的印象，就是大人毋佇厝。有時債主來了，看他們小孩在哭，也只能皺著眉頭離去。阿ちゃん日時毋佇是因為走路，阿母是為了生活。阿母白天都在洗衫，洗未了的衫，整日跍在地上，整天搓啊洗啊。洗衫的聲音讓他很難過，搓洗跟捶打的聲音，讓他心揪在一起，胃酸湧上喉嚨。

主要是，洗衫的時陣，阿母攏聽毋到伊的話。

每次祥雲有求於阿母，可能是想要點零用錢，或是學校遭遇到什麼麻煩，阿母總是恍若無聞。等到呼喚多次，失望地站在阿母身旁許久，她才會緩慢疲憊地抬起頭來，悲傷地看著他。像是他的出現，打斷阿母洗衫，本身就是個錯誤。祥雲說，他也知道他找阿母多半是小事，可是小時候他放不下這種執念，若是小事阿母都不肯聽，他會不知道阿母是否有愛伊。

每當他想在小事中，從阿母那裡尋求母愛時，阿母眼睛裡的那片悲傷，讓伊無法度講話。即使不像像翡翠那樣，認為自己會被賣掉，但他感到孤獨。在心底他不確定阿母是否愛伊。

祥雲說，有時會無理取鬧，只希望證明阿母不會棄嫌。但看見的永遠只有那深不見底的哀戚。久了，開始不敢看阿母的眼睛，那當中的不甘，讓他懷疑死亡已經住進阿母的眼睛當中。

豐盛問：「啥物意思？」

惜蓮則說：「因為豐盛你較晚生，毋知影阿母有一陣子經常破病。」

豐盛說：「膽結石？」

翡翠說：「對，但是當時毋知，嘛有可能是阿母毋錢也毋法度開刀治療。」

祥雲接著說：「阿母破病毋檢查出原因。當時我相信，阿母得欲予鬼抓去。」

祥雲繼續說，細漢時陣，深深籠罩著他的心靈的，是另一件事。他小時候，半暝會聽到女鬼的哭聲，並在走廊來回踱步。

惜蓮問：「甘是阿母住進去以後，經常破病那間厝？」

祥雲點頭，就是那間，翡翠迷路最多次、阿ちゃん欠債最多、而阿母生病最久的那間厝。當時走投無路，這已經是他們能找到最便宜的房子了。那間房子租給兩戶人家，除了他們之外，還有另一戶阿爸是踩三輪車的人家，不久前才有一個女兒因為營養不良而過身。

他們一家擠在一個房間裡，一張眠床一張桌仔，就算有其餘的東西也放不下。

他說，剛搬進去的時候，他以為那哭聲是阿母。可是不是。除了阿母不會輕易在小孩面前哭泣外，更因為那時是他們最窮的時候，阿母白天洗衣完，晚餐後還會出去工作，直到快天亮才回來。而他聽見的女鬼哭聲往往是在阿母不在的時候。

另一個證明，是阿母生病臥床，毫無力氣起身無法出門那陣子，那個哭聲與腳步聲依然會出現。更頻繁的出現，在白天的陰影，半明暗的所在。彷彿有人在那裡等著有誰經過的樣子。

祥雲說，即使長大之後，比較能分辨哪些事實哪些是幻想。可是他日後怎麼說服自己，這個經驗還是太特殊了，無法用其他方式解釋。一直以來他放在心裡，沒有去觸碰，但今仔日阿母這個狀態，讓他想起了這件事。不僅如此，還想到一件被壓抑到更深的回憶。原本不打算說的，既然在這樣的場合，決定還是說出來。

他聽見女鬼的哭聲而醒來時，周圍總是無人的。女鬼的哭聲與腳步，把他叫醒在同一個房間，卻是不同的時空。在那裡，只有他一個人。明明這間厝，全家人都擠在同一張的眠床，這種時刻就偏偏只剩下他一人。除了沒人之外，整間厝門窗消失，隔壁分租的踏三輪車的叔叔一家也是空的。唯一的出口，只有比記憶中更長的走廊，兩三步外盡是黑暗，女鬼的聲音就從那裡來。黑暗的盡頭與女鬼，背後是無人的密室。

小時候的他當然還是知道什麼是眠夢什麼是清醒。但是夢到女鬼的時候，他用盡一切的意志試著喚醒自己，卻是徒勞的。捏臉頰，捶大腿，痛感馬上清楚上來。在這夢裡大哭，呼吸急促的抽泣，發熱的眼眶，耳內的酸楚，眼淚的濕熱，感受都如此直接且真實。不過，最迫切感受到的，是恐懼。恐懼讓他的背部緊繃，雙腿發軟，身體打顫。

他聽著女鬼的哭聲與腳步聲，直覺到，她是來抓人的。他躲在門縫裡看，女鬼的身形細瘦，微微駝背，低著頭看不清楚臉。她伸長手，往斜下探，指節乾枯如爪，布滿了青筋。祥雲不安的猜想，她要找的或許是阿母。因為日子一天天下來，阿母的臉越來越消瘦。

擔憂也沒用。或者說，越擔憂，越會發生。那天，他去找阿母，練習著不出聲，偷偷觀察阿母。他注意到她彎著腰搓洗大量衣服的手，跟女鬼一樣乾枯，低頭駝背的樣子也像。他驚慌卻不敢說出口，沒想到那天晚上，阿母在酒館時，被客人灌酒，一下子身體撐不住，肚子劇痛，昏迷送醫。

惜蓮說：「彼工我永遠會記誒。」

兄弟姊妹齊點頭，並同時看向走廊盡頭阿母的房間。他們全都記得，那次的病特別危急，在醫院昏迷不醒，醒了又吐，吐完又哭，哭完又沉睡。那時的情況，確實跟現在很像。

祥雲說，這就是他想說的故事了。

那一天，在大家的記憶裡，是阿母破病住院，阿ちゃん收到消息，急著找還願意借錢的朋友籌錢。而惜蓮在醫院陪病，家裡讓翡翠照顧他跟還小的豐盛。全家在悲傷與慌亂之中，兄弟姐妹都頂著相同的預感：阿母過身的話，他們兄弟姐妹可能會各自被賣掉或收養，或送進孤兒院裡。

然而，那晚的病房，來了個老師父。據惜蓮說，老師父原來是去醫院幫往生的人助念，經過病房門前突然被裡頭吸引，就獨自走了進來。兩張病床上的女人都生了重病，老師父站在兩張病床中間念經。惜蓮對那時只有很模糊的記憶，但她印象中看見阿母醒來，雙手合十，流著淚，低聲隨著念經聲動著嘴唇。阿母的病之後奇蹟似好轉，燒也退了，精神也正常了。當時沒有人想到，這天的奇蹟裡，有阿母發的願，決定了多年以後，隨著豐盛的婚禮完成，獨自一人剃度出家。

祥雲說，這件事情大家以為只有阿母跟惜蓮在場，實際上他也在。

惜蓮問：「咁有？」

祥雲說，惜蓮不知道是正常的。他是老師父離開時，在醫院門口遇到的。他當時也不知道老師父是誰，可是見了他就有種說不出的親切感。他早上沒去上課，匆匆忙忙跑來醫院看阿母。說實話，當時他真的覺得阿母要過身了。老師父見到他，也不問他是誰，一開口就對他說，恁阿母有慧根，有佛緣。伊發的願，完全是為著恁。老師父非常慈祥的看著他，叫他跟兄弟姐妹們，一定要好好的大漢，幫助伊完成心願。

祥雲有好多問題想問，譬如要怎麼救阿母，阿母會不會死。可是他話說不出口，老師父也不再回答。他眼睜睜的看著老師父離開。他忍不住委屈的哭泣，然後抹乾眼淚才走進病房。

病房裡，椅子上的阿姊與床上的阿母都睡著了。天光透進。祥雲記得，在那一瞬間，他覺得整個世界多罩上一層溫暖的光亮。他走向她們如同走進光暈裡。他跟阿姊擠在同一張椅子上，趴在病床上的阿母身上，睡著了。

（惜蓮說：「我想起來了。」）

祥雲說，講到這，你們可能猜到了。在這陪伴著阿母的溫柔時刻，他竟然夢見了女鬼。這是他第一次在那間厝之外夢到女鬼，不過模式一模一樣。他醒在醫院，應該說醒在病房裡，裡頭變得一片灰暗。阿姊不見了，阿母則在不確定在不在床上。他沒有時間確認阿母的身影，因為更緊急的狀況在眼前，女鬼就在病床旁邊，伸著手朝著床上探尋著什麼。那一瞬間，他不害怕了。他想起老師父的話，站起身，抱住女鬼的腰。他大喊著不要抓他阿母走，他把他的「大願」給阿母，他要用「大願」來換。

他不停喊著，即使不懂「大願」是什麼意思，他就是不停說著。然後，女鬼垂下雙手，輕輕地抓著他的手，自她的腰際鬆開。那雙手雖然枯瘦，卻非常溫暖有力。女鬼轉過身來，他抬頭，發現那不是女鬼，或者說已經不是女鬼，而是阿母。那雙枯瘦的手雖然細，但顯現出的是一種脆弱卻穩定的力道。阿母彎下腰，環抱著他。祥雲說，即使到現在，生命中還沒有哪一次的擁抱，像那天的夢那麼確實，給予他勇氣。像是全部的母愛，在這夢裡的擁抱中確定了。

惜蓮原本想開口說點話，瞥見了眼中含著淚水的翡翠與豐盛，於是靜默。

祥雲說。夢怎麼結束的他忘了，大概是一直抱著吧。他醒來時，整個人躺在病床上。他緊張地想跳下床，阿姊看見他醒來，跟他說，免驚，阿母只是去找醫生說話。很快可以出院了。阿母只是想讓你好好啊睏，還可以在床上再睡一下。

他恍恍惚惚坐在床上，覺得時間緩慢下來。世界仍漂浮著，但總算放心了。

過了幾天後，阿母出院回家。他跑到巷口迎接，自然地抓住阿母的袖口，抬頭好好看她。阿母微笑淺淺的，從手上的籃子拿出一支完整的滷雞腿，遞給了祥雲。阿母說這是探望的朋友帶來的，她剛出院不能吃，要祥雲一個人吃，別跟其他人說。

他歡喜地吃著雞腿，一面聽阿母小聲地說話。他不確定這句話是不是對他說的，但是他記得，她說：「好好食，好好大漢，這是我唯一的心願。」

14.

豐盛等著說話，懷著一種焦急，想欲與阿姊阿兄們講伊的故事。

豐盛是家裡的寵兒，大家的寵兒。在最絕望之時，他這愛笑的囝仔帶來希望。

他在最為貧窮的時刻誕生，卻又是個轉捩點。從他出生以後，儘管還要再悲慘個幾年才會好轉，不過他的出現好像帶來希望，到了他少年左右，家裡的情況已經大大改善了。

豐盛說，他對於貧窮的記憶，是在阿姊阿兄的口中建立的印象。

不是沒有經歷過那段歲月，更不是沒有記憶。而是童年的記憶與情感，與貧窮兩個字帶給他的灰暗或痛苦印象並不相符。

阿母跟阿ちゃん在的時候，他有完整父母之愛。他根本沒意識到阿ちゃん跟阿母的關係跟別人家的父母不一樣。阿ちゃん跟阿母不在家的時候，也有哥哥姊姊照護他，給予他笑容，保護著他。

他同樣跟著家人，一間間反覆搬厝，棲居在暫時的空間，沒有玩具或私人物品。全家擠在同一張眠床，偶爾挨餓，或是債主找上門。可是他的童年沒有負面的情緒或是不安，沒有對明天是否有飯吃、有地方住煩憂過。

他是在懂事以後，尤其家中經濟好轉後，回想當初的日子，他才矇矇懂懂知道，原來細漢時候的情況叫做窮。

許多的事都是阿姊跟阿兄說的，所以他有兩種記憶。前者是他真實的感受，後者是後來聽大人講才模糊辨認出的。前者光明而無憂，後者黑暗而無光。

豐盛說，現在要講的這一段記憶也是他不曾跟人分享過的。這段記憶與其說該歸屬在光明的還是黑暗的記憶，不如說是在夾縫之間。在他在光亮中瞥見的一道陰影，也是在黑暗中閃現的微光。這記憶甚至沒有特別想起過，卻如此清晰。正因為清晰，當中不可靠的部分，也不曾因為長大之後而修改印象。

他說，大家總會說阿ちゃん最疼的是伊。不只是月娥的四個小孩，甚至對他的疼愛，超過了跟大某所生的孩子們。

每當阿ちゃん來到他們家的日子，會騎著腳踏車，載著豐盛到臺北到處走，他們尤其喜歡到中華路一帶去看火車。豐盛百看不厭，遠遠聽著並看著火車駛近，經過面前時的風壓，然後消失在遠方。他喜歡平交道的鈴聲，柵欄降下與升起，像個精彩的表演在眼前。

他喜歡鐵軌旁的聲音與味道，即便他只是看著，而從來沒有搭上去過。不，豐盛說，在很長一段時間，火車就是火車，上頭有坐人，但他沒有意識到那是他們也可以坐進去的。那就像米國一樣，你會知道什麼東西是米國的，聽米國歌，看見米國人，可是模糊的概念裡，不會覺得米國是一個你有一天你可以去的地方。

「喀噠喀噠，喀噠噠，嗚！」他學著火車聲，拍手笑著。許多晚上，阿母不在家的日子，阿ちゃん這樣陪伴著。

他說，回憶起來，細漢時陣的美好，要感謝這一層一層，有默契而自然的保護。沒人會戳破他的幻想，日子過得真趣味。他回過頭看，他的各種想像並不是逃避現實或對抗，而是隨著現實而生。長大以後，很自然的就知道哪些記憶是他想像的。幸福的是，長大後，即使現實修正了觀點，他的人生中，至少童年的時光，從來沒有幻滅過。

惜蓮說：「你細漢時講過的，攏變真的。你講咱會蹛大厝，會食飽飽，會變好額，後來攏成真了。你當時相信的，攏成真了。」

豐盛說，他想講的事跟這件事有關。他問大家，是否記得大某有一回闖進他們家裡，在阿ちゃん面前對著阿母咒罵的事。

翡翠說：「當然。我驚到要死，跟祥雲抱著哭。只有阿姊擋在頭前保護著咱。」

豐盛繼續問起他們還記得什麼，翡翠說：「紲落來，我會記誒，阿ちゃん隨大某轉去。我嘛是繼續哭。」

豐盛請大家回想，後來呢？祥雲與翡翠搖頭，惜蓮緊閉著嘴，低眉沉思。豐盛繼續問，阿母呢？再問：我呢？

於是豐盛說，那天，大某闖進她們家，阿母緊緊摟著的是他。

阿ちゃん把大某安撫並帶走後，阿母奔出家門。大家知道阿母年輕時忍耐受辱，內心卻是很烈的，那時的她像是要拋棄整個家一樣。那時大家可能正在驚慌或在哭，沒有反應過來，可是阿母在奔跑出去的時候，什麼都沒帶，就只是抓著他的手。阿母的手一直沒放開，也沒停止跑動。他痛得想哭可是又害怕，可是他被拉著，幾乎被拖著行走。

他當時以為阿母是要懲罰他。畢竟大某會來興師問罪，是因為他被阿ちゃん帶出去玩。儘管他當時並不清楚所謂的嫉妒為何、心碎為何，甚至對於阿母是細姨這些事實，都是懵懵懂懂的狀態。

大某那次，也是唯一的一次到他們家鬧，是因為阿ちゃん趁著一次工作出差的機會，將其他的孩子託同事照顧一晚，帶著阿母與他坐著火車到新竹。

這件事情越過了大某的底線，你們應該知道為什麼吧？

豐盛說，儘管他是個幸運兒，那一天一夜的經歷，還是如夢般的幸福。他與阿ちゃん與阿母，三個人，像個一般家庭出遊。他看著打扮優雅的父母，他也被特地換上新衫。最重要的，是他第一次搭上火車，去了他不知道的地方。去哪裡說真的也不重要，他整個人興奮於坐在火車裡的感受。他說，到很晚以後，他才稍微能夠說明當時的感覺。

幼小的他，張大眼睛、合不攏嘴的看著沿途景色與歡笑著的阿母與阿ちゃん之際，他不知怎的，在興奮之中，有種預感覺醒了，不安感襲了上來。似乎在這刻意裝扮給他的幸福當中，會有不幸的事在眼前。

（惜蓮說：「阮兜的人攏有這種感覺。」）

五歲的他，意外地，在這份安排裡，發現自己的家庭並不正常。這個畫面是虛假而脆弱的，是個說給他看的謊言。可惜來不及問阿ちゃん，為什麼那一天，要特地安排出遊，讓還不懂事的他，感覺自己是個正常家庭長大的孩子呢？為什麼要再刻意給他這種幸福感呢？

總之，豐盛說，可能他還是阿母的孩子吧。對於過度的幸福會產生不信任感。但至少他小時候感受到的幸福是實在的，才會在這一天的假象中提早感到不適應。反正，如大家所知，他那天的預感很快就應驗了。才剛返家，看見大某已經在他們家門口，指著你們這些小孩大罵，搥著胸大哭。他呆立著看著這畫面，覺得這一切是自己造成的。

豐盛說，他被拉得手快斷了，連哭都不敢哭，不然可能一個腳步落後，就會被甩到路邊丟棄。等到終於停下來的時候，他已經被阿母拉到河邊。

他抬頭，看見阿母的臉陌生又恐怖。她正拉著自己走向河。他想要抵抗，往岸上的方向走，卻被阿母一直拖著。他一害怕，把阿母的手用力地甩開。但，才一放手他就後悔，想重新抓著阿母的手。這時候阿母已經一腳踏入河裡，涉水前行了。阿母在河水中移動很快，彷彿沒有阻力。很快的，阿母半個身體已經在水裡。

豐盛說，這故事的後來，他至今仍覺得不可思議。

他害怕淹死，但更害怕阿母消失。他追著阿母過去，還沒踏出腳步，就被河邊的草絆倒，整個人跌進河裡。印象中，他沒意識到自己落水了，所以沒有掙扎。他緩慢的猶如睜著眼睛入夢，在夜間的河中慢慢地沉下去，水裡無光，全是暗暝的，他沒有痛苦的感覺，反倒像要睡著般的安穩。

他沉睡，沒有痛苦。身體的知覺剩下一點點的時候，他感覺自己被一股力量拖了上來。像是氣泡一樣浮上了水面。他的意識同時回來，乍見的天頂月娘突然變得好潔淨光亮。

他在阿母的懷裡。阿母正緩緩地移動，朝往河岸邊。他矇朧間感覺到阿母抱著他走在水面上。他有好多話想跟阿母說，他希望阿母莫傷心，伊大漢會好好予阿母幸福，予阿母蹛大厝。他希望能給阿母一切想要的，可是在這時他卻累得什麼都說不出口。

卻見阿母淺淺一笑，他從未見過的美麗笑臉。一瞬，阿母又轉身，豐盛以為她又要跳河，急著要拉住阿母時，阿母卻說：「莫擔心，阿母是想表演特技予你看。」

話才出口，就看見阿母輕輕一躍，輕點上水面，沒有沉下去。他看見阿母在水面上，一路輕點腳尖，濺起小小的水花如花朵綻放在腳邊，並哼著歌旋轉。他看著在水上行走起舞的阿母，已經忘卻之前的驚嚇與害怕，忍不住拍著手，綻放出笑聲。

豐盛說，即使到今天，他依舊無法解釋那天的記憶。

惜蓮說：「毋要緊，阮攏相信你講的。擱有，阿母就是彼款，生或死，攏會家己完全來決定的人。伊一定有伊的理由。」

15.

他們等著。惜蓮卻只是低頭沉思，沒有要接著說的意思。

他們的心情，跟著惜蓮一起，如此平靜。

惜蓮只說：「關於阿母的故事，我毋法度講。」

他們相當清楚惜蓮的個性，便不勉強。

惜蓮說，現在開始，他們要專心一致唸往生咒，不能有任何雜念。

南無阿彌多婆夜・哆他伽多夜・哆地夜他・阿彌利都婆毗・阿彌利哆・悉耽婆毗・阿彌利哆・毗迦蘭帝・阿彌利哆・毗迦蘭多・伽彌膩・伽伽那・枳多迦利・娑婆訶。

16.

在眾人以為月娥沉睡之時，她在內心裡千萬遍地與回憶告別。

她以七十七年的歲月，參悟七十七種智。

她走進心中成了廣闊的大殿，眾佛、眾菩薩在左右兩列。大殿空無一物，分不清楚前後左右，甚至在空無得沒有任何對照的空間裡，她連上下之分都不能確定。她不知道自己是夢是醒，是生是死。她亦無我。徒留的，是這一生種種的我執。執著的，煩惱的，怨恨的，貪欲的。她輕輕卸下糾纏一生的煩惱，留在腳後，不回頭。發菩提心，伏菩提心，明菩提心。

她隱隱約約感覺自己走在菩提道上。原來束縛著她的貪、嗔、痴，彷彿千斤重，她以為放下時，這些會重重的落地。然而每一回的放下，從她身上卸下的事物皆仿若無物。輕盈同時，她亦放慢腳步，既然這是最後的關卡，她不被迷惑。

她低眉前行，謹記過往修習的佛祖訓示。一步一腳印，將過往的記憶一一落在塵土上，亦不擔憂未來。她應證過去經文所說的西方淨土，覺得這裡出奇的乾淨與安靜，連呼吸都無聲，連走路都無響。

沒有金銀、琉璃、硨磲、赤珠、瑪瑙任何裝飾。

沒有七寶池，沒有八功德水。

亦沒有蓮花。

在她即將斷絕所有我執我見之際，一陣清明，她想起了蓮花。她溫柔微笑。如同她一生不曾好好沉睡，月娥一輩子發自真心的笑容極少。甘苦的歲月如是，出家後她為了給他人嚴肅的形象，為了被人敬重，她更收斂起笑容。

「世尊拈花示眾。眾皆默然，唯迦葉破顏微笑。」

月娥先是微笑，爾後以指在空中相拈。蓮花瓣自她指尖出現，飄出，落地，在她腳下綻開如車輪大的蓮花，一朵一朵延伸開來。蓮花之外，亦展開延伸初金光水色的寶池。水池外，階道，樓閣出現，金銀、琉璃、硨磲、赤珠、瑪瑙，金光閃爍。

一切都在這剎那間突然出現。月娥心靜如水。她站在蓮花上，水上一點波紋也沒有。她知道那是一樣的。不是突然出現，而是一直都在，只是她的轉念之間。她如同之前在大殿專注行路的姿態，在池上蓮花的月娥，對四邊階道、琉璃瑪瑙樓閣視之無物，立定不動，而微笑拈花姿勢不變。

她才醒悟，過去作為出家人在信徒甚至子女前的莊嚴法相，不過是眾人面前作態。從腳下延展開的蓮花，散發著青色青光、黃色黃光、赤色赤光、白色白光。在她定心之中，逐次收斂，連同四周的階梯、樓臺，皆從表面的金光退去。

才以她腳下輻散出去的景色，復以她為中心內縮，這回，連空曠的大殿一併消失。連空間都消失了。她無懼無喜，亦知曉接下來的發展。既然一切已經發生過。等到一切縮回到她的腳下，她所踏的那朵蓮花。蓮花從花瓣間逐次縮回，直到將她包覆，她亦在花瓣之中縮小，變成了花苞。

新的她再次復現，眼前的花苞包覆著光亮，緩慢展開。

展開的蓮花中央，是個漂亮無比的女嬰。

她知道那是誰，心稍微動念，又抑了下來，決定不喊出那個名字。

她曲身，伸長手，疼惜地抱起女嬰。

想起那天，芳齡十五，剛經歷生子撕裂身心的痛苦，對未來只剩絕望的她，卻在抱起女嬰時，感動得不停流目屎。她沒受過教育，毋讀過冊，毋識字，腦中卻有個非常慈祥、溫柔的聲音告訴伊：「惜蓮。」

那一刻，短短的一瞬，這位充滿不幸的少女全然忘卻恨意，即便後來接連的考驗與折磨讓她忘記了這個時刻。現在她想起了，時間重疊在一起。

她終於忘了那個男人的名字。在忘卻的同時，情感卻淡淡的保留了。這情感沒有實體，而是一種溫度，一種光，讓她多年嚴肅的臉，有了菩薩的微笑。

得法住智。

一手抱著蓮花之子，一手攤開掌心，出現了白玉。空間再度展開，祥雲圍繞著她，四周的景物再度豐饒起來。

她在內心裡，證成自己的佛道。

第三章

養女

1.

要談論惜蓮的身世，得先從月娥被賣到酒店那天開始。

要談論月娥被被賣到酒店之前，要先說明月娥是如何作為童養媳被賣到養父母家的。

在她的年代，女兒被賣到別人家當童養媳不是特別的事。然而月娥的歹命，在輪轉到酒家之前，已經烙下深深的痕跡。她連被賣為童養媳的過程，都比別人坎坷。

作為商品，一開始她覺得羞恥，後來成為了恨意。恨意烙印在臉上，將她面部的肌肉變得無比僵硬。她早在童年時，在心底劃下一道深深的界線，將自己放在一邊，俗世放在另一邊。儘管她身陷於此，這條界線也總是被侵犯，毫無防禦的可能。可她的身體與心靈，縱使一再地受人輕賤，她仍無比頑強地劃清這條線。

越是受侵犯，她跟俗世的界線就更深，成為裂縫，化為深淵。

第一次被賣掉的那天。阿母在日頭未完全升起前喚她起床，摸著黑替她梳妝打扮。阿母替她穿上新衫，梳理頭髮，塗上胭脂。

她恍惚著，覺得有趣，心想自己是不是要嫁作新娘。她曾隔著窗，踮著腳尖看過鄰居迎娶。對於新娘是什麼，夫妻又是什麼，她沒有具體的概念。她只感覺那是風光的，所以必然是快樂的，鞭炮與人群簇擁間，她其實連新娘的面容都沒看清楚。

興致才剛起，雀躍的心情就立即熄滅。從鏡子裡，她看見阿母凹陷的眼窩裡，讓她打從脊椎發軟的恨意。為了不要挨打，她早已學會察言觀色。不幸的是，無論如何小心，還是不免遭毒打一頓。阿爸總在酒後會無緣無故罵她，說她散財，嫌她帶來不幸，說她出生了後，厝內愈來愈散。打完了她，阿爸就會踢向阿母。或者相反，先痛打阿母一頓後，再對她拳腳相向。月娥想抱著阿母哭，可是阿母知道阿爸不想聽女人哭，會大力的把她推開，甚至狠狠的捏她，彷彿當她是不幸的根源。

阿母一語不發看著她，眼神怨毒，開始嫌她臭。阿母粗魯地將將身上衣服剝得一點也不剩，只留下綁好的頭髮與上妝的臉，面容彷彿獨立於身體。阿母將她半拉半推拉到灶腳，命令站立不動，阿母要洗她身軀。於是奇怪的，在髮妝完好的狀態，母親卻蹲在她面前，像洗鍋子那樣刷她的身體。阿母用沾濕絲瓜布大力搓她皮膚，白色的表皮與皮膚上的垢捲在一起，像一隻隻死去的蚯蚓，在她身上滾來滾去。像是要把她黝黑的皮膚刷白一般，直到快要把皮膚搓破了才鬆開。她全身發紅，皮膚像被滾水燙過，微風吹上都會痛。她猛然感到羞恥，混合著被刷紅如著火的皮膚。

那一刻她明白，羞恥的本質是痛，火燒的痛。

擦乾身軀。阿母再度幫她梳妝打扮，細心地穿上新衫，抹上胭脂。

月娥害怕地從眼角邊緣瞥看阿母。才發現阿母態度經過這過程後完全變了。阿母的神情從嫌惡，轉變成對她的呵護與不捨，簡直想把她抱在懷中疼惜了。

困惑間，在極冷與極熱的態度對比，她突然想起方才阿母惡狠狠地剝去她衣服時，那個眼神在什麼情形下看過。那是每逢家裡養的母雞無來由地暴斃時，阿母會有的無處發洩淒苦與怨毒。不，她想起來了，是她去年弟弟夭折，阿母看著一動也不動的阿弟屍體時，所帶有的冷酷又淒苦眼神。

可是她還沒死，還在這裡，阿母怎麼就這樣看她了？這想法令她害怕。

死去的動物身上有種難以言喻的氣味。那味道沒有屍臭那麼難聞，而是藏在屍臭底下，還有一種專屬於死亡的氣味。那味道比屍臭深，卻又比屍臭早散發出來，而更晚散去。有些時候就一直揮之不去。月娥不曾跟誰說過，每回家裡有動物暴斃，她前一晚就聞到了。她想，會不會其實阿母也聞得到？剛才如此用力地搓洗，並不是因為髒，而是想除去那個味道。月娥心底害怕，是否自己身上的死亡味道反而聞不到？

不，她念頭一轉。她聞得到的，一直都聞得到的。那個味道就是不幸的味道，瀰漫在她的家中，包圍著他們家。阿爸身上有，阿母身上也有。阿兄有，而她身上亦有。尤以她身上的味道最濃。她猜想，那些暴斃的雞母，全是染上那個氣味的緣故。

家裡的雞是她在餵的，她怕雞的眼睛，怕雞爪，怕羽毛，怕一靠近雞就會被惡狠狠地啄。她不知道為什麼雞那麼愛攻擊她，可是假如拒絕，阿爸就會打她。餵久了，那些沾染她氣味的雞禽總會死亡。而每有雞禽死去，她免不了又是被怪罪沒有好好照顧，再挨一頓打。

不幸的氣味就是這樣，怎樣都逃不了。

她悲哀的想著：沒有用的，阿母，那個味道搓洗不掉的。

月娥想著想著忍不住掉淚，阿母停手。

阿母不知道月娥的想法，以為她猜到了，於是在她身後說著：

「咱家散，是為著妳好，才會送予別人。」

月娥分辨不出這句話的意思。不知道他們是真的為了自己好，還是這樣對他們比較好。愛是什麼或恨是什麼，她其實不懂。活到現在，她感覺到的只是痛而已。就像阿母解開她的頭髮後，再度拉扯梳理，彷彿在多施點力，她的頭髮就會硬生生斷裂。

只有抹胭脂時是溫柔的。阿母把她臉上原來的胭脂輕輕拭去，把淚痕推去，再重新補上。這動作成為無意義的重複，阿母上了胭脂，又擦拭掉。也許這動作本身已表示了一切本身毫無意義。除了把時間耗去。

然後天徹底亮了。

「咱來行。」

出發前，阿母要求她，如果等一下有人問起年紀，她低頭跟著說是就好。阿母想了想，叫她反正一直低頭就好，臉不要給人家看得太清楚。

月娥困惑的答應了。關於她的歲數，每次問到都略有差異。她大致上知道自己虛歲七歲。彼時正臨日本人剛戰敗，國民政府接收臺灣的混亂期，關於她上學的問題就靠著謊報年齡的方式拖延著。

月娥天性缺乏說謊的智慧與心機，唯獨年齡這件事，她可以順著不同的情況給予不同的回答。畢竟，她的年齡，出生的月份，就連父母都說不準。唯一可信的，是她出生的那天，月娘特別明亮特別圓。

2.

月娥以為一去之後就再也見不著家人了。沒想到過了三天，阿母過來將她領走。走同樣的路轉去。一路上阿母沒說話，月娥於是也沒告訴阿母，自從前天中午就沒吃過東西。她一路餓著肚子，反正挨餓是家常便飯。家人常常不記得她有沒有吃過飯，譬如有時關進雞籠懲罰她時忘了放出來，直到餵雞時叫喊她才想起來。或是他們一起外出時，總會一個勁地走，不顧她仍幼小的身軀跟不跟得上，像是真的想把她丟在路上一般。月娥因此每次被帶出門，不論是去市場買賣或探訪親戚，都異常恐懼，擔憂阿爸阿母試圖在途中把她丟棄。

月娥在前往被賣去的路途時，難過之餘，矛盾地期待能夠給家裡帶來好處，擺脫這個家中負擔的惡名。她期待自己能換到什麼，而不是像個糞埽甚至是賠錢貨。

不過這份期待終究是落空了。

月娥感到這趟路途特別漫長，歸返途中，阿母走得很慢很慢，彷彿時間如光影不斷跨過她們前行，這樣她們也許就能找到一個角落安心躲藏。

恍惚行走。日正當午，邁出的卻是夜的步伐。

這三天什麼都沒發生。她一到那，阿母便告辭。月娥發現阿母不見，不顧養父母的柔聲叫喚，追了出去卻不見蹤影。她一瞬間失了魂，站在門外一動也不動。

如果阿母問她，發生了什麼事？或是詢問她為什麼人家問什麼都不應不答，亦不吃不喝？她會說她什麼都不知道。在那裡，像是做了一個夢，夢裡面她只能在一旁看著自己如死去一般，僵在那裡。只有一個感受無比清楚：她在那裡，對眼前的一切毫無感受，因而無法反應。

阿母一句話也沒問。

她被丟在陌生人家後，像個柱子杵在一旁。養父養母先是哄騙，接著責罵與威脅，最後強硬拉扯。然後，忽然之間，在他們拉扯到幾近暴力之時，養父母聽到身後一聲大叫，回頭一看，他們珍愛的孤子在大廳中央，像是有人從背後拉扯般，大力的朝後方倒下，口吐白沫，眼珠翻白，身子不停顫抖。養父雖然是醫生，看見這狀況竟然失了神。若不是鄰居聞聲而好奇探頭，要他們趕快救起那個地上打滾的男孩，他們的孤子也許會硬生生咬斷自己的舌頭。

他們說她命中帶煞，才剛進門就剋夫，堅持把月娥退回去。被父母賣掉，像個商品展示，任人評頭論足、論斤秤兩，對月娥而言已經是屈辱。然而被人退貨，受人輕賤，又是一種屈辱。她還不理解這個字，卻已經深刻感受到了阿母與月娥緩慢行走，在黃昏之際，終於快到家了。月娥又餓又渴，一股怒氣再也壓抑不住。她寧願被阿爸打死，也不願再受任何污辱。

剛下工的阿爸坐在庭院裡，衣服上的塵土都還沒拍掉。他坐在板凳上看著她們走進來。阿母放開月娥的手，留她在外面，獨自走了進去。月娥在牆外，抬頭看月娘，高掛在天，孤單寂寞，卻令她無比羨慕。若能高懸在無人可及之處，想必也不會再受人踐踏。她幻想自己能如嫦娥飄上天，沒有重量，沒有存在。她羨慕嫦娥的命運，那種擺脫一切束縛的命運。只要能不受任何人擺布，她願意孤獨。

她不僅沒有飄上天，疲憊的雙腳還牢牢地釘在地上，再也沒有力氣移動半分。所以也由不得她，必須看見大人的神色，聽見大人的談話。月色朦朧意識也不清，她隱約聽見阿母對阿爸說，他們不但沒有要求退錢，還塞了一個紅包，數目不小，希望這件事就此落幕。

阿爸笑了，阿母的表情也放鬆了。像是沒事般，阿母回頭牽月娥的手，將她再度帶進門。月娥雖是回到了這兒，但心頭那個門檻，卻是怎樣的跨不去。

她從這次之後，成為一位在門外的女孩，不願進去也離不開。占據門檻，可以輕易忽略，卻會在重新發現到她時，令人感到極度的不安。無人知曉的情況下，月娥找到了最適合自己的容身之處。

門檻之外，儘管仍然不安全，至少讓她面對著迎面而來的傷害時，能夠保有自己的意識去記得這一切。這是她有意識去記下事物之始，始於門外。

3.

月娥第二次被賣，則是在一週後被退回。

他們說，這查某囡仔一來，雞全都不明原因的死去。

月娥第三次被賣，才挨個一天，便把月娥趕走，沒有解釋原因。月娥徒步走了半天才回到家。

一個商品只要被嫌棄過一次，就會一直被嫌棄。好比惹人愛的物品，眾人總是會搶破頭去爭取的。對於人的輕賤或愛憐，大抵也是如此。

只有她知道，一切的錯都來自她身上招來不幸的味道。

消息在地方傳得越快，月娥越來越難找到願意收養的人家。月娥的阿爸阿母各種請託，才終於在臺北市大稻埕邊緣，接近雙連陂一帶找到一戶做工人家願意收養。說來這戶人家的家境也只比他們好上一些。國民黨來了之後，養父任職的鐵工廠生意受到影響。身為低階主管，依然有延遲領到工資的情況。戰後飆漲的物價也讓他們難以喘息。但他們還是想為兩個兒子準備一位媳婦仔，平常還可以幫忙打理家務。

不論是月娥，或是她的阿爸阿母，對於此回的買賣不帶有太多的期望。不意外地，這家的父母與兩個兒子並不喜歡月娥的長相，覺得淒苦不投緣，不適合做媳婦。幸好她除了不討人喜歡，家內事上倒是俐落，個性安靜，不畏辛苦。

養父母打起算盤，想多留幾天觀望。恰好這陣子養父因為工廠人力緊缺需要時常加班，而養母平常則私賣些洋貨與日貨天補家用，家裡缺人打理，不如先暫時安置在家幫忙。

她比所有人早起。在灶腳燒柴煮水，一面幫整理與清點養母今日要買賣的貨品，亦幫養父的工具用布上點油保養。養父母起床後在門前問好。養母進灶腳準備早餐。養父檢視工具後，坐在門口點菸發呆。家裡的兩個男孩等到早飯做好，才會起床，由月娥叫喚。中間她視情況打掃，做針線活。

他們相敬如賓，甚少交談。他們叫她阿娥，卻不要她叫他們阿爸阿母。孩子之間也僅以名字互稱。

經過幾次被退貨，月娥清楚他們的態度，那份客氣是距離，不讓她與這個家牽連太深。她也認份把自己當個放在牆角的掃帚，有個地方能暫時容身就好。多待一天是一天，或許久了，她可以找到離開家並在另一地方生存的方式。

月娥寧願多被使喚，覺得好用就多用。他們不必喜歡她，只要覺得她有用就好。還派得上用場，就不會被丟棄。當個女傭也好，沒給錢也好。她不乞求被當女兒，當媳婦。她只希望這一次不要再被退回去了。

不過她的期盼總是落空。

總是這樣的。人們要拋棄一件物品時，不見得會露出嫌惡的表情。面對不要的事物，眼神當中只是漠然。人對物品是有感情的，無論是舊了、壞了或用不上了，只要有感情，就會留。

他們打從一開始，面對她就是漠然的。

那天，他們要她早點放下手邊工作，邀她同桌吃飯。過往幾日，她總是乖巧地藉口勤務，等到一家人吃完，才默默收拾餐碗時撿剩菜吃。今晚，她頭一回如一家人吃飯，菜餚還比平常豐盛一些。

桌子正中央，肢解的一盤雞肉，據說是鄰居小孩滿月，特別分送給他們沾喜氣的。養母為她添上半碗油飯，並將一隻雞腿塞到她的碗裡，半截懸在碗外。

她盯著雞腿不知所措，兩個男孩看了覺得趣味，竊竊私語。

雞腿上的皮泛著油光，上頭布著疙瘩。月娥前臂起了雞母皮。她沒吃過雞腿，長到了八歲，也沒幾次吃肉的經驗。偶有機會，頂多就是一小塊，何況是一整隻雞腿。她不知道怎麼吃，該怎麼吃起。她在兩個男孩好奇的眼神，養父母微笑的表情下，用箸尖掀起油黃雞皮，看了眾人一眼，心一橫塞進了嘴裡。

「食卡慢誒。」養母笑著說。

月娥低頭。她猜想他們誤會她是狼吞虎嚥，實際上雞皮在嘴裡使她感到噁心，渾身的嘔吐感湧向胃。她試著咀嚼，雞皮的滑嫩彈著她的齒，猶如活物。她用力吞了下去，試著壓抑著翻湧的胃酸。月娥臉紅，眼睛泛著淚，低著頭配著油飯吃。這家人餐桌上的話語，她已無心留意。她專心肢解雞腿，笨拙地用箸插入肉裡，一一撕開。她感到內心有某個部份，也在這過程中被撕開了。雞腿露出乾淨的、略帶光澤的肉，這幾乎令她心碎。雞腿不帶血，但她的內心已經隨著每次的咀嚼而千瘡百孔。

她想到被強迫灌食的豬公，總會發出一種猶如嗆到的低沉哭吼。

在他們的眼光下，她將這只雞腿吞嚥完，噁心得令她感到這輩子不想再吃任何東西。她知道自己也是他們眼中噁心的異物，過不久，她也會被這個家吐出來。

是夜，月娥腹痛，輾轉難眠，直到天亮才昏沉睡去。

這天他們沒有叫醒她。一直讓睡到中午，她才緩緩起身，毫無食慾。坐看窗外，等待他們歸來，也許今晚，也許明早。命運在眼前，猶如日頭與月娘總會升起，與任何的期許無關。

她一路呆坐等到天黑，直到聽見兩位男孩哭著喊餓才醒覺。她才意識到，家中的男女主人尚未歸來。她簡單張羅點飯菜安撫兩位男孩，一面等待。

遠方有人群吵雜聲，月娥不好的預感在內心攀升。一瞬間，不幸的味道從四面八方而來，差點令她暈去。

是怎樣的死亡這麼哀戚，如此臭不可擋呢？她不敢去想。

她在門前守了一整夜，在大廳睡睡醒醒，心中滿是不安。直到隔天下午，才看見這家的男女主人，互相攙扶狼狽的衝進家。他們摔進門內，連滾帶爬，反身將大門拴上，用桌椅擋門，吹熄蠟燭。

在孩子們還沒弄清楚怎麼回事時，只聽見這家子的父親失魂的說：「警察刣人了。」

4.

日後，當月娥恍惚地回想起無月之夜發生的事，她的身體總會立即陷入一種鈍感中，遲遲無法回神。

她只能告訴自己，其實這一切早已經歷過，只是方式不同罷了。

這件事不是意外，而是命運。命運如三輪車的輪子轉啊轉的，在她的身體上，在她的靈魂上反覆輾過。這次沒發生，也會在將來發生。發生過一次，就會發生無數次。

在更久以後，她有了子女，有了無名分的丈夫，命運不但沒有放過她，反而更為反覆碾得她靈魂支離破碎。在她初聞佛法，聽見輪迴一詞時，才恍然大悟。原來不用探究前世，也不用猜測來生，她親身經歷過輪迴之苦。

事件發生後，月娥與收養她的一家四口，在接下來的幾週足不出戶。

外頭偶有騷亂，有槍聲，有哭喊，不然就是無盡的寂靜。厝內燈火未點，門窗緊閉，他們在室內製造黑夜。黑夜滋生恐懼，恐懼又令他們動彈不得。

原要被退回原本的家的月娥，被無盡的滯留，卻也不被視作家中的一員，成了這個家的外人。

她本來知道自己是外人，經過這次，她知道外面之外，還有外面。

她不會是他們將來的媳婦。她是寄生蟲，在餐桌上吃的每一口飯，在家待的每一天，他們將來都會連本帶利跟她要回來。

悲慘的故事會私下流傳，早在她反覆被父母賣掉又退被退回的過程中，她隱隱約約知曉，像她這樣的女孩最後會到哪裡去。

地獄從不讓人預料。地獄無從掌握，因為地獄是未知的苦痛與羞辱。

月娥在事件後的數週，遭逢了地獄，事後只有她一人記得，且無人可訴說。

外頭風聲鶴唳，養父母失魂地反覆說著當天的情景。

養母阿珍喃喃自語，不斷說著她熟識被打的寡婦林桑。那時聽到警察打人，她因為這一陣子也屢屢被警察刁難，一時間氣不過去，就跟著人群去了。

養父阿鐵，則是聽到工人不斷回報訊息，聽到警察對群眾開槍，似乎也激發了他們平日受外省人欺壓的憤慨，集體罷工，衝去包圍警局。

夫妻在警局前面偶遇，結伴吆喝，沿路走著，直到聽到後方有人喊救命，才急忙躲到路旁。他們看見警察開著車沿途向人民掃射，活生生的人一個個倒在血泊中。

他們失了魂反覆講，伴隨著孩子尖叫與哭鬧。瀕臨崩潰之時，他們將拳腳暴力全落在月娥身上。養母對她大吼、連續搧喙顊，打得她天旋地轉。養父則是用腳踹她，用皮帶抽她，把她打倒在地，整個身體壓在她身上。

她一開始以為他們怪罪於她，像怪罪她帶來厄運，害人破病、害家畜亡。在反覆打著罵著，暈過去又醒來，被壓著不能呼吸，下體被養父隔著褲子頂撞著，接近暈死的時刻，突然她的意識突然抽身而出，脫離了身體。

月娥浮在半空，看著自己的身體受苦而毫無感覺。她漂浮在比自己稍微高一點的地方看著身體受苦。雖然是簡單的道理，她還是驚訝的發現到，原來一切的痛苦來自於她有身體。意識一旦脫離了身體，除了不痛之外，一直以來最灼燒她的羞辱感，也瞬間化為冰冷。

「按呢，」她想，「不管是啥人，攏無法擱再污辱我。」

接下來幾日，她試著維持在這樣的狀態。如果不成功，她就閉眼想像自己脫離身體，或沒有身體。她學會在內心製造出一個防空洞，可以躲開落在她身上的爆彈。

也許還會感到痛，但已經無法真正傷害到她了。她當然不懂，這種感受不到痛的時候，已經受了再也挽回不了的傷。也因為這鈍感與強烈的忽略，讓傷口不斷地擴大。傷口吞噬了身體，傷口大過於身體。她為了維持生命所吃下的食物，全滋養了這副身軀巨大無底的傷口。

養父母的接連施暴之後，她的兩位哥哥亦學起父阿母的姿態，對她怒罵、拳打腳踢。最後，這個家的兩個哥哥們，也騎在她的身上搖。哥哥們與其是恨意，不如說是一種洩憤，以遊戲的方式展現。在不知未來、全家共處一室的環境裡，兩個男孩學起父母，笑著對她施暴。

她依然漂浮在自己的身體旁邊，視線越過疊壓在她身上的兩個男孩，停留在臉上掛著慘笑、對她視而不見的養父母。接著，巨量的影像一口氣湧進她的腦海，關於那天他們說街頭的暴力殺戮景象，她以更全面、更大量的方式看見了。這影像集合瞬間來到，令她目盲，也幾乎毀去她的意識。受到衝擊的她被撞回自己的身體，之前的鈍感像是欠過的債一口氣向她討回，讓她忍不住高聲尖叫哭喊出聲。

這聲哭喊震懾了全家人。令他們跌坐在地，接著每個人像嬰兒一般控制不了哭泣，在地上打滾，撕扯頭髮，以頭撞牆。

她聽聞生子之痛如何痛不欲生。這哭聲一爆出，她感覺自己正從體內生出一個比現在的她還要大那麼一點點的自己，連帶著劇烈的撕裂之痛深入身體的內與外。她叫喊不出聲，雖然叫喊出來，這時也沒人有餘力聆聽了

她仰躺著，聽著全家人的哭聲，哭聲裡似乎包括他們的歉意，他們也無法解釋為何對她做出這樣的事。她知道事情過了他們就會忘了，但她也不打算原諒他們了。或說，原不原諒無所謂，她不計較了。沒有他們欺負，也會有別人。

自那衝擊的經驗裡恍惚醒來，自身的疼痛與身旁的哭聲間，她大略懂得兩件事：

其一是這一切的暴行毫無理由，只是一個接著一個的模仿，每個人都在重複。小孩子如

此，大人也是，牆外正殺著人的軍隊也是。

其二是他們時而浮現的慘笑。這在開槍掃射的軍人臉上也能見到這恍惚的笑容。這不是因為殺戮或暴力的快感而笑。而是一種在即將泯滅掉自己作為人類的情感時，莫名所以地笑。

她依舊疼痛著，有那麼一瞬，她也想學起這個笑，好讓自己忘了作為一個人的永恆疼痛。但在嘴角即將牽動的那一刻，她決定承受起這個痛。

這個決定讓她成功將自己重生，比原來的月娥大那麼一點點。差別在哪，她並不知道，可是決定就是決定了，她要守護這個多出來的一點點。

直到很久以後，她才知道，這個比原來的身體多出來的那麼一點點，叫作尊嚴。

5.

自那天起，她決定不虧欠這家人任何事物。

她曾猶疑不知道要不要叫他們阿爸阿母。在事件過後，當全家與整個社會也在壓抑下回歸平靜，習慣與苦難共存，她自作主張地，開始叫起他們阿伯阿姆。家裡的兩個男孩，也直呼其名。她劃清界線，不把他們當家人。

她不是新婦仔，卻依舊待在這個家，像根扎在手裡拔不掉的刺。她知道，一根刺雖然微小，只要埋得夠深，也是能引發痛楚的。刺不會痛，刺就是痛本身。她陷在這個家的傷口，被緊緊地裹在裡面。他們想要將她挑出，又會牽動到痛處。於是只能相互折磨。

月娥仍然聽話，只是倔強，眼神與態度中透露了不服從的靈魂。

她做任何低賤之事，任其辱罵皆不吭聲。唯獨對自己的身體，她的界線再也不容一絲的越過，一根寒毛也不給碰。只要任何輕賤的行為，她都會奮力打鬧、破口大罵，像是發了瘋，雙眼充滿血絲，咬牙切齒，寧願與之同歸於盡似的。最嚴重的一次，她曾咬過酒後的阿伯，在他臉頰上留下的齒印，連傷口好了之後都隱隱看得見。

她且決絕。某一回，他們在灶腳的角落發現一塊腐爛生蛆的生豬肉。兩個男孩懷疑她買肉時偷藏起來，要等他們外出時一個人偷煮來吃。男孩們一口咬定她偷藏食物，月娥堅決否認。當中哥哥起了玩心，挑釁月娥，說她如果敢咬下這塊腐肉證明清白，他們就相信她。話未說完，還未顯露出他們最想看到的，欺負他人時在臉上浮現的猶疑、氣憤、欲哭無淚的緊繃神情，月娥便徒手抓起腐肉，一口一口用雙手塞進嘴裡。月娥冷冷地看著兩位男孩，像在啃咬他們的肉一般，彷彿恩盡義絕。月娥的齒縫是形體散碎的腐肉，連裡頭的蛆都咬出汁來。兩個男孩當場落荒而逃，逃到門外吐了。他們發燒三日不止，口齒不清，直到帶去收驚才緩解。只是大人怎麼問，也問不出個所以然。大人只知道，從某個時刻開始，兩個男孩對月娥又敬又畏，完全不願招惹。

月娥無意逆轉形勢，也無折磨這家人之意。她自知，無論如何，留在這個家，哪怕多一天，都是虧欠他們的。

她自甘下流，學會隱形，凡家中藏污納垢之處，就是她安置自身之地。她不怕廚餘、屎尿或臭殕味。過去不怕是因為她更害怕自己招致死亡與不幸的氣味，後來無懼是因為從那天起，整個世界充滿了相同的氣味。

6.

時間終究會宣判。在她薄薄的衣衫遮蔽不了隆起的胸部與凸起的乳頭時，月娥只剩兩條路。

既然已經不會是新婦仔，月娥的路，一條是成為阿伯的細姨，另一條路是將她賣去酒家。

此時阿伯的鐵工廠被政府沒收。據說是因為女老闆私下支助了一位被指控為共匪的作家潛逃的緣故。匪諜一事當然與阿伯無關，但經過那件事後風聲鶴唳。他除了失去工作外，內心也十足憂鬱，擔憂自己蒙受不白之冤，或是二二八時上街頭的往事被警察揪出來。

阿伯身體變得虛弱，無法應付長時間工時，只得打零工，拿到的工資換酒錢。另一方面，基於同樣的理由，加上政府管制更嚴，阿姆也放棄了私貨買賣，到小餐館幫忙洗碗。

他們家雖有祖上賣掉田地時分到的遺產，幾年來的物價飆漲，加上收入不穩，家中的財務也漸漸捉襟見肘。

阿伯酒後總是抑不住情慾。多年來夫婦早已無法同房，先前尚有餘裕，能花錢宣洩，到了這時，月娥的少女身體成為他羞恥的痛。他打從心底瞧不起月娥，在她堅決的神情中又往往令他羞愧想起事件發生時的齷齪行為，他甚至覺得月娥生得醜。這矛盾的情慾更讓他折磨萬分。發作時，他醉著酒，用頭撞擊著牆，撞到額角出血，暈了又醒，醒了又暈，下體卻始終硬挺灼熱著。

阿姆看在眼底，警覺非得要處理。儘管月娥不再被視作新婦仔，也不被當作女兒，然而她在這個家已經無法再這樣下去，如果不送走她，丈夫恐怕要占有她。後面這選項或許能暫時解決問題，卻同時會為這個家埋下破敗的因子。這女孩太不吉利了，阿姆想。既然家裡快要養不起，若作細姨，也遲早要快點出去工作賺錢，不如賣出去。

月娥選擇互不相欠的方式。即便以她與天俱來的正直，等到她真正可以認為不再虧欠這一家的時刻，還要經受很多苦難。但至少這次是她選擇的。

7.

懷上惜蓮時月娥未滿十六。半年多前，她初次有身孕，由於營養不良，又疏於照護，三個月後落胎，大量的出血差點奪走她的性命。

落胎當天她連哭的力氣都沒有，只好在心裡哭。她心內的雨落不停，猶如做大水，成為一片汪洋。僅剩的一點不甘心的意志，像是浮木讓她緊緊抓著。

即使心內無大雨，她所在之處，也如無邊無際的大海。

阿伯阿姆與酒店訂了契約，拿了一筆錢後，終於將她送了出去。除此之外，月娥每個月也要將酒店得到的大部分收入拿回家。

月娥作為養女時太老了。作為酒家女，肉體卻是年輕得恰到好處。

啟程之夜，月娥再度被抹上胭脂，比先前更加豔麗。

關於未來她尚不可知，可是她再也不像童年天真以為要成為新娘仔。毋寧說，在她被濃妝豔抹一番，跟著一個妖嬌的女士離開這個家時，一步步遠離的過程中，她知道這輩子都不會成為新娘仔了。

奇怪的是她到了酒家後竟然不覺得悲傷。除了早一步接受事實，或是開始能夠工作且固定拿錢外，她在這個地方遇見了許多身世相似的姐妹。即便有時吵嘴，有時互相嫉妒，有時決裂有時互助，總算在此找到了她在世間的姐妹，相處起來倒是有家的感覺月娥仍然不漂亮。只是身上的氣味稍稍轉變了，她的味道變得更為內斂而神祕，纏繞在月娥的皮膚表面。她原先令人嫌棄的不幸體味，在添加少女氣息後開始吸引一些人。有些人就是眷戀這種不幸的氣味。不幸之人之間會找到彼此。儘管她對於肉體之事依然抗拒，對於貪戀她的眼光感到懼怕。偶有機會可以遇上某類的男人時，能夠溫柔擁抱她，正眼看她，輕輕地用手指落在她少女的皮膚上。

業障。

她聽得一位阿姊說過這個詞，她說她們會淪落到這裡，是前世的業障。不過，在這裡所發生的一切事，究竟是抵銷業障還是增加業障呢？這些客人多半有妻子的。她們這群酒家女，當不成他人的妻子，不夠格當別人家的媳婦，卻在見不得光的地方，與別人的丈夫親暱。她不幸的意識與罪惡感逐漸分不開來，悲傷與無辜則牢牢地綁作伙，壓在心內底。

她到了酒店後，無論是在端盤子服務人客時予人調戲，或是私下被帶進房間予人折腳，她都不再惜皮。命運輪轉幾回，身軀如破布，內底是棉絮、是空氣，是啥米攏無。只是她沒想到，如此破爛的身體，竟然能懷上孩子。

月娥除了性徵外，無論是外貌體型，或者心靈，皆仍為少女的她，迎接自己將成為阿母的事實。她原來以為這回一樣是個死胎，可是隨著肚子一天天大了起來，她不時做夢，夢裡面她抱著一個全身軟綿綿，被蓮花裹著的、如蓮子般的美麗嬰孩。她在夢裡一直哭，卻又感到幸福。

這回的懷孕，也讓周遭略有改變。月娥不幸的臉龐與氣息，似乎轉變成一種洋溢的、具有感染性的希望。連帶的連姐妹們、客人們，甚至連養父母們，都不知不覺的對她呵護。不讓她過於勞累，也多多帶食物讓她補充營養。

但月娥如何可能是幸福的？

在前方等著的，除了更為淒慘的命運，還會是什麼？生下來的孩子，若未夭折，除了貧苦與流離，還會有什麼？

月娥生產時，幼小的身軀經受不了漫長的劇痛，暈去了幾回，才在產婆滿身大汗下，接生出了女嬰。

女嬰初次哭聲，令月娥感到震撼。

一直以來，她都在生命的反面：招致死亡與不幸、遭到賤賣、在酒家以健康與肉體換取微薄的酬勞。她帶來毀滅與災難，也毀壞自己身體。卻從她的體內，誕生出一個如此有活力的生命。

女嬰的哭聲響遍了酒店，月娥則是一點力氣也沒有了。她如同死亡般躺在床上，面色發白。

月娥甚至連身體都快感覺不到，艱難地聽著周遭的聲音。嬰仔像是代替欲哭無淚的月娥放聲大哭，她這輩子從來沒在人前如此哭過。

月娥在這聯繫中感到安慰，逐漸地嬰仔的哭聲漸緩。

她急著想看一眼嬰仔，卻無力爬起，依稀有個印象，又隨即昏去。

她聽見身邊的姊妹與產婆的聲音，隨著嬰仔哭聲的停止亦安靜了下來。周遭歸於無聲。

然後聽見她們說，這一定是這世間最美麗的嬰仔。

8.

月娥沒有徵詢意見，取名為惜蓮。她們都說這是個好名字。

降生於酒家，惜蓮改變了該地的氛圍。

紅嬰仔惹人喜愛的程度令人難以置信。不僅是姐妹們為之著迷，紛紛輪流抱她，七嘴八舌分享照料的經驗。連歐卡桑也愛惜這孩子，破例允許將嬰仔留在月娥身邊。

月娥瘦弱，奶水少，姐妹幫忙請奶媽。匆忙間找來的尚未退乳的少婦，一見嬰兒，便小聲叫嚷了一聲，迅速掏出了乳房，就怕讓她多挨餓一秒，一邊餵一邊讚嘆嬰仔的美麗。走的時候還依依不捨，頻頻回頭，甚至詢問是否可以當她的乾媽。翌日，三五婦女聞訊而來，只為了見一眼嬰仔，頓時忘了這是怎樣的場所，又會招來左右鄰居怎樣的閒言閒語。

消息迅速傳遞，竟然成為地方的傳聞，吸引人遠道而來。

一下子，連酒家的客人都絡繹不絕。即便只是跟著人群進來的客人，到了這裡，就會發現無論是客人或女侍都在談論那個美麗無比的嬰仔，連談論的聲音都輕聲細語，彷彿怕被太多人知道。

看在月娥眼中，卻是憂慮勝過了欣喜。她拒絕客人想要一睹嬰仔的好奇心，有時亦婉拒了姐妹們的照護，獨自將孩子攬在懷中。

在這個環境裡，父不詳並非罕見之事。月娥怕的不是被過問孩子的父親，而是嬰仔美的太不尋常，身旁的人不免猜想。

月娥除了年輕以及能夠吸引與安慰某類型的客人外，沒有任何的美貌。她是如何能夠生出如此美貌的嬰仔？目睭擱圓擱大蕊，鼻頭細、鼻仔直，嘴唇紅潤，皮膚白泡泡。

重點是，女嬰惜蓮的樣子完全不像是這位貧困的酒家少女所生，更像富貴好命人家的孩子。如果月娥抱著她走在路上，可能會被懷疑是偷抱別人的嬰仔。

關於父親是誰，月娥絕口不提。嬰仔引起的愛憐，某方面緩解了她的困境，另一方面亦引起她的擔憂。若不被人疼愛是種不幸，但被眾人疼愛，又真的會幸福嗎？幸福的經驗，她不曾有過，也不期待會有。不過一但考慮到女兒的未來，她的心臟便會緊縮，跟著身體縮在一起，將女兒抱緊，像是想重新塞回自己的體內。

她懷疑惜蓮是否會幸福，原因在於她自己。她無法獨自養育惜蓮，縱使暫時獲得身旁的人協助，一方面不會長久，另一方面她也不願有所虧欠。

有所虧欠，必然招來恥辱，她想。她不希望讓惜蓮尚未懂事之前，就虧欠他人。過往，如果月娥因為外貌不揚而招致許多厄運，那麼，對於惜蓮招來關懷的美麗，同樣感到極度的不安。她說不上原因，不過，對於無法掌控自己的命運一事，恐怕才是她仍短暫的人生當中，最感到無奈的部分。

如果不是自己選擇的，寧願不要。

月娥亦擔憂，在這環境養育女兒，終究不是長久之計。

月娥有好幾次動念要賣掉惜蓮。不是為了錢，而是心想，若能讓女兒在更好的環境長大，或許比跟著自己一起不幸好。女兒長大會不會也瞧不起阿母呢？一想到這裡她就忍不住一直哭泣，沒想到，怨恨著自己被輾轉賣掉，到頭來卻也只能選擇賣女兒。但寧願被恨，也不要女兒跟著自己受苦，更不願讓女兒長大後，懂得人世之時，知道阿母如此受辱。

姊妹當中有一位與她最親，名叫燕妙。她比月娥年長三歲，是被自己親生父母賣來的。與月娥不同，她性格樂觀，眼角會笑，常會逗得客人笑呵呵。然而在月娥心中，燕妙細心無比，能設身處地為人著想。在女兒三個月大的時候，她找了燕妙商量。

燕妙建議，就算沒有父親，孩子還是要有個家。有個依靠，當她們這樣的風塵女子若有一天淪落更大的不幸之時，孩子才有個依靠。

月娥理解此意，於是與歐卡桑請假，說要回去厝內一擺。

9.

於是，沒有父親的惜蓮，暫時也有了阿公阿嬤，也多了兩位舅舅。

在很長一段時間裡，沒有人會告訴惜蓮，阿公阿嬤跟兩位舅舅，跟惜蓮之間並沒有血緣關係，而真正的阿公阿嬤無緣知曉這位孫仔。

月娥的親生父母在惜蓮出生前一年相繼過世，餓死在月娥的祖厝。月娥的親哥哥將消息告訴了月娥的養父母，他們聽了心中稍有愧疚，拿了一筆錢給月娥哥哥當安慣費。月娥的哥哥並不知曉，這筆錢，是她親妹妹在酒家賺的。

養父母家的兩位男丁尚未娶妻，惜蓮意外成為這個家第一個孫仔。超乎月娥預期，養父母不僅承認，並喜愛著惜蓮。

在惜蓮帶回家的那一刻，默認了祖孫關係，也間接修補了月娥與養父母之間的聯繫。月娥因為惜蓮的緣故，多年來視為外人且被當作賺錢工具的她，暫時成為真正的女兒。

月娥在這轉變中情緒複雜，但也的確感受到一點幸福，至少有了依靠。但她擔憂起未來，也許養父母會因為對惜蓮的愛，而將女兒從她身邊奪走。尤其，他們繼續讓她在酒家工作，該拿的錢一分也不少。

但是，沒有父親這件事怎麼辦呢？在月娥被一個家接納後，父親的缺席變得更加明顯。他們旁敲側擊問過幾回，但月娥無論如何也不願意透露孩子的父親是誰。

真正的父親是誰其實也未必重要。畢竟月娥是他們送去酒店的，未婚懷孕本來也不是稀奇的事。重點是，若要承認惜蓮這位孫女，就必須讓孫女有個爸爸。

他們暗自盤算，在惜蓮懂事之前，一定要幫月娥找個丈夫。他們物色了幾個外省軍人。嫁去了，不僅解決了孩子父親的問題，有個外省女婿說不定在將來也有個依靠。運氣好一點，還可以收到一筆聘金。

只是沒想到，才不到一年的時間，月娥再度有身。

所有人都勸她打掉。月娥卻頑固地要生下。

翡翠在眾人的反對下出生。不幸的是，翡翠並沒有惜蓮惹人憐惜的樣貌，甚至令人嫌棄。翡翠乾瘦，皮膚烏肉底。雖然笑起來有股傻味，令人安慰。不過想到她的未來，在月娥與惜蓮的明天亦是未知數的情況下，很難有理由將她留下。

不論是姐妹們或月娥的養父母，皆勸月娥留下惜蓮，將翡翠賣掉。人們說服她，如此月娥才能嫁得掉，惜蓮也才能有個老爸。一個女兒已經不容易了，何況是兩個呢？

月娥並沒有被說服，留下翡翠也不需要理由。

正當他們打算要軟禁月娥並強占惜蓮，並幫翡翠找到好買家時，阿金出現了。令所有人出乎意料，這樣的月娥竟然有人願意接納。阿金付了一筆錢，將月娥自酒店贖出。少女成母的月娥終於有了丈夫。

當時養父母還不知道阿金早有妻室。畢竟阿金為母女三人的安排，沒有任何一人能多置一詞。面對這沉默卻願意承擔的男人，連懷疑都不知道該放在哪裡。

月娥在離開酒店時同樣二話不說，默默收拾，僅與姐妹們擁抱道別。她們與月娥同樣知情，但遇上一個好人願意娶做細姨，是她們為數不多的選擇中，堪稱幸運的一種了。

月娥與兩個女兒落腳三重，離阿金的大某相隔百公尺。他們沒有婚禮，沒有登記，月娥身分證明上沒有配偶。

可是她從此自由了。那年她十八歲，理應感覺人生還很長，卻像活了好幾世。

入厝那天，阿金準備好簡單的貢品與鮮花。阿金儀式過後便離去，留下月娥一人與兩位幼嬰。

她恍惚地感受著自己的家。想想也真奇怪，之前的人生不斷被賣、被買，某方面來說，她也是被阿金買的。也許還是價格最昂貴的一次。

她賣了，而得到了什麼呢？父母與養父母將她賣掉時，都獲得他們想要的。這回她賣了自己，替女兒找到了願意養育的父親，而她真的是位妻子嗎？

看著惜蓮與翡翠，想著想著，心裡對未來仍感到無望，卻居然笑了。

她想，阿金花了那麼多錢娶她當細姨，待她的方式卻始終猶如女兒。一直以來，月娥作為女兒被家人與養父母賣掉，如今卻被一個外人買來，猶如女兒般疼惜。

月娥有種難得的幸福，卻不太敢接受。她走到門邊，過往熟悉的位置，她直覺地感到，往後不管受什麼苦，再也脫離不了這具身軀了。

那是月娥第一次變老，無法逆轉地，結束了她過早開始又過早完結的少女時光。

第四章

甘願

1.

光復之後，歸來的阿金只剩碎片。

他不理解光復兩個字的含意，儘管曾有過企盼，被希望的氛圍所感染。他個人始終無法衷心慶祝，迎接祖國。

阿金不願多想，亦不願承認，在他心底覺得，自己是戰敗的那一方，歡慶勝利本身就成為無比尷尬的諷刺。

幾年內，他經歷一回又一回的死去：出征一回，召回一回，見證漫天的砲彈落下一回，聽見天皇宣布投降而身旁充滿了哭聲是一回，國民黨人來臺是一回，二二八是一回，國民政府遷至臺灣是一回。

每回他都感到自己的一部分就此喪失了。死去的感覺不是痛苦，而是少了一點話語。嘴巴上不願意說或不敢說，心裡也不敢想。久了就像他兵旅最後的時光，在總督府前站崗的日子，一切像是靜止無聲的。

毀滅總是靜靜地發生。就像他想像，廣島長崎那兩顆原子彈爆炸時，絕對不是轟天巨響，而是悄然無聲的，由巨大的蘑菇雲吞噬掉一切。

想想，自己大概是因為還有話想說，才死不成吧。

雖然他總是不知道該說什麼。

越是重要的時刻，他越不知道該說什麼。入伍時，長官要他們每個人身上都帶上遺書，他認真以毛筆落款在信封上，裡面卻空無一物。他連白紙都不放，衷心企盼，若他有幸戰死異鄉，這信封又被交還給他妻子或父母時，發現他確實了無牽掛。可以當作他想通了，也可以當作死人給活人的一個爛玩笑。

他在海南島駐軍的時光，除了整日站哨、打雜、保養裝備外，有時在長官允許下，會讓他與其他臺籍兵去慰安所。慰安所的小屋悶熱，完事的軍人會坐在外頭抽菸，或是拿著扇子搧風。

這些年輕或年長的女子，大多也是本島人，有些則是當地拉來的。每當他進入悶熱的房間，坐在床鋪上看著這採光與通風不良的環境，他都會心痛如絞。他可以接受被欺凌，可以忍受身體的痛苦，被日本人搧耳光、被訓練官用竹劍打到皮開肉綻。但他無法直視比他低賤而絕望的生存姿態。

他知道自己在戰場最多就是戰死，病死。逃兵會被抓回來，做更辛苦的工作。若是被俘虜了，甚至可能待遇會更好一些。可是她們呢？她們無處可逃。阿金不忍直視她們的身體，更不願意看她們眼神。那些眼睛連求助也不會了。

阿金試著問出她們的名字，想打聽她們的身世，想從她們身上聽到一點故鄉的事，讓他有當一個人的感覺。然而他在這裡遇上的女人多半不說話的，亦不肯說自己名字，只希望他在完事後能快點離開。他並不想與她們發生關係，他希望能在這短暫的時間裡，能交換一點故事，多一點點關於人世間的眷戀情感。這偏偏是她們最不想的。

阿金渴望交流，這樣，或許在哪一方有幸能倖存時，留下一點痕跡。不過她們的沉默比黑夜還深，不論他如何誠心表示自己並無意願，她們也毫不相信，甚至當作這是一種捉弄。她們像個機器執行一切，將他因各種情緒與壓力下消逝的性慾不自然地拉起，再重重地甩下。以至於他一次一次地覺得自己再也無法愛人了。

不過，即便知道這是一種傷害與壓迫的形式，他依舊無能拒絕進入那些房間的機會。除了與死臨近的焦慮刺激下，會產生如火中燒的性慾之外。乃是因為，有些話他只能在萍水相逢的女子身旁說。

過去他也會去找妓女。性早熟的他，十幾歲的時候，在壓抑的畸戀情感下，就懂得透過極為廉價的金錢，找上急需要錢的女子。但此刻，在隨時有可能染上不知名的疾病，隨時可能被指派去做以他們本島人生命去換取的微小作戰成果的狀態，他突然理解，過往在萍水相逢中感到安慰的，是這本身是死亡的形式。那樣的交合，以最私密的方式，只有一次，在你身體與心靈留下一道痕跡，刻舟求劍般，告訴你生命某個時刻無來由地消逝。

阿金聽說，不，是見證過：男人在某些意識即將死亡的時刻，尤其受到巨大痛苦，如上吊自殺、被人凌虐、被人掐死的時候，陰莖會強烈勃起，抽動著射精。他聽說也見證過，男人在最後一刻，身體爆裂出的一種不抱希望的、本能性的渴望生殖的反應。

他曾有一回接收到任務，上級指示作為伍長的他，帶隊深入瓊中一帶的山區，追索被殲滅的抵抗軍的餘黨。說是抵抗軍，其實不過是拿著竹槍、鈍刀、農具等低度武裝的男子，因為不願被日軍擄作軍伕，或是親友遭受殺害，寧死亦要抵抗之人。他們聽說那場殲滅戰中，有三名反抗者負傷躲入森林，其餘全當場擊斃。阿金猜想這任務既不光彩風險又高，畢竟被逼到了絕境，反抗起來往往出乎意料，何況躲進他們不熟悉的山林，敵在暗我在明，隨時可能喪命。

阿金懷著恐懼與興奮帶隊。這兩種情緒皆因死亡而生。他將接近死者，但也可能促成自己的死。如此成為雙倍的對於必死性的興奮與恐懼。不過，他們才一進入森林不久，便看見三名男子的屍體垂掛在樹上。三名男子眼睛突起，鼻孔出血，舌頭吊出。三個屍體勃起的陰莖幾乎撐破了褲襠，混雜著尿意與精液味，吊起的高度恰好在他們小隊的視線正前方。

他覺得不是他們找到屍體，而是屍體找上他們。死亡總會找上死亡的。

若處在巨大痛苦的臨死狀態，會激烈的射精。那麼，在異鄉的小房間裡的交合中，痛苦甚過爽快，麻木勝過感受的狀態下射精，會不會其實是種死亡？他們全體，一次一次在慰安婦那兒射精猶如預習死亡。以至於真正的死亡來臨時，是處在一種麻木的快感中？

他抑制不住地鑽牛角尖下去。在慰安婦那兒，無論年輕或年老、美或醜，或來自於哪裡，她們都比外頭的士兵們更熟悉於死亡的狀態。她們躺在那裡任由糟蹋，機械般而無靈魂的讓每個男子在他們身上射精，猶如屍體。因此，這是死者之間的結合，是屍體與屍體的交媾。是死者的精液，徒勞進入無生殖力的女人的子宮。

阿金在自己的念頭裡經歷過數輪的地獄。但最後他發現。這構成了他唯一溫柔的形式，構成在這環境中不喪失人性的可能。

他在慰安所的房間裡真實的赤裸狀態，比穿起榮譽的軍服時更為自在。

他在這裡找到了僅存的尊嚴。

尊嚴不在於雄性的征服，或生殖的表現。而僅僅是在此他可以放下虛假的光榮，在這匱乏之中思索何謂尊嚴。

真正認識了孤獨後，孤獨變得稍微可以忍受。

至少對阿金來說，當皇軍的那段歲月，日夜相伴的死亡，真的夠教會他一點事。即便失去的，是他一部分的話語能力。

這認知讓他在南方之島仰望夜空時，隱隱約約有個想法：每失去一分說話的慾望，心理就更死去一些。到了哪天再也無話可說的時候，他也可以甘心迎接死亡了。

在親自見過一具具欲言又止的屍體後，阿金甚至覺得言語的失能是一種賜予，而非失落。

在整個島嶼，在二二八期間燒起的最後反抗火焰，終究被獨裁踩滅後，阿金發現，作為一個人，連野獸般的吶喊都不會聽見時，他認輸。心中還想說卻不知道說什麼的慾望，像菸頭那樣被按熄，飄出最後一縷煙。當時他還不到三十歲，生命已經看不到火光，亦失去在黑暗中呼喚，等待回音的慾望。

他原以為就要這樣低頭過上一輩子了，沒想到在三十五歲那年，遇見了月娥以及兩個女兒。他不得不抬起頭來，以便扛下更多責任。

也幸虧如此，不然他也不會在很久以後突然發現，在能說的與不能說的之外，還有第三種語言在等待他。

他沉默的付出，終有一天，會有他人的言語，給予他原以為是奢求的理解。

2.

要說月娥對阿金的第一印象，是他的斯文與澄澈的眼睛。不需要接觸，她就已經知道這會是一名安靜的男子。

這給予月娥非常深刻的印象。會來風月場所買醉的客人，無論外表與個性差別多少，進來這裡，雙眼都是混濁、滿腹苦水的。唯獨這個男子，像是走錯了地方一樣出現在這裡。以至於不容易注意到他，除了月娥。

阿金安靜的像是啞巴。從他走進店門，就像貼著牆壁的影子，沒有人會去注意。他的臉上也沒有不耐或是焦急。客人來來去去，女侍也東奔西跑，全忽略他的存在。

只有月娥看到他。同時，阿金也注意到月娥。

兩人像是找到了同類，自然靠近。兩個人貼在一起，猶如影子貼上了影子，沒有分別。

他們沒有給任何人多添加一點麻煩，或干擾到任何事物。

沒有明言指定，每當阿金進來，都是月娥來招呼他。

恰巧在於，阿金每一次來，月娥剛好都沒有其他客人。

除了第一次之外，兩人後來的接觸如此自然發生。

月娥說不出來自己喜不喜歡他。對於阿金的背景也沒有探問。似乎，沉默只該以沉默回應。當月娥越來越習慣這份獨特的安靜感，就彷彿多瞭解了他一點。

月娥開始喜歡猜想。人生至此，終於能把想像力，放在自己將面臨的厄運之外的地方。她真正地對另一個人感興趣，並越想越趣味。

他幾歲了？他看起來成熟穩重，衣著整齊、布料講究，應該從事著體面的工作吧？

他指間有鈔票的味道混著淡淡的菸味，也許是個生意人？不過看他每回來店裡都是一個人，點的菜雖然不寒酸，但有所節制，應該屬於實在的類型，不是想在酒家女面前展風神的人。

他有結婚嗎？這個年紀應該有幾個小孩了。他身上有做人家丈夫與父親的味道，同時有種疏離感。這是許多客人的通性。不論是少年或孤老，會長期來這場所尋歡的，多半是有家室的男人。因為這裡沒有任何令人眷戀的地方，在短暫換取來的溫柔之後，不是覺得乏味就是空虛。她們一無所有，也因為一無所有，才讓這些有家室的男人，可以在她們身上尋求幻影。

月娥儘管不是紅牌，仍有幾位客人特別關照著她。他們與其尋求的是她身上的某種東西，不如說是尋求他們缺乏的東西。缺乏溫柔，缺乏傾聽，缺乏身體的接觸，缺乏欲望，缺乏快樂，缺乏尊敬。或經常，在一切的背後，這些人尋求的是身上已然缺乏的感覺。在這裡的女子們正因一無所有，讓他們無需有填補的壓力，在早已預期的失落感中，反倒有微小的自我懲戒後的療癒。在這樣的時代，這樣的位置，確然的幻象與終會醒來的溫柔之夢，是最確切的幸福。

月娥原是不懂這些的，但她自然懂了。

她懂。並且她認定，阿金跟其他人是不一樣的。她知道其他姐妹會說查埔人攏同款，所以她沒有對誰訴說。月娥只是不時想著他。除了思念源自於對他的困惑。阿金即使總是專程指定她來服務，卻不在她身上尋求任何事。月娥替阿金酌酒、上菜，在身旁陪伴。也會一同進去房間裡依偎。但這些相同的事當中，有一種無以名狀的關係。這關係就連他們自己也說不上來，且不能說破，不能以任何的名稱、任何的約束、任何的誓言來固定。

月娥與阿金之間存在一種距離，這距離卻是繫著他們的關鍵。

阿金不問，月娥不說。月娥不問，阿金不說。大多數的時候，他們彼此不說話，不互相直視對方的雙眼，只是坐在角落裡，看著店裡的其他小姐與客人的故事，彷彿不在此處。

唯一有觀察過他們，並能夠稍微說明的，就只有燕妙了。若讓她來說明，為什麼月娥特別在乎這並不英俊，亦不闊氣的客人？她可能會說，因為在阿金身旁，月娥可以是自己。不必說明，不必偽裝，在阿金身旁，月娥承受的命運彷彿不再是考驗或是詛咒，就只是如此。

月娥某天終於想通，阿金找她，的確別無所求。阿金雖然不擁有什麼，但也不缺乏什麼，他的心如此空洞，但卻不求填滿。阿金只是想找她而已。阿金缺乏的只是她，一個位置，恰恰好容下的，就是她，不多不少。這本是美好的事。月娥這麼以為，因此，她不必滿足他，不必在他眼裡看見另一種不是自己的形象。

但她終究跨出那一步了。

月娥動了不該有的念頭，而阿金卻成全了她。這是月娥的罪孽開端。

3.

阿金戰後與朋友一同合夥開了藥局，他負責在外頭跑業務並兼任會計。他有頭腦，且運氣不壞。比起在家，他更願意在外頭跑動。幾年下來，他累積一些財富，妻子阿琴亦一年一年地生下兒女。

每回生下子女，都會讓阿金略感失望。他也說不上來原因，為什麼他與阿琴就是那麼容易有子嗣呢？於是，當有人建議，生了這麼多女兒了，既然有可靠人家想要，不如就賣給人家。聽到這建議的阿金，除了沉默而沒有任何反應，於是就成交了。阿金試圖努力過，卻仍舊無法動情，於是在一慣的沉默中，賣去了兩個小女兒。

不只是女兒，他與兒子之間關係亦淡薄。長子世雄是他上戰場前與阿琴所懷上的。在南洋那幾年，只能從妻子請人代筆的信裡，疏遠的理解遠方的兒子的成長。他習慣在夜裡，倚著椰子樹吹海風時展信閱讀。彷彿只有在星光與月光下，低度的照明裡，阿琴即使透過他人之手寫下的訊息裡依舊感受到的恨意，才不會恣意焚燒。他讓阿琴的恨意，如同落在皮膚上的菸灰，劇烈的灼痛過後，便消失無蹤。阿金知道阿琴的心思，孩子多大，阿金離開的時間就有多久，阿琴的寂寞也有多久。等到他被調回臺灣的時候，阿雄已經會走路、說話了。阿金聽著世雄叫他阿爸，心中卻只想逃回前線。

他覺得這孩子像是憑空冒出來的。因為虧欠，後來他試圖努力彌補。不過那份距離，似乎在他決定要加入徵兵行列，在相館拿著太陽旗拍照的那一刻就已經決定了。

追根究底，是阿金不覺得自己有真正的回來。然而要說他將什麼留在哪裡，他也說不上來。他努力盡責，以免讓任何人發現他這種惶然無措的狀態。

他刻苦耐勞，努力賺錢，對生活毫無怨言。他唯一卑微希望著的，是阿琴能眉頭舒展，不再無聲叱責。至少維持雙方的距離，而不要看穿他，更不要戳破他。

他對於自己仍在活著，有種無法和緩的不適感。不適感使得他成為一位坐不住的人。他總是匆匆忙忙，主動地把自己的存在成為反覆擦拭的軌跡，在他的的記憶裡成為純粹的、自行抹去的印象。

他唯一的樂趣，是跑完業務之後，或每個月結算完的喘息間，到酒店裡隨意點些菜，在小姐的陪伴下，混著憂愁靜靜喝酒。

剛開始他會跟著朋友來，後來則越來越偏好獨自前來。時間長或短不重要，阿金需要的是間隔，或是一個屬於他自己又不需從屬的時空。這些無需從屬的零碎時間，將他與工作之間，與家庭之間，插入一個又一個的微小間隔。有了這個間隔，他就能稍微喘息。他寧願獨享這份時光，將口袋裡剩下的錢，不假思索地灑下。這樣他才可以稍微忘卻被生活追趕的磨損。

阿金熟知歡場的規則。對他而言，酒店的小姐毋寧是善解人意的。酒客要的，她們未必能給；酒客不想要的，她們絕對不會做。酒客想給的，她們未必會接受；但酒客給不起的，她們不會多索取一分。

阿金甚少留戀在同間酒店，亦不指名小姐，直到碰上月娥。一開始只是同情，覺得她年紀小，個子瘦弱，一臉淒苦貌。漸漸地，他習慣這個沒有手段，亦無美貌的女孩，可以與他安安靜靜在角落。在酒過三巡後，當他靜靜哼著日語歌的旋律，忍耐著不唱出日文歌詞，月娥會輕輕地配合在自己的大腿上打拍子。

這可以讓他內心平靜下來，感受到自己心在跳，人在呼吸。

儘管如此，隨著見面次數變多，來訪頻率增加之外，他內心也慢慢形成一種異樣的情感。他發現，月娥無疑對他也是有好感的。至少，他們相處的時間，已經建立起默契，那騙不了人。

一輪又一輪的死去後，他只相信直覺，而非言語。凡不經任何思考的，沒有任何佐證的，看不見的，才是他相信的。話語尤其不可信。他猶如顛倒行路，需要酒精校正。他猶如盲目視物，需要有人能拉著雙手，撫摸皮膚，才能摸黑前行。

月娥陪酒的時陣，倒酒的速度不疾不徐，甚至有些笨拙。觸摸他的身體時，帶有溫度，卻不刻意撩動情慾。這些都讓阿金感到寬慰。阿金發現月娥身上有個難以言喻的特質。那是一種硬氣，是一種無論多悲慘，絕對不輕賤自己的性格。在這樣的環境，酒客與酒女的關係中，月娥的不輕賤，反而拯救了阿金想讓自己沉淪至底的心。

那天，當阿金知道妻子又有娠，欲多酌幾杯酒灌醉自己直到不省人事時，月娥拉著他的手，雙眼盯著，以一種難以察覺的幅度搖頭。阿金心裡鬱悶，在月娥溫柔的勸告竟令他更為惱怒。阿金甩開月娥的手，拿起酒瓶倒滿酒杯，欲一口氣飲下。月娥卻一把搶下他手上了酒，狠狠地往自己嘴裡灌去。由於激動的緣故，噴灑出的酒濺溼月娥的胸口，嘴唇的口紅因為粗暴地灌酒而暈開。阿金因月娥突如其來的行動而清醒，怔怔地看著月娥的臉。月娥沒說話，她的眼神比話語更多。這眼神彷彿告訴他，他或許可以對她做許多事，但不可以在她面前墮落。這將是對他們之間關係的背叛。月娥此舉，若要墮落，寧願讓她這名毫無希望的風塵女子來做。這令內心麻木多年阿金久違地感到疼痛。

他知道自己永遠忘不了這個表情了。同時他知道，只要忘不了這個表情，他的心痛便也無法平息。於是，他得到結論，這個痛，將會牽動他一輩子。

4.

後來怎麼會那麼恨阿金呢？這個問題，恐怕連月娥自己都無法回答。

月娥知道阿金的付出。替她贖身之後，他亦將自己的私房錢湊足，造訪月娥的養父母，替他們付清房屋年久失修的修繕費用。同時表示，他不僅願意照顧月娥，亦會收養惜蓮與翡翠。言下之意，是要他們從今以後不再干涉月娥母女們的人生。

是從他們入厝那天，阿金還沒坐下吃第一口菜，便拋下她們母女，匆匆回去大某家的緣故嗎？

不過月娥並不善妒，對於阿金的元配阿琴，她有的只是歉疚。

那天阿金確實有說會回來。月娥心底不斷告訴自己，阿金確實是真心，若是沒回來，也不是故意的，那畢竟才是他的家。然而她還是期待了。月娥抱持希望，留著一個丈夫的位置。直到惜蓮與翡翠沉沉睡去，月娥依然守候。那天的月特別明亮，可是月娥無心去看，亦無意點燃燭火。她只覺得月光令人如此寂寞。

寂寞。啊，是啊。她原以為她是不懂寂寞的。她自小孤苦無依，卻從來沒擁有過屬於自己的空間，如今，阿金留下的空缺是過於巨大了。哪怕只是暫時的，或阿金確實竭盡所能，不求任何回報地給她們母女一個家。但這份填補不了的空缺還是狠狠地刺痛了她。像是再度被命運嘲笑，污辱。

終究，無論她願不願意，她還是成了一個搶了別人丈夫的污穢女子。

或者是那天呢？

他倆作伙之後，阿金與月娥又生了兩個男孩。阿金給他們取個吉利的名字，祥雲與豐盛。

在月娥眼裡，阿金疼愛兩個兒子更勝女兒，尤其是最小的兒子豐盛。即使阿金從來沒有告訴月娥的四位兒女事實，也待惜蓮與翡翠如親生，完全沒有一刻讓她有賣女兒的擔憂。然而月娥總有種陰暗的心情，猜想阿金是否在對祥雲與豐盛慈愛的背後，還是因為親生的緣故？會不會他心底是勉強留著惜蓮與翡翠的？這般猜想，有時讓月娥輾轉難眠，有時又讓她在阿金相好時，板著臉拒絕，要他回去大某那裡。

月娥的人生不想受到第三次傷害：被親生父母賣掉是第一次，被養父母賣掉則是第二次，若阿金輕視惜蓮或翡翠，將會是第三次。

但會真正埋下日後的恨，或許還是那次。

那是豐盛足歲五歲，阿金藉口出差，帶著她與豐盛，三人一起坐火車去新竹的那天。都是阿金一直說，每次騎腳踏車帶豐盛去中華路看火車，他都鼓掌笑呵呵，該找一天讓他真正的坐火車了。

月娥原本不願跟阿金白天出門，她心理抗拒與阿金光天化日下走在一起。但明白阿金的心思，便應允了。一次也好，讓豐盛坐上真正的火車。一次也好，讓豐盛感到他們是一般的家庭。日後豐盛懂事了，或許能夠靠著一天的完美回憶，沖淡這種失落感吧。

他們盛裝打扮，阿金穿最上等的西裝，月娥則借了白色的碎花洋裝與草帽。兩人像是演電影的心情，表演給豐盛看。

在火車啟動時，豐盛開心的在椅子上跳來跳去，臉貼著窗戶看。在這短瞬間，月娥確實連自己也騙過了。她露出微笑，頭枕在阿金身上。她從來不曾真正擁有過的少女時光，在此暫時還給了她。

她忍不住對照回憶：第一次坐火車，是自己被阿母賣去那天啊。

她生過四個小孩，加上生活的折磨，早已皮膚鬆垮暗沉，失去了青春的樣貌。但這天，青春以笑顏的形式，回到她的臉上。

這讓阿金也看呆了。他雖然早早失去童貞、娶妻、嫖妓，或在異地與慰安婦交合，回臺後亦流連酒店，縱使嘗受過女子的嬌柔旖旎，內心裡面卻不曾真正戀愛過。兩人現實的風雨飄搖，竟在火車的搖晃裡，淺嚐了戀愛約會的甜。

正因為美夢般的甜，才會在現實給予的驚醒時，感到萬般的痛苦。

如同日後纏繞在豐盛心頭的關於那天回憶。月娥同樣在歸途時感到心事重重，臉色慘白地跟在阿金與豐盛的背後走。

遠遠地，離家還有數百公尺，她就隱隱約約聽見女兒翡翠的哭聲。那是她最熟悉的，低吟的、嗚噎的哭聲。做阿母後她什麼都不怕，唯獨害怕兒女的哭聲，當他們哭起來時，她會陷入一種手足無措的失神當中，唯恐做出失去理智的事。

她挺著顫抖的雙腿走進家門。進門前，她從阿金的背後，把阿金與豐盛緊緊相握的手撥開，並用自己的手緊緊握著。她要握好豐盛，並且不要再讓人看到阿金與豐盛之間的父子之情。

即使這樣的準備，也無法不讓月娥在看著家中情景時，一顆心便像是水瓶摔落在地。那個畫面：惜蓮面對著家門，挺著身體，雙腳站開，兩手向外伸展，保護著躲在身後哭泣的翡翠與祥雲。惜蓮咬著下唇，眼睛泛紅，身體顫抖著。

月娥熟悉這副模樣，正是她過去受到屈辱時的姿態。說好了要保護兒女的，卻還是讓少女的惜蓮一併受辱。她心痛地想。

雖然惜蓮正對著門外，月娥與阿金可以清楚看見她漲紅的臉，顫抖的肌肉，浮上太陽穴的青筋。惜蓮的雙眼卻沒彷彿沒看見他們一般。因為，擋在惜蓮與他們之間的，是阿金的大某阿琴，以及在一旁拉著阿琴勸說的長子世雄。

月娥一眼就明白發生了什麼事。

阿金的家，與他們家不過徒步十分鐘的距離。但這麼多年來，在彼此的默契下，從來不曾互相打擾。如今，他們這趟猶如幸福家庭的出遊，徹底的刺傷了阿琴，迫得她想衝進他們家門問罪。

如果她能嫉妒阿琴就好了，如果她能恨阿琴就好了。可是月娥知曉，這回是她越過的底線，貪圖了不屬於她的份。她是被嫉妒、被恨的那一方，她是傷害人的那方。是錯的那一方。

她失去了思考的能力，對這世界感到不解。她像個木偶，眼睜睜地看著阿金把阿琴與世雄帶走，卻一句話也沒有留給月娥與她的子女們。過去，她被養父母以及兩位無血緣的哥哥欺負時，能夠讓意識脫離肉體，冷眼觀看肉體的苦痛。此刻，她的意識卻怎麼樣也無法擺脫這肉體，反而深深地綑綁在此。她覺得被掏空了，在阿金離去的沉默裡。月娥與惜蓮面對面，這時的惜蓮終於在人後潰堤。然而月娥無話可說。做阿母的，在女兒面前，感到無比羞愧。

屈辱，更何況，這個屈辱，是月娥的命運造成的。是她造的孽，讓子女承接了苦痛。還能恨誰呢？終於，不會怨恨的月娥，走不出阿金獨留下月娥及其子女的畫面，在孩子的哭聲圍繞下，終於開始深深地憎恨起阿金。這一恨，就是永遠了。哪怕是個眼神也好，阿金也不給她一點顏面。

到頭來，她還是個被遺棄的女子。這趟的火車之旅，跟阿母搭的那趟火車一樣，終點是遺棄。原來繞來繞去，被遺棄都是她的宿命。

月娥失魂，沒聽見惜蓮的叫喊，轉身離開。她迷失於情緒，連一手還牽著豐盛都沒有察覺。

惜蓮馬上追了出去。很奇怪的，在學校是短跑健將的惜蓮，卻怎麼追也追不上阿母。追了兩三個路口後，發現距離越拉越遠，惜蓮擔憂弟妹，只好先折回。回到家，惜蓮看著哭成一團的翡翠與祥雲，卻怎麼找不到豐盛。她頓時天旋地轉，知道自己作為大姊絕對不能慌。她閉上眼睛，在心裡喊話。以最平靜的表情，一面安撫弟妹，一面在內心哭喊：「阿母，你毋通袂記阮擱細漢。」

當時的月娥在失魂落魄之中，走下了臺北橋的河濱，她越過雜草，一路涉水，緩緩地將身體浸入。一步一步下沉，意識卻越來越薄，猶如撈金魚的紙網，貼在水上緩緩移動，一不小心就破了。她原本可以這樣死去。既然她的肉身沉淪至此，心靈亦千穿百孔，如此死法確實適得其所。

在最後一寸的河水即將淹沒她的靈魂時，她的心突然抽痛。她聽見了哭聲，少女的哭聲。她自恍惚中清醒，發現自己在河中央，眼看就要滅頂了。月娥像抓住岸邊般慌張移動地追尋內心裡聽到的那個哭聲。

一開始，是惜蓮的哭聲，隱隱的，她辨別出了翡翠與祥雲的哭聲。但不止如此。她驚訝且顫抖地發現，在這些哭聲後面，藏著另一個少女的哭聲：那是自己當初第一次被賣掉時，忍著沒有哭出來的聲音。

她完全醒了，這是她最清醒的時刻。只是太過於清醒，反倒有些不真實。因為她看見，自己從沉浸著大半身體的河水中掙脫出來，卻不是在岸上。月娥還是在河的中央，光著腳，浮在水面上。濺起的水花正沖上她腳踝，她卻被水面輕輕托起，夜晚的河風吹在她被水濕潤的皮膚上，泛起無數的雞皮疙瘩。

今晚的月光比平常銀亮，奢侈地撒在河面上，明亮地讓她看不清楚四周。像是醒在夢中，可是如此清醒，且冷風吹拂如針刺，令月娥難以否認這是真實。但聽覺還沒回來，像是要等待她而積蓄一番，她清醒過來的幾秒間，不但心內聽見的哭聲消逝，整個周圍像是被抽掉了聲音。無比寂靜。

接著，她聽見巨大的哭聲，從河岸上傳來。她心中一驚，看見豐盛竟然在岸邊，正大哭著呼喊阿母，腳步不穩就快要掉進河裡。

月娥心內著急，欲踏出腳步去營救豐盛。沒料到一個心慌，才踏出一步就像陷入了坑洞，腳陷入了河裡。此刻，在豐盛即將跌入河中之際，她已經完全將想死的念頭拋在一旁，取而代之的是生的飢渴。

豐盛瘦小的身軀掉進了河裡，月娥則告訴自己要冷靜，不要去多想此時的異象，而是順著這情況去應變。這是逆來順受的月娥鍛鍊起的直覺，足以抵抗命運所有的安排。她最強大的力量，不在於可以意識脫離身體，不在於能聽見他人的哭聲，或是突然出現的水上行走，而是對於這一切毫無道理，不知是福是禍的安排，她都能完整接受。很久以後，當月娥老去，忘記了這份力量時，反倒由惜蓮完整地承接起來。

不假多想，月娥邁開步伐行走在河水中。一步一步，不識水性的她，像是踏在階梯上，踩著河水往下，直到整個人都埋進了河水。她從河底撈起了豐盛，轉身，不疾不徐地，踏著河水的階梯走回了河央。

最後一階，月娥踏上了河面，她看見豐盛像個嬰兒般在她懷裡。

懷抱著豐盛，月娥忍不住想：「真像阿金。」

突然間她理解為什麼阿金如此偏愛豐盛。同時也終於解開了上午的一則誤會。

這天出遊返程，三人在火車上搖晃，幾乎像是一家人。怎麼可能不是呢？豐盛確實是阿金所生，她確實是阿金的妻子。只要沒有人問起，他們就是一家人。沒有旁人時，名份不算什麼，但往往世人會被名份絆住，推翻了真實。月娥幾乎要釋懷了。但偏偏不巧，正當月娥沐浴在奢侈的幸福中，一位穿著優雅旗袍、上著濃妝、氣質跟火車車廂氛圍分為稍微有點違和感的婦人，在一名老婦的陪伴下，沿著車廂走道經過了他們一家。

月娥與婦人對視了一眼，旋即相互撇開視線。月娥在這一眼中看出來，這個婦人的身世，在光鮮亮麗的形象底下，維繫她生存之道的方式恐怕也不光彩。另外，這位婦人恐怕是生不出孩子的。最後，這位婦人，大概同樣也看出她的心事。月娥心稍微擾動，希望找回前一刻的心情。但這位始終掛著鄙睨神情的婦人，卻在他們面前停下腳步，裝作沒看見月娥般，以木偶般的笑臉，用悅耳的國語，輕輕對著阿金說：「您的孫子，長得跟您真像。」

火車搖著晃著，婦人與隨從的老婦離開了走道，到了另一個車廂。月娥懷著恐懼的心情，回頭看阿金，她發現阿金臉上出現了無比幸福的微笑。月娥先感到詫異，而後感到不解，那一瞬間，她覺得阿金與那個女子同夥譏笑了她。這令人煩悶欲吐的情感，一路上糾纏著月娥直到家門口，也才導致月娥因為阿琴的闖入而崩潰，恍神地走入河中。

豐盛濕淋淋地在她懷中，她以身體為他取暖。月娥內心潛藏的怒火與怨氣，此時變成了暖意，暖烘烘地溫著豐盛，蒼白的臉有了血色。

是啊，他們真像。月娥也曾遠遠看過阿金與阿琴的小孩，但沒有一位比豐盛更像阿金，也難怪阿金會如此疼愛。當阿金聽到那陌生女子說他們相像時，他在意的或許不是老來得子，或是帶著被誤會成女兒的細姨出遊，而是這份相像，給了他多少安慰。突然間，月娥也突然接收到了阿金長期壓抑的寂寞，月娥因為自己的痛苦而忽略傾聽的寂寞。哭聲是一層包著一層，惜蓮的哭聲裡藏著少女月娥的哭聲，豐盛的哭聲裡藏著阿金一直壓抑的哭聲。

月娥疼惜著懷中的孩子，像同時抱著年紀長她許多的丈夫。

豐盛的身體暖了，衣服幾乎乾了，月娥的怨火也熄了。她感覺豐盛身上藏著的阿金的氣息也沉睡回去了。豐盛就要醒了。

月娥知道這是不能醒的夢。如果豐盛醒了，他們將會一起沉進河底。於是憑著直覺的牽引，輕輕地將豐盛放在水面上，放手一推，豐盛保持著佛祖般側睡的模樣，滑在水面上直到岸邊。

與其醒著記憶，不如睡著遺忘。

岸上的豐盛緩緩張眼，這一回，遠遠地，月娥叫豐盛不要靠近。這句話，同時是對著這個面容上阿金的影子說的。不是拒絕，但也不讓其他人靠近了。月娥在這最純粹的狀態裡，在豐盛朦朧的見證下，她站在月亮打在水面的倒影上翩翩起舞。她不容許任何事物玷污，連光亮也沾不上身。

儘管這場如夢般的經歷，在這朦朧的狀態裡被月娥刻意遺忘了。但是實際上，在那個特異的時光裡，她早已徹底原諒了阿金。

不是恨，而是預先的原諒。

一直到人生的最後，月娥在人生漫長的沉睡裡才想起。

但既然原諒過了，那也是永恆了。

5.

也許真的是自己的錯，月娥後來才會如此絕情。

阿金在與子女聚會後，看著月娘，終於放下最後一絲再見的希望時，承認了這件事。他恍惚地，對著月亮伸出手掌，月光穿透他指間的皮膚，薄如紙的皮下透出著微血管的紋路。他對著月，手掌抓了個空。他垂下肩，攤開手，在溫柔的月光底下，任其自然。

關於手的記憶。他們最初相識，阿金最記得的是月娥的手。

當人養女的月娥，手指長滿了繭，皮膚乾燥老是脫皮。阿金看了心疼，偷偷送了她藥房帶出來的「Khu-lî-mù」。

月娥一開始不敢收，內心排拒的不是客人的禮物，而是自覺身份不相稱。接受了不配擁有之物，對月娥而言不僅不感到虛榮，甚至認為是一種屈辱。阿金看著月娥微微發怒鐵青的臉，感到歡喜。與其逢場作戲，他更珍惜這個女孩的骨氣。骨氣如此稀有，到這時代早已不復見，包括他自己，為了在這時代生存亦消失得無影無蹤。然而這女孩，在如此苛刻的環境下，低賤的身份並不能挫折她的骨氣。他既欣賞又慚愧。

於是，他將這一小罐「Khu-lî-mù」放在桌上，轉開罐子，用右手的三指刮起一層乳霜，然後牽起月娥的手。月娥低頭不看阿金，但任憑他握著她的手。阿金以撫摸著嬰仔般的力道，無比溫柔地將手上的霜膏，從月娥的手背慢慢推開。乳霜在皮膚上，像是奶油般融化開，變成透明、光亮、滑嫩的質地，滲進了月娥乾裂的皮膚。

Khu-li-mù。阿金內心像是念著咒語般，讚嘆地以極小的範圍，慢慢在月娥的手心手背上推開。塗在手上，光彩卻在月娥的臉上同時綻開，像朵粉紅色的蓮花，浮現在月娥淒苦蠟黃的臉上。他為此沉迷，將這份快樂，從眾人眼前，帶進了濕暗的房間。阿金發現，月娥並不是不美，她的美要在陰暗之處才會綻放。

月娥的美是要藏起來，孤獨地欣賞的。

他回想起在當兵時，曾經常與一位極有教養的貴族後裔軍官大江少尉深聊。大江少尉因阿金受過教育，懂得品味，比起其他未受教育的日本兵，更喜歡私下找他到一旁，放下軍階、國籍，彼此掏出心肺，說什麼話，或不說話都無妨。

有一回，大江少尉命阿金帶隊，找幾名有木工經驗的臺籍兵伐木重建茅廁。阿金原以為這是個低賤的工作，認命地監工，並親自參與鋸木、磨光、搭建。沒想到幾天後，快要完工之時，大江少尉親自來巡視督察。

阿金遠遠看見少尉，趕緊併腿敬禮。他深知少尉的個性，只要展現平時的樣子就好，不需要特別作樣。

大江少尉下令眾人一旁休息，亦讓身旁護衛的小兵放風。少尉邀請阿金兩人一同巡視接近完工的茅廁。見阿金臉上有點猶豫，大江淺笑，先行走了進去，阿金只好快速跟上。新建的茅廁因為未使用過，沒有穢物與惡臭，阿金仍然覺得不妥。大江少尉檢查了結構，通風與採光，感到相當滿意。他誇讚了木工的扎實，能在此條件下完成，確實不易，阿金好好犒賞他們。此時，突然一陣午後雷雨，他們兩人，一位日籍軍官與一位臺灣小兵，就這樣在近完工的嶄新茅廁前的屋頂下聊天。

阿金日後深深記得，大江的眼睛在烏雲罩下的陰暗裡發著光。他告訴阿金，一間衛生的，稍微雅緻的茅廁對日本人的靈魂有多重要。大江少尉引述一位日本文豪談論過的日本陰翳之美，兩人隔著木板，阿金聽著少尉如癡如醉的講述當中的段落。阿金恍惚著聽著少尉的話，想像著日本的蒔繪是要如何在暗色中才能察覺的美。

他的意識慢慢染上了一種黑，這個黑治癒了他內心的傷痕意識。尤其是後來大江少尉還沒等到南洋戰事的潰敗，就先染上瘧疾而死。對於阿金來說，整個回憶雖有種難以言喻的傷感，同時卻不停地在內心發酵。或多或少地幫助他度過日後面臨的挫敗與悽苦，讓他在接下來生命遇上的幾輪的低谷中，都能夠發現到美。

在黑暗中。

美即生命，生命在陰暗中孕育。

月娥出現在阿金的生命低谷。不是指阿金當時生活困苦。相反地，當時的他彷彿什麼都有了，不會有意外了。他陷入生命的麻木狀態，連年輕時酒醉的暫時輕鬆都拯救不了，只有宿醉的難受越來越強烈。

是月娥讓他重新感到痛，感受到生命。

她的神情，她瘦弱的身體，她的身世。他終於知曉為何月娥的臉色蒼白，皮膚粗糙，身體虛弱。只因未滿十七歲的她才剛生了第二個女兒，立刻就來接待客人。她的身體早已不堪負荷，心靈千瘡百孔。

月娥太過於年輕就經受這些，缺乏語言去表述，只能在他面前毫不掩飾地如實說出。這就像他們在房間裡時，月娥脫下衣服，露出瘦骨嶙峋的身體，卻沒有任何的手段遮掩身體的缺陷，或展現女人誘人的姿態。正是如此，讓阿金感到異常的痛楚，在內心裡產生各種聲音，填補眼前這位不幸少女的巨大沉默。

或許是氣味惹的禍。每當他們共處一室，阿金就會更為強烈的被月娥身上的氣味吸引。這氣味難以形容，既卑賤又純粹。但這世界上怎麼可能存在這樣的味道？甚至，任何的事物，都不該是既卑賤又純粹的。可是月娥在他面前，幼小的胸部在他掌心如雛鳥，他無法否認自己願意與她墮落的欲望。他知道月娥並無任何算計，甚至一旦她知曉阿金的心思，她一定會離他遠去。

他痛苦，並忍任著藏匿這份痛苦所造成的另一種痛苦，化作一種溫柔。

除此之外，這必須是個祕密，永遠是個祕密。

更久以後，等到阿金明白他們這輩子是再也無法相見時，走在鵝黃的滿月下，他才發現這想將月娥私藏的心態，是如何傷害了她。

如今，阿金回想起這些，忍不住想：或許是這自認的溫柔，因為太過於細膩與羞怯，缺乏言語來理解，導致於將他推向更沉默之處。

這份溫柔造成的沉默，終究更加傷害了他此生的兩個妻子。

他不知如何解釋那天月娥哭著求他幫助的心情。

那晚，月娥一見到阿金，就倒在他懷裡崩潰大哭，說寧願再把自己賣掉一次，賣給誰或賣到哪裡都好，也不要剛出世不到一歲的翡翠被賣掉。月娥哭說不要因為自己的不幸連累到女兒，也不願女兒複製了她的命運，因為不討人喜歡而被賤賣。

他知道懷中這位連個 Khu-lí-mù 都不會討來當禮物的女孩，若非走投無路，不會用這樣的方式索取同情，如此卑微賭上他們這份難得的情感。

他們都清楚，一旦兩人之間誰動了私心，有所取求、有所交換，他們之間這種既私心相會卻又光明磊落的關係將會瓦解。

他也知道月娥捨棄了她唯一的尊嚴，並交予了他。換句話說，在那一刻，月娥將自己賣給了阿金。她短暫的十八年青春被販賣無數次，可是這一回，她是心甘情願，主動將自己賣了出去。

影響他一輩子的決定，在那一瞬間落下了。不僅是他的命運，阿琴與月娥，以及他們的子女，都在那一刻，在他的允諾下，永久地決定了。

他隨著月娥走進最深處的房間，她的好姐妹燕妙正哄著哭鬧的翡翠，而惜蓮則睜大眼睛好奇地看著他們。

阿金的注意力一直放在月娥身上，總對於其他人的話語始終充耳不聞。此時他才隱約記起這個傳說中的美麗女嬰，一歲左右的她如此令人愛憐。同時，阿金不僅被惜蓮吸引，也將目光放在哭得口鼻滿是喙瀾的翡翠身上。相對於美得不像是月娥能生出的惜蓮，妹妹翡翠的五官較像阿母，哀苦的命運彷彿刻在臉上，卻有一種說不出的、憨傻的可愛。

頓時，阿金覺得這間房間，比他們待過的任何一間都來得潮濕與陰暗。他看著兩個女孩，一面思索卻毫無結果。他只覺得表與裡，美與醜，幸與不幸說不定是同一件事：月娥與她兩個容貌差異甚大的兩個女兒，三人把作為一個人的美醜好惡都展現了。若任由她們在命運的風暴中，彼此必然失散。但若有多一雙手將她們擁抱起來呢？

他模模糊糊地將雙手伸在半空中，內心喃喃自語。

不能將她們三個拆散，一旦拆散了，他的世界將會裂解。

才準備要說話，阿金才發現自己恍惚間將左手伸向了翡翠，右手伸向了惜蓮。才一伸出，這兩位初次見面的女嬰竟也同時抓住他的手指。

世界安靜。

然後聽見月娥的啜泣，逐漸連她的好姐妹燕妙也不由得抽泣起來。

他忘了自己當時說了什麼。也許到最後什麼也沒說。事情就此決定。

時隔多年，到了再也沒有任何言語能夠聯繫彼此的時候，他才想起，若能回到當初，他會說的話是什麼。

在說與不能說以外，有一種語言，是不必說卻已經存在的語言。

今晚與月娥的子女及孫兒女聚會後，阿金更感死之將至，預感這是最後一次的團圓了。

這意味著，他的隻字片語，此生再也不可能傳遞到月娥身邊。

但也是因為這樣，長久缺席的那句話，回到了他的喉頭，溫柔地滑進他的口腔。

他知道這句話真的不能說，於是含著這句話，忍著，抬頭望著月娘，在心內喊出那句不會說出口的話：「我甘願。」

第五章

繫連

1.

「雞腿你提轉去食。」

惜蓮未回話。

她睜大眼盯著盤子裡的雞腿，黃色的雞皮泛著油光，像在數著雞皮上頭有多少疙瘩。

阿公與阿嬤看著趣味，猜想可愛的孫女會說出什麼話。

惜蓮無意識地吞嚥口水。因為身體過於僵硬，她喉部的肌肉的收縮，在皮膚下顯現。

「可憐。一定是佇厝內毋食飽。」

聽到這句話，惜蓮突然回到現實，禮貌地開口：「我欲轉去了。」

阿公與阿嬤相互看了一眼，嘆息地說：

「遮爾早。」

惜蓮看著他們，連眼角的餘光都不再看雞腿，把貪吃的意念壓到心底。

離開後，她決心不再想，而快步向前。

她沿著河堤回去，時間已接近傍晚，吹拂在臉上的涼風，讓她耳後泛起雞母皮。她不知道為什麼，覺得這樣的身體反應有些可恥而低下了頭。幸好天光稍暗，沒人看見她已經從耳根子紅到兩頰。她不喜歡被人盯著看，這使她羞怯。這些眼光中，還有她未知的恐懼。對於男女之事，十二歲的她介於懂與不懂之間。這點她自己也清楚。她走在河堤上，一邊是陸，一邊是水。一邊高，一邊低。對於不懂的事她當然好奇，同時也害怕，一旦懂了會不會就回不去了。

她更擔憂的是面對阿母。人生若是踏錯了一步，阿母一定會用絕望的眼神看著她。這眼神將會讓她從靈魂深處打顫。

她喜歡阿公阿嬤，他們會誇獎她。說她巧，說她婧。

阿母不會這樣說。每次親友在她們面前誇讚她，阿母就會皺著眉頭，強烈的反駁：「毋啦，哪有。囡仔郎爾爾。」

她清楚感受阿母不喜歡她被誇獎漂亮，也不喜歡她長大。

上個月，第一次有了來洗。

當她早上起來，發現褲子沾了血，她把染了血的褲子拿給阿母，等待阿母發落。儘管敏感的惜蓮早就在日常之中或朋友口中隱隱約約知道了這件事，但面臨到時，她心中還慌著不知所措。這不安感混雜著興奮感發自體內深處，從內到外將她翻轉。不過，阿母只是一個眼神就讓惜蓮卻步了。

那眼神包含著嫌惡，像是看見了污穢之物，垃儳物仔。

阿母眼神裡的恐懼引起她的恐慌。她把褲子放著，躲進房間，找了條乾淨的破布，手忙腳亂地自行處理。

許多事情都是這樣，她恐懼的是阿母的厭惡，厭惡阿母的恐懼。阿母是她的禁地，是她的邊界，也是她的牢籠。

惜蓮一面走，一面想。好多的謎團，在這一兩年間，都被她隱隱地猜到了。她只是沒去問，彷彿只要不問、裝作不知道，就可以維持表象。表象不是別的。阿母是她世界的表象。摧毀表象，如同摧毀阿母那薄薄的、卻至關重要的面子。

她想起學校那個帶著濃厚鄉音的國文老師。當他解釋到如履薄冰這成語時，整個人站了起來，一邊滴著汗水，一邊在黑板前面伸手比劃。他說北方家鄉那裡有很大很大的湖，每到了冬天湖面都會結冰，小朋友會蜂擁到上頭滑冰玩樂。可是只要一不小心踏到薄冰，就會整個人掉進冰冷的湖中，不出幾分鐘沒救出來就會活生生凍死。他眼睛上吊，對學生們說著，活活凍死的人，身體跟冰塊一樣硬，化都化不開，全無血色，整個人都是白花花的。老師僵止不動，那一瞬間還真的像是殭屍。過一會，見學生們屏氣凝神，似乎終於對這昏昏欲睡的課有了反應，老師童心一起，突然大喊一聲：「這就是，一失足成千古恨吶！」

回想起來還是會嚇一跳，老師說著「恨」拉長的音，與他瞪大的眼睛，整個人顫抖著。恨是什麼呢？她沒經驗，但她知道這確實存在的。阿母那股壓抑的劇烈情感就是恨。她不明瞭阿母恨著什麼。這矛盾令少女惜蓮焦躁：若要理解阿母、靠近阿母，就必然要靠近那股恨意。

她想像的恨意，是無端的、不可解的，不是由於什麼而恨，恨著什麼，恨會吞噬一切。她的恐懼，不僅是感受到阿母有意的拒絕惜蓮靠近，拒絕親暱。她也害怕自己變得跟阿母一樣，像踩破了薄冰，整個人凍結。

惜蓮一面快步走，一面掛念著包在布中滲出油的雞腿。滑嫩的雞皮，飽滿的雞腿肉，以及肉的香味。她若是願意，大可以就在阿公阿嬤家趁熱吃了。可是她就是無法狠下心來獨享。即使阿公阿嬤明顯地是偏愛她的，但還是想與弟弟與妹妹們分享這隻雞腿。

她對弟妹感到厭煩的時候很多。

喊餓但是家裡卻沒有食物的時候。

哭著說阿ちゃん阿母怎麼不在的時候。

在學校或被鄰居取笑與欺負而找她哭訴的時候。

頻頻生病又沒錢看醫生需要她照顧的時候。

債主來敲門討債而弟妹卻只能將她推出去面對的時候。

四處搬家而他們老是迷路（尤其翡翠）得要到警察局找他們的時候。

她需要安靜獨處他們卻無理取鬧的時候。

可是同時，當她懷著不情願與膽怯，擋在弟妹與這些威脅與危機之前，並順利度過後，有種難以言喻的安慰。這安慰使得落在她身上的重擔也減輕了。她不捨生病又日夜工作的阿母，亦心疼四處奔波籌錢還債的阿ちゃん。她知道阿母身體的痛與內心感到的羞辱，亦知道阿ちゃん透支的身心以及對於兩個家庭的愧對。

保護起弟妹，就如同保護了阿ちゃん阿母，於是咬著牙也要承擔。同時不讓弟妹太早察覺到家裡的異常，不讓他們感到命運的不幸。

她猜想，阿母不讓她知道她恨的是什麼，猶如她不讓弟妹感受到阿母的恨意。惜蓮保持平衡快步在河堤上，一個閃神，也許就摔下去了。這是她唯一敢放心享受的冒險。

就快到家了，在夜來臨之前。

她有耳無嘴，不去探聽。收到了訊息不多猜想，就靜靜的放在心內，等待長大再來咀嚼。像是冷去的雞腿，味道沒那麼好，但總是好吃的。

她希望在真正長大之前，家裡的祕密，能夠一邊守護，一邊維持半知半解的狀態就好。不要全然無知，但也不需要全部知道。這是阿ちゃん與阿母最卑微的奢求，也是她能為弟妹做的。她猜想，只要自己不要完全知道這些事，她就會成為薄薄的一扇窗，可以遮蔽弟妹對家庭祕密的探知。

就像一塊薄薄的遮羞布，即使欲蓋彌彰，同樣會招人取笑。但這塊布無論如何，還是能讓她們免於全然的羞辱。羞恥總比羞辱好。就算赤身裸體，也要遮著，緊緊守護到最後一刻。

這是她的尊嚴。惜蓮的性格與阿母處處扞格，唯獨這點頑固如此相似。

傍晚河風起，她加快腳步。

她趕著回去張羅弟妹的晚餐，也趕著想在阿母出門前回到家裡。風吹得她髮絲紛飛，裙擺揚起，吹得她左右搖晃，淚眼婆娑看不清楚前方。她內心著急，有不好的預感。她幾乎把所有少女擁有的想像力都放在想像厄運了，剩下的，則是想像家人的艱苦，有形的或無形的、身體的或心底的、看得見的或看毋見的、已經發生的或尚未到來的。

轉下街道，跨過了橋，行經了大馬路，拐進了小巷。左左右左右，她拐入了住處的巷子。天色已暗，她的身子咬冷筍，分不清楚是真的冷，還是心理不安造成的。

太晚了。阿母已經出門了。

雞腿已經徹底涼了。她被巨大的飢餓感衝擊，不過卻什麼也不想吃。要吃的話，早就吃了，她想。

她感到太遲，於是腳步放慢，一路快走，缺氧的感覺令她肺在抽痛。

她感到無名的、巨大的委屈。正因為這樣，她無法哭泣。她只想在幸福的時候哭，尤其是走過了艱苦後，終於可以卸下武裝之後，放心地哭。

月娥的身影突然從暗巷中現身。她在微暗的天色中，看見阿母眼上閃現的光芒，隨即埋入了暗紫色的陰影中。

「阿姆妳猶未出去？」

「今嘛天色較早暗，擱早。」

她知道阿母其實在等她回來。

「您咁有食？」

「有食糜，配昨日的菜尾。」

「阿嬤有予我一只雞腿。阿母你咁想欲食？」

惜蓮看見，阿母眼中的光芒又暗下了，像是他們家短短的蠟燭燒燼時的閃滅。

阿母嘆了一口氣，像是燭心熄滅時，緩緩升起的煙。裊裊升起的煙總令惜蓮失神，有時令她恐懼，有時感到安慰。而這回是恐懼。

她等待阿母落下判決，她將因為受了阿嬤的施予而受罰。

雞腿在她懷中冷掉，而她一口也沒吃。

「我毋愛食肉。妳提轉去予您鬥陣吃。」

惜蓮看著阿母的背影離去，不知為何覺得相當動人。

惜蓮進門，正在哭的弟弟與妹妹破涕為笑。厝內雖然還是有些寒，但還是比外面溫暖。她吆喝他們上桌，在弟妹的環繞下，她一一撕下雞腿，分配給大家。外口的風揚起，惜蓮吩咐兩位弟弟把門窗關緊。

「越晚越寒。」她輕聲地說。雞皮底下的腿肉，還剩一點點的餘溫。阿母要很晚才會轉來。運氣好的話，阿ちゃん會在他們睡前過來看看他們。惜蓮試著抵禦著外頭的風雨與暗暝，徹夜難眠。

2.

十五歲那年，惜蓮第一次被阿爸打。也是人生唯一的一次。阿ちゃん的手掌一下飛向她臉頰。她看著阿爸的手以沒見過的速度與角度朝向眼前閃下。接著眼前一陣黑，只聽得見耳旁爆炸巨響炸在臉頰上。玻璃摔破在地上，散碎的聲音，散碎的物體、散碎的痛。內心某個不知名的東西散成碎片，碎片割碎了表面。

惜蓮還來不及反應，整個人就往後倒，碰倒桌子，後背撞上了牆，險些失去意識。那瞬間，惜蓮看見純粹的黑。黑暗中又裂出一條更闇黑的縫，讓她整個人卡在裡面動彈不得。

半瞑時陣，四周暗迷濛。淺眠的惜蓮習慣夜裡睜眼，她能看清楚黑夜。不是黑夜裡的事物，而是黑夜本身。夜不是純黑的，尤其屋內的夜晚更不是。屋內的夜晚，像白晝的霧的反面，空間中布滿了無數的細小黑子。暗藍色、深紫色的比細沙更細的微粒，在空氣中飄浮。黑色的微粒沾在物體的表面上，沿著輪廓滑動，夜是緩緩擾動的物質，充盈在空氣間。長年無眠的夜她總是看著微粒幻想著未來，但這片不均勻的黑從來沒告訴她過什麼。

弟妹半夜驚醒哭泣時，惜蓮會立即安慰他們。尤其是祥雲容易惡夢，哭著醒來阿母卻還沒回來時，往往哭得更厲害。惜蓮會輕聲地叫喚祥雲，細語形容著她所看見的夜，要他聽著她說話，不要理會其他聲音。她要他看，只要乖乖看著就好。

夜不黑，她總是這樣說，因此她可以把自己看到的說給祥雲聽，或是說給偶爾也會半夜驚醒的翡翠與豐盛聽。她會伸出手，拉開五指，問祥雲有沒有看到她在黑暗中的手的活動。若是看到了手指，她會繼續要他看手指的周圍。她的手在半空中左右撥弄，如輕拂在水面上弄起波紋。她要他試著看著她撥弄的黑色微粒是怎樣隨著手指擾動，黑粒如何在她輕輕一揮飄向遠處。她想讓他們知曉夜是豐富的。她想告訴他們，在一無所有的這個狹小的家，全家窩擠在一塊的眠床，有的不只是貧窮與匱乏。她總是這樣，輕拂著幾下，就像是催眠一般讓他們睡著。

她很小的時候就感受得到許多其他人感受不到的東西。弟妹們多少也察覺這件事，只是他們不知道阿姊到底感覺到的是什麼。

一直到年紀稍長，她才明白，她不是感覺到別人感覺不到的東西，譬如看得見鬼或什麼超自然的事物。她只是感覺比較靈敏，例如看見夜的微粒，聽見事物微小的崩解聲，聞到生命滲出的腐敗味。她試著教會弟妹分辨這些，她總以為，只要知曉這些微物的祕密，就可以找到一個暫時的棲身之處，一種處世之道。

然而她發現教到一個限度就無法更多了。於是惜蓮孤獨地承受這份天賦。直到很久之後，月娥與阿金都過世後，她才知道他們兄弟姊妹各擁有難以啟齒的苦：翡翠活在比別人更內在的世界，祥雲經常醒在夢中而難以回到現實，豐盛則因為預感能力而混淆了認知。惜蓮以為的天賦，其實是缺陷。他們兄弟姊妹因為難以察覺的偏差，缺乏了現實感。但反過來說，這確實也是天賦，他們兄弟姊妹必須以自身獨有的方式，認識自己與常人的距離。

不過這回，少女惜蓮目睹的純粹的黑，是在阿ちゃん的雙眼中。

惜蓮迷惑地看著阿ちゃん雙眼的黑，自己的意識彷彿被吸了進去。眼前阿ちゃん是不同的人，她覺得一場巨大災難即將來臨。一場早該準備卻過於安逸以至於遺忘的災難來臨了。她不知道這情形經過了多久，也許只是一瞬間的暈厥引起的錯亂吧。她的撞擊聲驚醒了弟妹，像一隻隻的幼獸緩緩睜眼，不明所以地看著他們。惜蓮不願弟妹看見她的模樣，匆匆爬起，隨手抓了一件阿母的外套，踉蹌地撞出家門。

走出門時，她恐懼地回頭，看見阿ちゃん的眼睛已經恢復平日的樣子，卻帶有平日沒有的悲傷。阿ちゃん的神情古怪地。她在一瞥之中，看見阿ちゃん身後，一位矮小的中年男子，手搭在阿ちゃん的肩上，彷彿要阿ちゃん先冷靜。

惜蓮在破曉的第一聲雞啼衝出家門。她穿著薄薄的襯衣，以及不合她年紀的外套，大腿以下是裸的，風一吹，刺痛感像是可以直接剝開皮膚。

她逃離惡夢般地跑，在激喘的呼吸與滲出的汗水中，逐漸弄清楚剛才發生的事情。

這一陣子，因為朋友幫助，阿金多了許多工作機會，同時在不同的小公司擔任無牌照的會計。

因為辦事可靠，也願意額外奔走處理雜事，甚至動用過往經營藥房的人脈拉業務，原來幾乎走投無路的阿金終於有了轉機。收入變多，債務減少，他在月娥家裡露面的時間也增加了。

惜蓮有時聽見阿金與月娥交談，阿金希望月娥別再去酒店工作，但月娥總是不正面回答。僅管在談論這問題時會有些僵，不過家裡的氣氛已經改善許多，且再過一兩年，惜蓮也到了可以工作的年紀了。

阿金也漸漸地會帶朋友來厝內。對他而言，來月娥這，比在自己的家舒適自在的多。會帶朋友來，也是對這一家子的肯認。他這幾年的債務問題，除了是藥局的投資失利外，多了月娥一家的負擔也是另一個原因。他在大房承受的怨懟，也使得他將月娥這裡當作避風港。阿金來到這，有種苦盡甘來的感覺。

然而月娥卻不願意阿金這樣經常來他家躲避，徒增阿琴與其子女對他們一家的憎恨。於是，在月娥的軟性拒絕下，阿金還是在月娥晚上出去工作後，以陪伴惜蓮他們為由前來。差別在於，等著月娥回來的時光，已經從一個落寞孤獨的狀態，逐漸變成他可以好好品嚐的時間。畢竟，他們快要擺脫窮苦，而月娥不需再去掙這皮肉錢了。

他開始會在這種時候帶朋友來月娥家，這些人多半是生意上往來的朋友。他們會帶點日本清酒，買些小菜，並肩在桌上共享。他們相互訴苦，相互勉勵，這是倖存之人才能相互理解的旋律。月娥明顯的不喜歡這些朋友，更不願意被阿金介紹給他們認識。她總是板起面孔，匆匆地罩著外衣出門，並對於阿金朋友眼神中露出的輕賤之意感到受辱。月娥反復告誡惜蓮，無論是誰來家裡，來過多少次，都不要輕易示好。

「毋通對人笑」，月娥警告。

這晚跟著阿金來的阿文伯，近日已經造訪兩三次。他斯文有禮，為人阿莎力，讓人印象很好，他也是這一年多來介紹阿金最多公司與工作機會的貴人。

他在的時候，連一向嚴肅的月娥都會多說上幾句話，幫忙倒酒招呼，也不會急著把囡仔催進房間睡。這天月娥因為跟同事換班較早出門，且會寄宿在小姐共租的住處一晚。阿金忘了這事，因此習慣性的叫喚月娥了一聲後，才想起這件事。阿金不假思索地喚了惜蓮，請她幫忙準備碗筷、杯子，幫忙他們倒酒。

惜蓮照做。阿文阿伯親切地對惜蓮說：「多謝。」

惜蓮一笑，隨即進房。

阿文伯對阿金說：「恁查某囡真媠，是按怎生的？」

她沒聽見阿ちゃん怎麼回答的。

也許是成長期需要睡眠，也許是家境改善令人放鬆，惜蓮能偶爾享有一覺到天明的幸福。阿文阿伯的聲線低沉緩和，隨著夜深，兩個男人的低沉話語，或是無聲啜飲，令人昏昏欲睡。加上夜裡下起的雨，轉冷的天氣與弟妹們相依而睡的溫暖，讓今晚的惜蓮進入了沉眠。她像被溫暖的水域包圍，在一梢小舟上輕輕搖晃，太陽曬得她全身的熱熱的。

然後忽然一陣悶痛壓進胸腔。像是突然被推進水中，她身體一下緊縮，墜入最冷硬的現實。她畢竟還是個長期無眠的女孩，一遇狀況立刻就醒了。她很快在黑暗中辨認出壓在她身上的阿文伯。他滿身的酒臭味，醺紅的臉在深夜裡是暗紫色的。他胡亂在她臉上親吻，並意圖要撥開她的雙腿。阿文伯的力氣大得嚇人，令她無法掙脫。

惜蓮隱約知曉男女之事。一個月總有一兩次，阿ちゃん會要求阿母相好。阿母總是再三拒絕，拒絕到阿ちゃん都有點起性地了。阿母每次從阿ちゃん的時候，會極小聲地在阿ちゃん耳邊，像是哭泣求饒又像是撒嬌的語氣說：「較小聲耶，阿蓮在偷聽。」而這聲音總是被阿ちゃん身體的抽動壓回去。惜蓮只能緊閉眼睛，一動也不動，等待這段時間過去。她從來不敢看，但多少理解這件事是夫妻之間才能做的事。她且不敢多問阿ちゃん跟大某之間的關係，或是阿母的工作是否與這有關。但這件事始終在她心中徘徊不去。可是，無論她如何在阿母的暗示下有意裝作沒有這回事，如今卻在她毫無準備下，以最暴力、最直接的形式來到。

她喊叫不出聲，眼看就要被得逞的時刻，忽然想到阿母受到羞辱時的神情。她心裡一狠，在阿文伯的舌頭試圖撬開她雙唇的時候，用力咬了下去。阿文伯痛得大叫，她在趁勢往他的股間一踹。

掙脫出來，阿文伯還在哀嚎。惜蓮跳下床，衝向門口，撞上了阿ちゃん。她對阿ちゃん哭喊著說阿文伯要糟蹋她。話才出口，她就整個被阿ちゃん打倒在地，他盛怒的眼神絲毫不像平常的父親。她知道，若是阿文伯沒有阻止，她會被阿ちゃん狠狠地懲罰。但她究竟做錯了什麼呢？

世界瓦解，無聲的，但確實地瓦解了。碎成一片一片。她喘得肺痛，沒意識到自己正泣不成聲的喊叫，但沒有任何一個句子成為意義。

差點被侵犯比較痛苦？還是被阿ちゃん打比較痛苦？她不敢再問，因為已經有了答案。

天完全亮起。街頭逐漸有了人影，惜蓮終於放慢腳步，喘到必須用力才能吸到氣。她的血液沸騰著，心臟撞擊胸腔感到悶痛。

儘管心內仍然艱苦，在奔跑出汗之後，她喚起的身體活力還是令她精神一振。這股力量既新鮮又陌生，像是身體裡面長出另一個自己。在昨晚被男人壓制、糟蹋、毆打後，此刻自由又奔跑過後的惜蓮有了一種反抗的意志，隨著全身的血管裡流竄。

還有一種更深的情感。黑色的情感在她倒地撞痛後腦勺的地方擴散。這情感鑽進了太陽穴，掐住了後頸與肩膀，重重地槌打了心臟。閃瞬之間，清晨的大街上，餘震般衝擊撞開她心靈裡小心守護的那一道門。惜蓮馬上懂了，這是阿母長久以來灌輸的恨意：對男人的恨意，對於阿ちゃん的恨意。

這突如其來的恨意，在最初的震撼與痛苦之後，反倒令她感到難以言喻的快感。卻隨即讓她感到哀傷。

懂得苦了，懂得恨了，那接下來呢？

若是她不在家，弟妹們要由誰照顧，而一直忍耐著病痛的阿母又會如何呢？她試著說服自己，或許阿文阿伯真的酒醉了不知道自己做了什麼，而對阿ちゃん的重要商業往來客戶如此無禮，也難怪他會如此生氣。她試著怪罪自己。但一方面，吞下來的部分讓她感到委屈無比，吞不下來的部分又令她更加嫌惡。

空腹奔跑許久，她的胃一陣翻湧，忍不住乾嘔。惜蓮救助無門，在絕望之際，突然聽到有人喚她的名。她循聲轉頭，看見馬路的另一端，有個老婦對她揮手。

惜蓮愣愣地看著喚著她的名的老婦，一時半刻認不出來。兩側的三輪車與腳踏車來回經過，老婦的身影在車流間一下遮蔽一下顯現。時間變慢，她仍然疏離著看著。直到陌生的老婦朝著她再大喊一聲，惜蓮才如夢中驚醒，識出阿嬤的身影。

原來自己慌亂中，無意間跑到了阿嬤家附近了。

她想不顧一切衝向前去抱緊阿嬤，卻又無法前進。不是缺乏力氣或是猶豫，而是在這混亂之中，有某股力量拉住她的情感。這一刻，浮在她混亂的狀態中的念頭，竟然是看著阿嬤的臉：鼻目喙，從頭毛到下頦，沒有一處與阿母相同。

即使她從很小的時候就知道阿母是養女，對她而言，阿嬤與她沒血緣一事，她並未真正放在心上。畢竟自小惜蓮便覺得在世間無所憑依，剩餘時間才會分配給細姨一家的父親，憤恨又多病地撐起家庭的阿母，各自有其敏感與缺陷的弟妹，有個真正愛惜她的阿公阿嬤，是罕有的溫暖。

是什麼時候疏遠的呢？很明顯的，從他們不再跟著阿公的姓以後。這意味著阿母已經與阿公阿嬤脫離了收養的關係，他們兄弟姊妹自然也不再是阿公阿嬤的孫子。

舊年的時陣，月娥帶著他們幾位小孩到戶政事務所改姓。最初，由於月娥的身份欄一直是未婚，幾個小孩跟著月娥從母姓，而月娥的姓則是養父的姓。

月娥的養父母在接受惜蓮時，沒有特別注意。當月娥的孩子變多後，月娥養父母家的兩位兒子與嫂子們驚覺事態不對。儘管他們從月娥身上賺取了不少錢，加上阿金當初要把月娥帶走時，也花上了一筆費用，然而月娥的身份上仍是未婚。到頭來他們發現，月娥在名義上，還是他們家的人。兩老若走了，月娥有資格與他們爭取家產，偏偏兩個嫂子多年下來，只為這家多添得兩個男孫與一個女孫，比做人細姨的月娥還少。

他們曾在阿金生意失敗後，試圖要勸誘月娥與稍有資產的老芋仔結婚。月娥抵死不肯，寧願拒絕娘家的任何救濟。權衡之下，還是向月娥表明要放棄收養關係。於是，月娥這個賣不掉的女兒、不被接受的童養媳、沒有名份的妻子，再度被這世界斷絕了關係。不過這回倒是讓月娥鬆了口氣，彷彿這輩子的枷鎖一下子解開了。這回的手續其實不需要未成年的子女們在場，月娥卻猶如儀式般，帶著她的所有小孩，光明正大地，在行政機關那改了姓。

月娥的子女們改成了月娥親生父母的姓，那位未曾謀面過的親生阿公的姓。換言之，小孩們重新冠上的，是那個將月娥賣掉的父親的姓。

惜蓮很想問：為什麼不能跟著阿ちゃん的姓呢？

不過惜蓮知道阿母聽到一定會生氣的。阿母最氣惜蓮明知故問。無法跟著阿金的姓，而冠上一個他們從未接觸的姓氏。這個過去將阿母賣掉的家庭的姓氏，絲毫沒有給他們認祖歸宗感，反倒更近一步地證明他們在這世間的孤寂。不管是哪個姓，對於他們來說，都有解釋不出的委屈。就像是跟外人說起自己家一樣，還是不提的好。只是與自己的父親不同姓這件事，一直是他們手足間，直到成人後還是難以啟齒的、難以言喻的話題。

改姓之後，他們與阿公阿嬤之間也形同陌路。這兩年惜蓮幾乎沒見到阿嬤。阿嬤比記憶中更老，更嬌小，若不是聲音還是熟悉的，在其他地方遇上，可能一不注意就錯身而過了。惜蓮心中發出警示，原來關係一但切斷，遺忘就會來得如此之快，哪怕先前視作親人。只要毋親了，就會生份。

正當惜蓮還在猶豫著是否要叫她阿嬤時，卻見阿嬤顫顫巍巍地橫越馬路朝著她走來。阿嬤步行緩慢，看起來腳骨比兩年前更無力了。惜蓮定止。她矛盾地同時預感著一場災難或一件奇蹟即將發生，而她無可選擇。身體打破了她精神上的猶豫。這具險被阿金的朋友輕賤，又被阿金猛力打擊的身軀，不受她所控制地，從最內裡的所在，朝著外界猶如器皿破裂般、爆破般地吶喊：「阿嬤！」

她乞求一個確實的回應，不論有無血緣，哪怕是如何的垂老與衰弱的、無法承接她生命重量的老婦。

才喊出聲，她就剛好抓住了阿嬤的雙手。阿嬤的手不像她行走不便的兩腳，仍然相當有力，甚至比她更溫暖。可是阿嬤抓得如此用力，除了心情激動外，也是因為重心不穩的緣故。

「多謝。」阿嬤說。

她發現自己在喊聲的時候，不自覺地踏出了腳步，提早抓著了差點跌倒阿嬤。她們還在道路的邊緣，腳踏車與汽車仍然近身威脅著。惜蓮提起力氣，把阿嬤帶到路邊，像是兩個溺水著終於爬上岸。

惜蓮攙扶著阿嬤回去許久沒拜訪的古厝。古厝比她記憶的樣子更加的衰頹破舊。過往她印象他們較有錢，但也許是這兩年家中經濟改善，這時的惜蓮感覺阿嬤一家過得也不好。

阿公從房間走出，看見衣衫凌亂的惜蓮，一瞬間露出古怪的表情。阿嬤瞪了阿公一眼，阿公驚著，勉強擠出笑臉。阿嬤熱了點糜給惜蓮食，柔聲問伊發生啥物代誌。惜蓮不語。阿嬤注意到惜蓮的反應，示意讓阿公去燒滾水。幾經勸誘，才讓惜蓮囁嚅地重述。

阿嬤在敘述的過程中，臉色越來越沉。惜蓮感到害怕。她一向知道阿公阿嬤一家厭惡阿金，即便他們跟他伸手拿過許多錢，他們仍然覺得他把月娥與子女帶走，給他們帶來難以估計的損失。

好不容易找到個庇護所，她卻想告辭了。

惜蓮不希望他們認為阿ちゃん對她不好。只是一念及此，委屈又禁不住的上來。如何能夠被安慰、被溫柔的承接，卻不怪罪與傷害任何人呢？

惜蓮察覺阿嬤也在猶豫。她有不好的預感，想離開的慾望更為強烈。

在這彷彿撕裂的片刻，突然阿公的聲音從背後響起，一直在門後偷聽的他忍不住插話：

「毋是家己親生的就毋疼惜。」

阿嬤的臉先是驚訝，後來出現了混合了羞愧與憤怒的難解神情。惜蓮愣著，一瞬間反應不過，然後整個人天旋地轉了起來。她等著阿公阿嬤進一步解釋，說是一時氣話也好，白賊話也好，或是有其他的講法，可以馬上遏止她內心的猜想。但他們撇過頭去不再說話，避開她的眼睛。

惜蓮曾問過阿母，被阿ちゃん從酒店贖出來的時候，為什麼已經有了她與翡翠？既然已經一起生了兩個小孩，為什麼阿ちゃん不早一點把她們一起帶走，還讓阿母在那裡工作？

遇到這些問題，阿母總是先從當年的折磨開始講。她告訴惜蓮他們當時的困苦之處。儘管當時阿金收入不差，但將一大筆錢給了酒家與養父母家後，手頭一方面緊，大某那裡又不開心，只能私下少少的救濟她們。加上阿母自尊心強，不想被人說是搶人尪後又貪圖財產，寧願獨自賺錢撫養小孩。但才剛離開酒店，毫無一技之長的她如何帶著兩個女兒工作？她只得求人接納她當幫傭，每天彎腰在冰水裡清洗永遠洗不完的衣服。或是她是如何痛苦地，看著女兒們挨餓，卻得要將母乳餵食別人的囡仔。阿母總是在問起這些問題時說得不停，握緊拳頭地講，咬牙切齒地講，彷彿在眼前的不是惜蓮，而是阿母心中過去的恨。惜蓮越聽越害怕，最後她往往需要打斷阿母，別讓她一直陷在過去的怨恨裡。隨著年紀越大，惜蓮無意識地避免追問。她不想為了打聽當年的事，而害得阿母對阿ちゃん的怨恨又多了一分。

惜蓮依舊不解。不過此刻的不解，已經完全是另一回事了。原來有時為了尊嚴，必須要有謊言。她不解為什麼阿公可以如此輕易地把她們努力維繫的尊嚴扯下。惜蓮沒有誤解，她知道那是阿公脫口而出的話語。但正因為這樣，她更難以原諒。她像是再度被惡狠狠地搧喙頓，可是這回她無比清醒。那道線畫出來了。不論阿公的話是真是假，她與阿公阿嬤的確早就不是一家人了。

她未置一詞地離開，將阿公阿嬤留在背後。

一轉去厝內，阿母已經在客廳等著她了。阿母待她最嚴，若是過往，或許早就罵她了。但惜蓮一進門，她看著阿母的眼神，猶如看著陌生女子，心中一點情感都沒有。月娥心中一凜，覺察事態不對。在她還在猜想並思量該用怎麼語氣探問時，惜蓮經過，像是經過一道門、一條走廊般，毫不把她看在眼裡。

月娥看著惜蓮低頭吩咐翡翠帶弟弟們出去，祥雲與豐盛一左一右也聽話地牽著翡翠的手走出門，沒有多問一句。

月娥驚訝地看著這一幕，惜蓮的背影像是一下變成了大人。

早上月娥返家，見到坐在門口氣著發抖、抽著菸的阿金。她疑問為何阿金天亮了還沒離開，結果聽得阿金沒頭沒腦地罵了惜蓮對他的朋友兼貴人失禮，現在在想要買什麼禮物去他家賠罪。沒頭沒尾的講完，阿金就悶悶地走了。月娥走進門，不見惜蓮的身影，其他三個囡仔則呆呆地坐在床邊，問什麼都不回話。

謎底在惜蓮身上，而月娥判斷不出這個關鍵是什麼。猶如山洪爆發，猶如地動山搖，猶如炸彈落下，只差一個問句，立刻會在母女之間引爆。惜蓮也同樣明白，她的一句話足以毀滅她們之間的相依為命的關係。但她必須說。阿文阿伯的輕賤，阿ちゃん的毆打，阿公阿嬤不顧她尊嚴的揭穿身世，這些令她再也忍不下去。

「阿ちゃん打你？」

「伊毋是我老爸。」

「你早就知伊共我毋結婚……」

眼見就要壞毀了。惜蓮依舊把話語說出口。多年來阿母在女兒心裡深植的恨意，一口氣回返到阿母身上。

「毋是。阿ちゃん打我，是因為我毋是阿ちゃん生的。」

話語鑿穿堤防，月娥的臉被大水淹沒。阿母臉上布滿淚水，五官都看不清楚了。

惜蓮從未見過這種情形。阿母一向不哭的，她總說細漢時陣哭傷濟，今仔毋目屎了。

怎會毋目屎呢？眼淚如作大水般淹沒整張臉，擴散之快連頭髮都濕了。惜蓮一瞬間懂得原來阿母不是毋目屎，從她有記憶的歲月以來，阿母其實從來沒有真正的停止哭泣過。

惜蓮雖驚慌，身體卻有了動作。她向前抱著阿母，如同溺水者抱著浮木，然而她才是浮木。阿母的命運是水做的，一直以來以肉身頑抗，如今被她一句話劈開裂縫，使得河水氾濫。陷溺在阿母的命運之流裡，她看見了過往一直隱隱動念想要窺看的阿母的心事。阿母的心事是裂縫的形狀，而自己就是那道裂縫。她是傷口。她是深淵。她是阿母渴望的遺忘。

「夠了。」

她抖瑟著身體，拖著阿母到眠床上，讓阿母靠在自己身軀，任淚水往她身上傾注。月娥清洗，惜蓮承接。

「予伊過去，予伊袂記。」

惜蓮反覆的說。沒有人教，她就知道，一句話的傷害是收不回的，必須用耐心溫柔的話語才能綿長的修補。隨著話語反覆，月娥慢慢恢復冷靜，不再喃喃自語，漸漸停止抽泣。

大水退去，陷入沉睡。一滴凝結的淚珠掛在月娥的眼角上，在昏暗的房間裡發著微光。

弟妹回來後，惜蓮吩咐他們莫吵醒阿母。他們聽話地輪流陪著阿母睏。

晚時，阿金過來，看見惜蓮站在門口，兩個人相對面，靜靜地不說話，卻彼此放下了。某些東西在他們之間改變了，然而並不如他們碰面之前擔憂的會有隔閡。他們之間多了一個距離，恰到好處地，在清楚與模糊的界線上，兩人凝視著，不靠近一寸，也不遠離一寸。

惜蓮說阿母很累，身軀有點燒，需要歇睏。阿金點頭，默默地走進房門，與月娥及其子女共枕。惜蓮暫時還待在門邊，看著今晚特別明亮的月娘。

兩天後，月娥清醒，已經徹底遺忘此事。而惜蓮也不再回想了。

3.

「送你到這。」阿ちゃん說。

惜蓮感覺到阿ちゃん還說了什麼話沒聽清楚，話語亦隨著他放開的手而散去。

惜蓮欲回頭找阿ちゃん，卻被另一隻手牽起，腳不住地向前走。

阿ちゃん的身影沒入喜宴的人群裡。

她該繼續前行了。

她將記得這兩份同時留存的感受：牽手的感覺，與方才放手的感覺。

即便不習慣當新娘仔，但她要接受這份祝福，畢竟阿母一輩子沒有得到過任何的祝福。她緊握著新郎的手，抬頭緩步迎向前方。舞臺的燈直射她的眼，剎那間她雙眼模糊。她不能揉眼，只能強忍著淚水。她在眼眶裡的水面裡，看見另一雙眼。在她遺忘了婚禮的無人知曉的一瞬，緩步的一步之間，她同時有兩種巨大的渴望：她想看清楚她淚眼中的那雙眼裡，到底有什麼？也想聽清楚阿ちゃん在放開她手的時候，究竟還說了什麼？

她想起上一次想回頭找阿ちゃん，卻被時間推著走，是阿ちゃん介紹她去新工作的時候。

「這是你查某囝？」「對，麻煩你照顧。」簡單介紹後，惜蓮還沒意會過來，阿金就騎著オートバイ離開了。不管是腳踏車或是後來的オートバイ，阿金在騎上兩輪後，總會揚起一種快活感。

阿金年輕時老是四處躲債，有家歸不得。待得債務解決，最長的孩子也可以出去工作後，他已經沒有任何外在與內在的理由需要逃了，他仍然喜歡到處走走。他終於可以像是散步的方式騎著車，慢速地在城市的大街小巷裡迌迌。他樂於當個司機，騎著オートバイ載著小孩到他們要去的地方，再自己默默騎走。

惜蓮沒有目送他的背影。畢竟，她還不習慣在外面的場合當阿金的女兒。

前一個月，阿金帶著月娥的兒女們到戶政事務所，正式將他們收為自己的養子與養女。也就是說，經過了那麼多年，月娥的子女們終於冠上了父親的姓。

短短五年內，月娥的子女竟二度改姓。然而這姓氏對於他們而言，是最重要的一個。這一天月娥沒有現身。如同前幾年月娥脫離養父母關係、將子女們改姓自己娘家姓氏時，阿金卻只能缺席。

阿金與月娥，一個是日，一個是月。兩次的改姓都有一方缺席，或許正是他們命運的象徵。他們不是夫妻，且越來越疏遠，但仍是照拂了他們兄弟姊妹。阿金與月娥，甚至連惜蓮都不禁訝異，不論是翡翠，或是祥雲與豐盛，對於家庭，心靈卻沒有任何的陰影。

有三年的時間，惜蓮與阿母一樣，有意疏遠阿ちゃん。若月娥是不想增添自己的罪孽，希望與阿金之間的情緣到此為止，惜蓮則是獨自吞著身世之苦，不願意再接受阿ちゃん的養育之恩。

然而這三年，最關心惜蓮的人卻也是阿ちゃん。他會接送就讀夜校的惜蓮，不論她如何拖延離校，或與同學夜遊，阿ちゃん總會遠遠地跟著。直到她落單以後，才沉默地載著她回家。她任性過幾回，但發現她耍脾氣的限度，遠遠比不上阿ちゃん的耐性。於是她認輸，接受了他的善意。接受的那一回，阿ちゃん騎著オートバイ在臺北橋上特別輕快，差點過了收費站不停。

惜蓮從夜校開始的半工半讀，都是阿ちゃん介紹的。每份工作開始前，阿ちゃん都會細心交代一些事，這些建議都無比受用。不僅如此，這些公司的帳目都整理得相當清楚，讓她可以放心循著前人的路。許久以後，她才想到這些工作原來是阿ちゃん讓給她的。與其直接給零用錢，惜蓮更喜歡自食其力的感覺。

惜蓮畢業，要找第一份正職工作的那年，阿金與月娥、阿琴商議好，將他們兄弟姊妹收養。阿金說，將來找工作或是結婚的話，身分證上還是不要父不詳較好。

經過了收養之後，本來就是祥雲與豐盛親生父親的阿ちゃん，終於在在名義上成為他們的阿爸。並非親生的惜蓮與不知情的翡翠，則名符其實成為阿ちゃん的養女。

在戶政事務所時，惜蓮忍不住想，同樣是養女，相較於阿母，她與翡翠是幸福太多了。

他們還是叫他阿ちゃん，這並無疏遠之意，這是他們四人心中最安心的名字。

惜蓮的第一份工作，是阿金好不容易跟朋友拜託來的。這間國際藥廠會答應錄取剛畢業的女孩，當然是看在是他女兒的份上。惜蓮這份工作一做就是十年，直到結婚才離職，弟妹們也陸續在畢業後找到頭路。他們存錢買房、換房，家境逐漸好轉。

可惜的是，冠上了阿金的姓氏，似乎象徵著他責任已了。後來的幾年間，由於月娥禮佛，希望斷絕俗世的冤債，對阿金越來越疏遠，連帶著他也漸漸不出現在他們的家。

在名義上成為了父親之後，他就不再是這個家的父親。

對此，阿ちゃん會遺憾嗎？惜蓮掛心著卻無法問，因為阿ちゃん總在說與不說之間，選擇不說。

當阿ちゃん牽著自己的走進婚禮會場，瀟灑地放手時，惜蓮清楚地感覺到某個難以言喻的東西落下了。她知道那是阿金作為父親，最後的責任就是送她到這。

她壓抑著回頭找尋阿ちゃん的慾望，不再試圖問他為何對伊這麼好？再前進一兩步，舞臺的燈造成的目盲稍緩時，她在淚眼中逐漸看清楚了那一雙少年的眼，以及那雙眼周圍的臉孔。那個少年眼神清澈，有點害怕但又堅定。只是瞬間，那雙眼的茫然與惶恐，轉變成一種溫暖而憐愛的眼神。在她忍不住想對著這幻覺喊叫起阿ちゃん之名時，她剛才沒聽清楚的另一句話奇蹟似地驅散了耳邊的人聲與音樂聲。

她聽見阿ちゃん說：「多謝妳。」

第六章

緣盡

1.

月娥的頭髮大把大把的落下，時間彷彿被人調快了。

即使沒有鏡子她也知道，髮落盡時，她將是不同的人。

不僅是改變成另一種相貌，亦是放棄了俗世的一切。

棄家、捨夫、捨諸眷屬。捨棄諸我，參修菩提。

髮落的速度令她的思想追趕不及，或許本來就不該思考。一思考就會停下來，一思考就會想到自己。剃度出家，只在一個念頭，如髮落下，緣盡本不該挽回。

過去就是下不了決心，才會斬不斷緣分，纏纏繞繞又過了許多年。

她眼前的世界，髮如雨下。

髮絲沾上她的臉，而心中仍迴響著剛才的那句話：「你的心願了未？」

想到這問題伊心內會驚。

若有，伊驚佛祖會認為伊擱貪心，會收回她的願望。但真的沒有心願了嗎？

髮絲落盡。

分不出年紀的比丘尼已經拿起剃刀輕輕刮著她的頭皮，讓她全身泛起雞母皮。

在最後的時刻，剩下最後一點俗念。月娥不忍，還是去想了一輪子女。

然後想到阿金。接著回憶竟然不由自主地倒退過多，回到被賣去酒店的那天，被阿母帶去賣掉的那天。

過去她總被拋向命運，但多奇怪啊，現在她可以決定告別命運。

想到這裡，月娥不免出神：自己怨嘆命運、咒詛命運，與命運作對了一輩子，到了告別的時刻，竟仍然有些眷戀。

才動搖那一瞬，躺在草席上的師父突然睜眼看著她。

病篤之中，師父的皮膚彷彿隨時會被骨頭撐破，他的皮膚像條破布，上頭有各種顏色的斑、瘤、瘡、疥、癬、疤、痂，突出的靜脈如蛇爬滿全身，膿水在乾枯的身體上緩緩流出。兩顆眼珠不符比例的大，像被硬塞進眼眶裡。月娥分不清楚師父的眼神裡透露的訊息，畢竟他乾癟的臉上肌肉所剩無幾。月娥才遲疑一瞬，馬上理解，祥師看著她並沒有其他的意圖，只是要月娥就這麼看著她。看著師父的皮相。

她心頭一凜，心中默念了一聲佛號。

怎麼會變成這樣呢？儘管月娥不知道祥師真正年齡，然而她記憶中師父臉色一向紅潤，身體硬朗，一日不作，一日不食。怎麼一個好好的人就這樣被病痛摧毀，死也就罷了，還要受如此多苦？唸佛祖的人，不是應該有福報的嗎？怎麼會像是受到懲罰一般？

月娥正驚恐且難過的看著祥師，卻在師父眼中看見了祥和。祥師雙眼漸漸閉上。

師父要月娥看的，是自己的生老病死，是世間的成住壞空。

師父說月娥是有慧根的，有佛祖緣的。但起初她怎麼會信呢？

在長女惜蓮上初中時，她多年過勞的身體出了狀況，腹部疼痛，不斷嘔吐。這突如其來的病令阿金措手不及，令子女們無比驚慌。只有月娥知道，她已經多拖延了好久的時間了。為了阿金的債務，月娥決定白天幫傭的工作之外，夜晚回去酒店當女侍。原先就不美麗的月娥，儘管才剛年過三十，卻因為過往的消耗而有了色衰之相。若過往是身不由己，這回則是心甘情願。在這環境裡會遭遇的輕賤與羞辱，她再也不能怨懟。沒想到這一回，她沒有如過往一般遇上悲慘的境遇，亦沒有在來往過程間招致怨恨，災厄反倒鑽進體內，快速滋生。

她起初忍著，吃著阿金拿來的藥止痛，緩過一時，每回的發作都比上回劇烈。在阿金的多次請求之下才去就醫。月娥習慣忍耐，不擅於表達痛苦，抗拒醫生的詢問與碰觸。多次來回，各個醫生皆找不出病灶，只能搖頭，開些止痛、消炎的藥給她。阿金非常不解，為何月娥如此倔強？月娥的確硬鼻，但往往是面對輕賤她的人、污辱她的人。如今，在醫生面前，她頑抗的對象究竟是誰？阿金好言相勸無用，惡言相向更無用，月娥把痛緊緊壓在她弱小的身軀裡，彷彿是要保護著，不輕易讓醫生碰觸。

每次阿金問她為什麼，她都回答：「這無藥醫。」

不過，單論病灶本身並無神祕之處。她的病因在半年後終於確定。病院的醫生找到她膽有結石，若不拿掉，只能打點滴緩解發炎。

可她怎捨得花錢？阿金當時的債務未還完，雖然已經擺脫了債主找上門的日子，不過還得扛起兩個家庭，以及陸續償還這幾年間親友的借款。月娥自知年華已老，若不把握，再過幾年，她也無法繼續在酒店工作。她決心不理，拿身軀與命運對賭。好幾次就這樣忍著痛著，痛到受不了，再跑病院吊大筒。好幾次痛到暈厥，幾經死去，是兒女哭喊，才讓鄰居幫忙送去病院。

阿金更不解的是，為何月娥不相信醫生，卻開始求神問卜？月娥不是不願解釋，而是這些事她自己也不懂，她體內有一種她無法控制，只能聽任之的力量。若真的要說，月娥會說這也是她的命運。身體內的命運，逼著她與種種不幸的命運對抗之，屢敗屢戰。

於是阿金一有空帶著月娥四處跑，見廟就拜，見神明就求。月娥如此卑微求情，若無法改運，至少求解：到底是為著什麼原因，會如此命苦？

對於這一切的疑問，她是多麼低聲下氣，聲淚俱下，卻不曾得到任何回應。

求籤是有的，跋杯嘛有做，得到的卻不是答案，而是將石頭丟入山洞的空響。

無論是大廟小廟，是怎樣的神明，她都是以全副的心神投入的。她希望以她全部的生命去換取一個答案。她一再地接受指引，一再地問，久了，看在阿金的眼裡，月娥的姿態竟是挑釁的。她挑釁眾神明，既然無法回應她以全部生命擲出的關於命運的問題，又何能給予眾人指引？

到後來，似乎連神明都拋棄她了。

她開始一進廟宇就感到渾身不對勁，腹痛如絞，頭痛如鑿，整個世界天旋地轉。她知道自己被拒於門外了。

世間拒絕她，神明也拒絕她，她即是瘟與病，她是病入膏肓之人。月娥感到在世間無人憐愛，神佛亦然，她拜著拜著，希望漸成了絕望。

終於，她拒絕求神，亦拒絕求醫。無論阿金怎麼求她，她都不願再求助。

決定之後，她加倍工作，除了一開始的工作外，多找了兩間店兼差。

到了這年紀，她已不再賣身，不過，決心徹底放棄得救的月娥，看在這些買醉尋歡的客人眼中，竟產生一種難以言喻的敬畏。她陪喝的每杯酒，聽客人訴說的每個苦，都像是替他人承擔苦痛。私底下，竟有些客人在交流間，說她有菩薩的心腸。這是她首次的佛緣，只是她自己尚未知曉。

那天晚上，她在酒店，不知為何特別受客人喜愛，每桌的客人都希望她陪。她不停的喝酒，在各桌輪轉，她明知身體已經承受不了，但她就是禁不住每個悲傷眼神的乞憐，多撐了幾場。然後一陣像是刀插入腹的疼痛襲來，她彎腰吐瀉，癱倒在地。

失去意識前的一刻，她伏貼在地上的右耳，聽見遙遠的，來自地底的聲音。她沒有聽過這個聲音，也不知從何而來，但這聲音令她感到相當害怕，她卻無力反抗。這聲音掩蓋了左耳聽到的，圍繞在她身旁的呼喊聲。接著，她沉了下去。或是說，她做了一個很長的夢，夢的內容只是不斷的下沉，緩慢的。

沉入黑色的水，而她沒有掙扎。

能這樣死去，雖然對未長大的子女感到愧疚，卻感到解脫。她靜靜地待在深黑無光的湖底，心裡接受著這就是終局。然而，隱隱的哭聲，驚醒了在夢裡逐漸沉眠的月娥。深水裡的哭聲傳入她的耳中，她所放棄的人的感情洶湧地湧回心中。

自夢中深水浮起，醒覺之中，月娥終要知曉，夢裡的大水是她壓抑至今的淚水。

少女月娥曾經立誓，為了尊嚴，她從此不在人前流淚。可是，誓言的意念植得太深，將自己也變成外人。月娥在自己面前也流不出目屎，淚水在內心淤積。從一個小小的積水，成了池塘、湖水，黑色的無邊大海。

像是此刻，或是幾年後被惜蓮問到身世之謎時，她內心一旦潰堤，就會失去知覺，且不復記憶。也許被命運無情擺弄的月娥，已經掌握了某個祕密而自己卻一無所知，這一無所知卻又是掌握祕密最重要的條件：真正的誓言是不能被提起的，不能被意識的，要把它放在心底，又確實地遺忘它。

心裡的黑海如何解？如何把大海掏空？把山夷平？這些問題月娥自然不會去問，不過，在這夢裡，遠遠傳入水底的女孩哭聲，引著月娥慢慢往水面浮去。黑色的水漸漸透入光，月娥在水夢中睜眼，看見自己正通過一條透明的水道上升。那是自己眼中清澈的淚，與海面上的那端降下來的淚交織而成。

月娥醒在醫院時，眼角掛著一滴淚，她以袖口輕輕抹去，在她病床旁的，是趴睡的惜蓮。月娥無比憐惜地看著女兒，用拇指輕輕抹去女兒眼角的淚珠。

她想起惜蓮出生時，自己不過也是差不多年紀，十四五歲的少女。她心中有了微小的安慰：至少，惜蓮長到這年紀，貧困有之，屈辱亦有之，但沒有與她嘗受到一樣的苦。她突然知曉，她許多的苦難，是為子女擋的。她身體遭逢的苦痛便是明證。

忽聞低音聲響，單一音韻，似歌又無樂音，不可聞不可辨的話語在鼻腔裡嗚噎共鳴，悄悄地進駐她的心底。

天光入內，簡陋但乾淨的醫院，聲音自鄰床發出，像在空氣中爬行，鑽入了她的心裡。她恍惚之間，雙手合十，夢裡不絕於耳的哭聲歇止，被這肅穆的誦念聲取代。

月娥不識此聲，亦未聞此經。佛經她是聽過的，但過往是擠身於一群信眾之中，只覺佛理深奧，而她不識字更不識經文，令她感到遙不可及。漸明的天光中，她剛醒覺的頭腦，在死生徘徊的狀態，她不思不想地聽著，在心中迴盪一陣後，喉頭顫動，張啟嘴，跟隨著誦念：

「舍利弗。若有善男子善女人。聞說阿彌陀佛。執持名號。若一日。若二日。若三日。若四日。若五日。若六日。若七日。一心不亂。其人臨命終時。阿彌陀佛與諸聖眾。現在其前。是人終時心不顛倒。即得往生阿彌陀佛極樂國土。」

月娥不喜歡聽悲歌，歡喜的歌又令她厭惡。在歡場之中，她不免需要配合著聽，配合著唱，歌詞與曲調裡面誘發各種情感，即使是純粹的、溫柔的，也令她痛苦無比。

種種的情感變成單調重複且連續的音節，聽著並隨著唸著一次一次的如是我聞，舍利弗，她感到前有未有的清淨感。月娥沉重的身體逐漸空明。閉著的眼，隨著音節，在眼皮內敲出隱隱的光亮，她得到一種未曾領會過的理解。她模模糊糊領悟到，從小到大，她對於世間種種苦難不能理解的迷障，其實正是自己。

「舍利弗。若有人已發願。今發願。當發願。欲生阿彌陀佛國者。是諸人等。皆得不退轉於阿耨多羅三藐三菩提。於彼國土若已生。若今生。若當生。是故舍利弗。諸善男子善女人。若有信者。應當發願生彼國土。」

聲音漸緩，停歇，在月娥身上留下最後一些不知源於何處的嗡鳴。天光了，日光穿透窗戶，斜射在惜蓮的臉上。少女皮膚如薄能透光的白磁，日光下微血管依稀可見。月娥想起惜蓮出生時，店裡的姐妹們皆無比愛憐地圍在她身旁的光景，當初絕望的時刻，如今想起竟是幸福。

惜蓮醒了

「阿母。」

「你精神了？」

「我擱愛睏。」

「你繼續睏。」

「你咁有艱苦？」

「有較好了。」

母女凝視，惜蓮閉上眼睡去。

月娥的眼光轉向另一個凝視，另一個凝視來自隔壁床。隔壁是一位女病人與一位和尚，病人半閉著眼，和尚則盯著月娥看。與她年紀接近的女子躺在床上，身體枯瘦，病容灰白可怖，臉上的神情卻是安詳的。月娥想，這女子在承受這麼巨大的病痛之際，能保持如此面容，必然是她身旁的師父的緣故。和尚端詳著月娥，月娥則任其觀看，像是把命運攤在他人眼前。過往她握緊拳頭，不讓人從其掌心窺見她多舛的命運。這時她不隱藏也不張揚地，感覺自己的身世映照在他人眼中。她不為自己感到羞恥。

師父開口說話：

「你面色真歹。」

「我破病了。」

「這是前世的業障。」

月娥低頭：

「原來。」

師父閉上了眼。月娥低眉，看著熟睡的惜蓮，想著子女們。儘管她知道阿金對他們的疼愛，對於惜蓮、翡翠也視如己出，不過她預料到，她若是死，他們在世間便無所依靠。

「我要安怎辦？」

「你要發願」，師父回答她：「發大願。」

月娥依稀回想起方才隨著誦唸的經文，變成清楚有重量的詞語撞擊著她的心臟。今發願。當發願。

「若是會駛予我活到子女攏大漢，我願意後半世人攏來服侍佛祖。」

「好。」

月娥聽見回應，卻不知是這位師父說的，還是自己內心想的。奇怪的是她發願的這句話並沒有說出口。她沒有向師父確認。她知道不需要說。不能說。

師父起身，低眉，緩步從月娥身邊走過。

「阿彌陀佛。」

「阿彌陀佛。」

這一回住院原以為相當嚴重，竟奇蹟好轉。工作的朋友來探望，見她氣色恢復良好，也嘖嘖稱奇。

月娥未說是日發生的事。

她開始勤於吃齋唸佛。她不識字，無法誦經，亦不懂修行法門。她先請阿金替她弄來一串菩提子唸珠，反覆念著阿彌陀佛，念著南無觀世音菩薩。讓這聲音充滿了整個家。她的音調不高亢也不低沉，不悲不喜，倒是一時沖淡了這個家悲慘的氣息。月娥沒有說明，阿金與子女也就當作她是延續先前四處求神問卜的習慣。

某日，她請求阿金帶他們一家到內湖爬山。他們沿路哄著抱著最小的豐盛，以及能夠自行爬山的惜蓮、翡翠與祥雲。除了惜蓮之外，月娥的子女們都難得的感到歡快。他們沿著步道一路沿著碧山上行，到了山腰一座寺廟寺前，月娥將懷中的豐盛放下，交給翡翠牽著，一個人走進寺廟裡。

月娥出院前，問了隔壁床的親屬，知道那位師父是這間廟的住持，人們叫他祥師。住持似乎早料到月娥的到來，令人準備好兩件海清，讓月娥與阿金兩人帶著四位子女坐於在家眾那群人身後，參與誦經。阿金雖然習慣帶著月娥四處拜拜，卻從來沒有如此正式的參與任何儀式或法會。

見月娥的神情莊嚴肅穆，阿金也收起猶豫，學著周圍的人的樣子，子女們則學著他們的樣子打坐。在誦經聲中，豐盛，祥雲，翡翠依序睡著，臉上的表情相當的放心。惜蓮亦感受到一種令人欲睡的倦意，但她倔強的不肯睡去。

信眾拿了一本經文給他們倆。阿金雖然識字，才跟著念沒多久，就跟不上速度，並不解其意。他看著月娥把經書放在面前，並不翻閱，閉著眼，皺著眉頭，嘴巴微小卻極為快速的張閉。他起初不甚確定月娥是否有發出聲音，用心去聽後，他分辨出月娥如蠅蟲般地細音，一離開嘴巴，就瞬間消逝在眾人的念經聲裡。月娥的聲音連綿不可聞，阿金看著看著，心中有股敬意，卻又無來由地感到悲傷。

日後他才知道，當時月娥已經在預先告別了他。

先是阿金，再來子女，最後是告別俗世的自己。

她默默地用近二十年的時間，像鋸子一樣用時光來回割斷親緣。不容否認的是，從那之後，她的身體確實好轉了。整個人卻也疏遠了。彷彿這二十年是贈與她的倒數時光，讓她能夠一一在心裡道別。惜蓮與翡翠陸續從高商畢業後，負擔起家裡的經濟後，阿金也還清了債務。

月娥花上更多的時間去廟裡幫忙，並跟著一群師父誦經。她天生的倔強成了不動搖的虔誠。她用心記下快速反覆的經文，在聽師父講解佛法時認真體會。她從機械式的跟著念，到了逐漸能默背起早晚課的經文。甚至她無師自通地，透過倒背如流的經文，慢慢地認得經書上的字。

在子女眼中，阿母的識字過程猶如奇蹟。對月娥而言，真正的奇蹟，是她這樣的女子能在學佛了以後，能親眼看著子女平安長大。

日子這樣過去，平順到不感到時間流逝。她從不知道平安的時間其實飛快，讓人沒意識到它的存在。亦讓人忘記，所有的緣分終有時。

她以為她盡心奉獻了，不求回報了，不貪了。她以為她將這樣慢慢迎接老年。沒想到，祥師父重病的消息，在豐盛婚禮前夕傳來。更沒想到，在婚禮的隔天，她獨自出門，找到了祥師後來在萬里所開設的佛堂。

師父躺在床上看著月娥，對著她說：「心願了未？」

月娥沒有反應。

她才了解多年前發的願，在此刻才是開始。

祥師父即將往生，月娥出家的儀式擇日再進行。先簡易剃度，實現她的諾言，以表決心。

月娥儘管虔誠多年，仍然毫無準備。她亦不知剃度出家的儀式為何，又將會是怎樣的日子。她還來不及與阿金及子女道別，頭髮就落下。第一束頭髮墜地時，她險些落淚。

千頭萬緒，在起而未起之時便幻滅。

幾秒鐘的時間，她的長髮已經落了大半。月娥相貌不美，皮膚蠟黃，唯獨頭髮到了中年依舊烏黑。

「我是被迫的嗎？」月娥不禁這樣問。像當初那樣，被父母賣，被養父母賣？她的人生始終身不由己，偏偏她的自尊無比強烈，如火灼燒。

髮已落盡，在刀鋒將她頭皮刮得涼颼颼的時候，她想到了過去該死而未死的時刻。多少次她想死而未成，又多少次捨不得子女，多少次心有不甘。頭皮與刀鋒輕觸，如通電般的竄流，她頸後泛起疙瘩。

「毋是。」她想。

她的心一陣清涼。剃度完成時，師父亦閉上眼睛沉睡。

這是月娥的願。心甘情願。

她雙手合十，低眉垂淚。沒有人怪罪她。多年沒哭泣的月娥，憑臉頰感受著，原來自己的淚水可以這麼清澈如露水，撫慰了熱辣的臉。

2.

阿金沒有跟其他人說，他在月娥出家後，有見上她一面。

那天早上，他接到新婚蜜月回來的豐盛電話。電話裡，豐盛泣不成聲，說阿母出家了。電話裡，媳婦瓊文也一起哭著，說是不是自己哪裡不好，才讓阿母不願讓她友孝。

阿金在電話裡沒有多說，不斷追問豐盛是否知道月娥的去處，問了許多次，豐盛仍說不知。子女中唯一知道月娥下落只有未嫁且同住的翡翠。

他急忙衝往月娥後來不允許他任意前來的住處，只見到母女兩人居住的小公寓，因為少了一個人變得無比荒涼。

月娥搬家慣了，畢竟親緣淡薄，身無長物。她早已練就隨時可遷居的習慣，才能說走就走。

他欠債走路的那幾年，月娥一家一年到晚搬厝躲避債主，生性遲鈍的翡翠總是不記得回家的路。但即便是最慘澹的歲月，他都努力安排一個能夠避風遮雨的地方，勉力讓這一家不被世間的巨浪給吞噬。如今月娥的子女們一一成家，都有了自己房子。月娥把天母的一間新公寓過戶給豐盛，好讓伊娶某，自己則搬到石牌與翡翠同住。

阿金原本以為，月娥無論如何疏遠，有朝一日，待她想通了，她會打開心內的門窗，兩人可以手牽著手，漫步在淡水河畔。然而月娥一走，竟放棄了俗世，到了他跟不上的地方。

他憑著毅力與執念，找到了月娥出家的地方。

他沒有通知月娥的子女，獨自前來。他認為他們之間餘情未了，月娥不該如此。

在萬里的山坡上，一間充作佛堂的破舊磚瓦厝。

阿金遠遠地看見已經剃度月娥在清晨的薄霧裡，拿著一根與她身高等長的竹掃把，將雨打落下幾乎化為泥的落葉掃道路旁。但對於這雜草過膝，車子無法進入，只有一條充滿石塊的小徑通往外界的無名精舍而言，將依著菩提樹所建瓦厝周圍的落葉掃進草叢，露出三五平方公尺的庭院，究竟有何意義，阿金並不想知道。

鮮少發脾氣的他，看見這一幕，不禁氣得發抖。

他難以理解，為何兩人辛苦了大半輩子，終於看見么子娶妻成家的那天。在應當享受這喜氣與幸福的時候，竟然像是負氣一般離家，成了這副模樣？

多年來他不去計較，不曾怨嘆，即使面對月娥的愁苦眼神，依舊隱藏並壓抑著自己的艱苦，盡力去照料月娥與她的子女們，包括並非他親生的惜蓮與翡翠，他一直視如己出。

內心的怒火灼燒，像是他多年來一直忍著、恨著月娥，想怪罪月娥蹉跎掉他的人生。

然而他知道，其實不是的。他無比清楚，月娥這二三十年的苦，是他自以為能夠拯救她的輕率決定引起的。他當初確實幫助過月娥，月娥卻也因為他的緣故，繼續嘗受更多屈辱。她的屈辱不可計算，是月娥為了他受盡苦痛。

但他仍然忍不住想怨她，難道月娥甘有那麼無情？雖無實名，但夫妻多年，竟一點舊情都不念？

阿金心裡怨著，若不是月娥，他與阿琴的婚姻即使破碎，至少可以用一世人的時間彌補。接納了月娥，意味著他的時間必須分割，最後造成的竟是兩個女人的不幸。若不是月娥與她的子女，即使做生意失敗、四處躲債、還債那幾年，他也會少了一半的負擔。

他付出了、承擔了那麼多，即使讓月娥吃盡了苦頭，受盡了屈辱，他還是將她從地獄拉出來，讓子女順利長大了。縱使沒有夫妻名份，但他們的感情怎能單方面的說斷就斷呢？

眼前的月娥如此陌生。穿著灰色的法衣，剃了光頭。嬌小瘦弱的身材，像是個小男孩。尼姑樣的月娥低眉掃地，輕輕地掃，時不時彎腰，放下掃帚，用雙指輕捻樹葉，拾到樹根旁邊。她動作如此緩慢，落葉彷彿永遠也掃不完。如此徒勞，又是為何呢？

阿金才正要發作，打算拿出當年把月娥從養父母家帶走的氣勢，將她帶離這個地方。

他想，月娥若不是賭氣，就是被騙。沒有理由拋棄我，拋棄子女，拋棄人生。阿金更想說的是，月娥沒有資格這麼做。

只差一個念頭，他就要想，月娥，你咁毋感覺虧欠我？阿金隱隱知道，自己若是真這麼想，這幾十年來的付出便會化為泡影。他隱隱知道，那年自己在入伍前拍照的相館裡，閃光中目盲之際所看見的，將會拯救他的那個模糊希望的形象，會就此消失。

只要在瞬間動起了這個念頭，他將永遠將之丟失，並永遠不會知道到底喪失了什麼。

月娥卻在此時抬起了頭，注意到沉默而尚有距離的阿金。阿金看見月娥的眼睛，月娥的眼睛卻彷彿不在阿金身上，而是在看他們兩個之間，一個不可見的事物上。

阿金在月娥介於凝視與散焦眼中看見他未曾見過的恍惚的溫柔。

僅此一眼。月娥回到低頭灑掃的姿態裡。

月娥低眉，以相同的眼神投向她指尖捻起的樹葉。

阿金不可思議的看見了月娥眼中所見：昨夜風雨，枯葉與枝頭綠葉一同被掃落，月娥指間的那片葉子上，有隻細長的刺毛蟲。月娥深怕掃帚尖會傷害到牠，細心地將葉子放回樹幹下。她像是捧著滿盆的水走路，卻不潑出一滴水那樣的小心。

阿金想起，認識月娥三十多年，無論是養父母也好，酒店的客人也罷，或是因為與阿金在一起之後的際遇而受苦時，受旁人輕賤與羞辱時，儘管月娥難免有怨恨，承受如此多的傷害，月娥卻不忍傷害任何一個人。

他也同時知曉，月娥對於自己會造成的傷害，感到的愧疚比任何人想像得都多。她不曾因為自己也受過苦難，認為自己對他人造成的傷害是理所當然的：

對於與養父母斷絕關係愧疚。

對於自己成為細姨而對阿琴愧疚。

對於子女承受的窮困與他人恣意的羞辱感到愧疚。

對於自己的不幸與那幾年的病造成他人的困擾感到愧疚。

當然，還有一份是為他的。他們彼此改變對方的人生有多少，月娥的愧疚就有多少。

阿金知曉，月娥無論如何，都不會想傷害阿金。

葉子落地。月娥起身，回望的瞬間，恰是阿金轉身離去的回眸，分毫不差。

月娥繼續低眉掃地，關注著不要傷害地上的螻蟻、蟲子、蚯蚓或蝸牛，並慢慢清出一塊空地。

阿金原路走回，騎著他的 oo-tóo-bái 離開。

今日相見是夫妻最後的祕密。

阿金虔誠無比，將月娥還給了她自己。

3.

惜蓮帶著四歲的兒子阿偉在市場前等待。翡翠將開車前來，載他們上山。

阿母失聯後，兄弟姊妹全靠著翡翠掌握她的狀況。翡翠無論如何相勸，都絲毫不透露阿母的下落。不過翡翠也好在個性古意，不會講白賊話。她偶爾捎來的言簡意賅的訊息不會令人起疑，漸漸也讓眾人從一開始的不安與胡亂猜測中平息下來。他們回到各自的家庭生活裡度日，也就這麼接受了。他們不再怪罪翡翠，畢竟若不是翡翠，無人能勝任這項工作。

於是眾人習於等待，對於阿母而言，翡翠確實是最好的信使。

習慣等待，即是不等待，將等待一事變成常態。

他們照常生活，這成為兄弟姊妹間最為堅定的姿態。

月娥的子女擅於等待，擅於接受命運安排。他們各自嫁娶的對象起初皆誤解他們為何如此消極，唯有在將來一同與他們面臨過生命的風雨後，才體會到他們深入骨髓的頑強。

兄弟姊妹最擔心的，莫過於阿ちゃん。他剛聽到阿母出家的消息時，先是消沉，後是氣憤。與他最親的豐盛說，阿ちゃん騎著 oo-tóo-bái 四處打聽阿母的下落，直到三更半夜才罷休。好在阿ちゃん後來似乎也接受了，與子女見面時，不再提起月娥。

不僅阿ちゃん，他們之間說話間，也迴避了阿母。惜蓮的丈夫、祥雲的懷著第二胎的妻子與豐盛新婚的妻子，也在疑慮當中也慢慢釋懷，或默默的接受了。

原以為過去了，但當惜蓮在這天早上，牽著睡眼惺忪阿偉等著翡翠阿姨的車時，她突然一陣迷惑：大人都接受了，但孩子呢？該如何解釋給兒子聽呢？

阿偉察覺惜蓮的心緒波動，抬起頭來。愛子深切的惜蓮，第一次不知如何面對兒子的目光。

在出門前，她要阿偉記得，等下看到阿嬤之後，要叫她師父，不可以再叫阿嬤。阿偉沒問為什麼，只是低頭玩著手指，以及吸著他經常過敏鼻塞的鼻涕。

「等下見到叫『師父』，不可以叫阿嬤，知道嗎？」

說完惜蓮一陣難過。

改叫師父不難，解釋出家亦不難。在這當口，惜蓮擔憂的，竟是阿偉會逐漸懂事這件事。她擔憂著，在更久的將來，當阿偉問起阿嬤出家的原因時，要從哪裡解釋起呢？要如何讓他理解他們家族的故事呢？

他會問嗎？會理解嗎？會下評論嗎？惜蓮在這當口，預先地為數十年後的將來提問設想。有天，若阿偉跟她索取家族的祕密，她會願意交付給他嗎？

想到自己的兒子將來或許或評論自己的阿母這件事，想著想著竟有些抗拒。

她希望兒子不會長大，兒子永遠不會問。但看著阿偉的眼神，她知道這一天遲早會到來。生過孩子以後，她發現時間已經不等她了。

喇叭聲響，車到了。惜蓮與阿偉牽著手過馬路。駕駛座上，翡翠的眼睛像是哭過，咬著下唇不說話。惜蓮雖然不知道阿母透過怎樣的方式聯繫，但猜想這也是半年多來翡翠第一次去拜訪阿母。

阿偉一上車就在後座睡去，身體縮得小小的，整個人側身窩在後座，頭枕在惜蓮的大腿上。

惜蓮頭靠著窗，眼睛看前座開車的翡翠，也看著兒子的睡臉。她輕輕的撫捏阿偉多肉的耳垂。

她想起阿母總對於子女的婚姻不置可否，所說的話甚至有些尖酸。平心而論，月娥在外頭，尤其一起修行的信徒或師父眼裡，是充滿善念、虔誠的人。但對於兒女而言，月娥漸漸成為一個威嚴的阿母。對女婿與媳婦而言，則是不容易親近的岳母或婆婆。

假如不是阿母挑在豐盛新婚不久出家造成的風波，惜蓮還真的慢慢習慣地走入普通的家庭感，把過往那些在外人面前的尷尬處給忘了。

阿母這幾年來，除了勤跑寺廟拜佛祖，各方面來說，都把自己活成一個平凡的樣貌。惜蓮童年與少女時期難以啟齒的身世，彷彿是前世人的事。

想想也不要急。

惜蓮輕撫阿偉睡紅的、白嫩豐滿的臉頰。等到哪天兒子問起，那個時候，她必然已成為一名年老的、平凡的婦人了。她將無所顧忌，無需隱瞞。她依著這個想像，在車行震動的搖晃裡，慢慢的也把做為家中長女的心靈重擔放掉。

車子開上了山路，鑽入山中小徑，後座時有顛簸。阿偉感到不舒服，皺起眉頭，想要起身。惜蓮拍拍阿偉的背，幫阿偉調整姿勢，免得暈車。她用自己的身體包圍著兒子，讓震動減緩，讓幼子安心。她想像自己隨著海浪波動，浮浮沉沉勉力航行卻不至於觸礁。

他會記得嗎？他將會記得嗎？

惜蓮一面擔憂兒子，又矛盾地擔憂自己是否過度保護阿偉。

她一直害怕失去兒子。她體型嬌小，在產房待了三天才讓阿偉順利產下。一剪斷臍帶，就因黃疸嚴重送到保溫箱。

惜蓮意識恍惚中，還沒抱到兒子，就趕緊叫丈夫跟著護士過去，免得一點閃失搞錯了嬰兒。

等到阿偉好不容易出院，狀況也不見好，三天兩頭要跑醫院。發燒、咳嗽、嘔吐、皮膚過敏，各種症狀輪流到來，讓她的擔憂不曾歇息。從嬰兒到了幼兒，短短幾年的憂慮讓她生起了第一根白髮。

她擔憂的不僅如此，也包括對丈夫、對自己的擔憂。丈夫婚後為了貸款養家，不知不覺累積了壓力，有一回胃出血，竟在家中貧血昏倒，幸好惜蓮發現丈夫半夜上廁所未回床上，緊急叫了救護車。那一夜也是如此難熬，救護車上，昏迷的丈夫，與懷中熟睡的嬰孩，讓她頓時有種茫然無依之感。

最為恐懼的，可能是關於自己。前一年的除夕，她在婆家準備年夜飯，阿偉在一旁哭鬧。她努力哄騙，哭鬧事小，她擔憂的是公婆的眼光，妯娌的冷嘲熱諷。她才罵得大聲些，路還走不穩的阿偉受到驚嚇，退了兩步，後腦勺碰的一聲撞到椅子。惜蓮一驚，手上切著洋蔥的菜刀滑開，直接削掉另一手大拇指一塊肉。她的手血流如注，因劇痛而眼前一黑。她最後一個記憶，是倒在地上，而阿偉在她身旁大哭。

儘管這些事都過了，惜蓮仍不時擔憂，夫婦子這三人的小家庭，只要稍大的浪，便會全盤覆滅的。

怎麼擔憂就這樣沒完沒了，毫無止境呢？在顛簸間，惜蓮懷抱著阿偉，她瞬間被這搖晃甩離了現實，忘了此行的目的，而沉溺在彷彿永無止盡的眩暈裡。她不禁問，結婚生子後的生活，真的徒剩痛苦與憂慮嗎？

疑問才浮現，她立即就否定了。因為她確實感到的希望，是她年輕時候不敢奢望的。在這純粹守護的姿態裡，像是掏沙的網篩，將她多餘的念頭都篩去。

惜蓮知道，這樣搖搖晃晃的人生裡，光是能平平安安看著兒子長大成人，就是最大的回報了。

接著，她聽到阿母的聲音。這聲音來自過去，來自遺忘，躲藏在記憶的夾縫裡。她帶著這句話的回聲，慢慢靠近目的地。

車子減速，斜前的停向小路邊，翡翠轉了轉方向盤，熄火。

惜蓮平靜。阿偉醒了，慢慢坐起身，揉揉眼睛，看著惜蓮。惜蓮看著兒子，同時越過阿偉，看見他身後的車窗外，遠遠地，阿母已經剃度的身影。

相隔數月，阿母已經有了莊嚴相。

阿母一生任人擺布，任命運擺布，如今成了她真正嚮往的樣子。應當歡喜。

她不需回想，便想起腦中浮上的那句話，是阿母在何時說的。

那時，阿母在病院，對著陌生的師父發大願時，她與阿偉一樣，剛從朦朧的睡意中醒來。阿母的大願就這樣放在她的心中，而她隱隱知道，她有責任要守護阿母的心願。那天的事她不再問不再提，過了將近二十年。

原來自己更是那位最守祕密的人。這麼多年來，守到連自己都不知道。

惜蓮微笑，拍了拍前座的翡翠，卸下她近日守密的重擔。

推開車門，惜蓮小心地牽著阿偉。翡翠在後頭跟著。

「要怎麼叫記得嗎？」

「師父。」

月娥站立不動，待惜蓮一行人靠近時，雙手合十，一拜。

「阿彌陀佛。」月娥說。

「阿彌陀佛。」惜蓮、翡翠與阿偉齊聲說。

惜蓮知道，這一刻，阿偉也許明天就忘了。

也許在很久以後，當他問起時，她將會告訴他，她所記得的一切。

那時，她的情感會如同阿母在她心中留下的情感一樣變得溫柔而無傷，將記憶從自己的手上交給他。

第七章

日子

惜蓮，1975

惜蓮在過了二十歲以後，日子一下好過了起來。

惜蓮與翡翠合力先買第一間房子。兩年後，姊妹湊了些錢，加上阿母的私房錢、標會錢，在北投換了另一間大一些的公寓。

他們一家除了與銀行往來的貸款，以及尚在許可範圍的跟會錢，沒有其他的債務。惜蓮與翡翠工作穩定，再過幾年，兩位弟弟也將出社會賺錢了。

有了這間大房子，三個房間。阿母一間，姐妹一間，兄弟一間。過去不再是絆腳的陰影，未來不再充滿巨浪，而像是一條平穩的路，可以放下腳步慢慢行走。

惜蓮幾乎把這狀態視作美好的結局，無暇多想再過幾年後，兄弟姐妹也終將各奔東西。

社會說是經濟起飛，是經濟奇蹟。對當時的惜蓮而言，這僅僅是長大成人，擁有力量能夠對抗世界的結果。

先是存活，然後得以對抗，慢慢她有了勇氣去探索、冒險，享受生活。她聽美軍電臺，學唱英文歌。下班後與年輕的女同事們喝苦澀的咖啡，要加點糖才好入口。

惜蓮出生時，是所有人都沒見過的美麗女嬰。因為窮養，加上月娥不願女兒的美貌引來不幸，青春時期，總被刻意掩蓋。

然而，這些努力，在孩童與少女一度成功壓抑。一到成年，終究遮掩不住成為女人後出色的美麗。不過，月娥擔憂的情形沒有發生。出生時異樣魔力的美，隨著時間過去，長大成人的惜蓮，儘管仍是非常美，但並沒有令人感到不安的特質。

惜蓮對自己的美沒有自覺。要說的話，困擾還是比喜悅來得多。她對於男人表示的好感，與其他女人的感受一樣纖細，卻缺乏應對的能力。她遇見示好的男士會害羞，許多客戶喜歡她，希望她當媳婦，或是介紹給誰當媳婦。這些人當中，不乏是公司老闆或有錢人，這些能一下攀上更好經濟條件的機會，她都拒絕了。

她總想再晚一點，等日子再好一點，她才考慮戀愛。

至於婚姻，她則遲遲不敢認真想。她企盼的未來，不過希望再平凡一點。幸福沒有其他的樣貌，幸福就是平凡。

雖是這麼想，惜蓮的戀愛突如其來，卻沒有任何人能教導她關於愛情的一切。

惜蓮的愛情，最初是瞞著阿母，也不願跟阿ちゃん透露，更不會跟弟妹訴說。大姐惜蓮儘管步伐笨拙，仍是這個家中第一位戀愛之人。雖然是祕密進行著著，內心仍是理直氣壯的談起戀愛。

她以守護著家庭一般地姿態，守護自己初戀的幼苗。

那天，她如往常跑銀行趕三點半，袋子裡放著公司大把的現金在街上小心翼翼的走。到了銀行，汗還未擦，喘著氣，急忙但熟練地填起表單時，突然聽見櫃檯小姐對她說：

「石……惜蓮？好久不見了，我一直以為你姓徐。」

「淑兒？」

「變得好漂亮啊。」

「妳也是啊。」

善於認人的惜蓮一下認出了國中同學淑兒，曾有一陣子她們住在隔壁巷弄，常常一起上下學。惜蓮是家中大姐，淑兒是夭女，兩人相處倒像姐妹。加上惜蓮當時內心敏感，在同學面前總一副兇悍的樣子，是許多女孩的偶像。幾年不見，因為惜蓮在職場上相處的多是大他一截的男性長輩，反倒使她感覺比實際年齡小。於是，難得偶遇同齡的女同學，才幾句話就熟絡了起來。

「妳後來到哪去了？同學會都找不到妳？」

「原來還有同學會啊。」

初中畢業那年，恰逢阿母時常破病、阿ちゃん的財務狀況還沒完全好轉。他們一家習慣於流離失所，四處搬家的他們習慣離別，從來沒想過要與人保持聯絡。光是要繫著一家人不失散、不要全盤翻覆已經不易，遑論顧及到與外界的聯繫。

這時，月娥一家的孤舟，經歷無數的風暴，總算等到風平浪靜。他們安穩趨向安身立命的土地。並在上岸之後，細心的將小舟繫好在碼頭。他們心底明白，災難的時刻已經過去，不會也不必再回到這小舟上。

儘管還不願捨棄這破舊的小舟，惜蓮也知道該往前走了。不僅要走，還要第一個走。

憑著一個預感，惜蓮決定與過去和解，重新與過去的朋友們聯繫。她們互相留了電話，並答應去下個月的同學會。

關於同學會出遊那天的記憶，一開始是搖搖晃晃的。

惜蓮清晨起床，翡翠睡夢中恍恍惚惚的看著大姐。惜蓮在灰藍的室內，拉開一小縫窗簾化妝、梳頭髮。翡翠不解，畢竟兩人平日工作忙，假日都是補睡日。平時翡翠只要晚睡，或比阿姊早起聽廣播都會被罵，怎麼今天如此慎重的準備？

惜蓮回頭看了一眼，翡翠的眼睛隨即閉上，不知道為什麼感覺特別了累，馬上又睡了回去。惜蓮在衣櫃前躊躇一陣，拿起了洋裝又放下。她決定率性一些。她選擇了不怕髒的牛仔褲，搭配一件花襯衫。她考慮過綁個頭髮，最後連馬尾都不要。她將烏黑的頭髮全放下，像瀑布一樣流瀉下來。

她穿過走廊，在阿母察覺前出門。關上門時她一陣興奮，邊哼著歌，跳出腳步。

Someone to love, somebody new. Someone to love, someone like you.

即使小聲哼唱，「love」跟「like」這樣的字眼仍然令她有點害躁。倒是這個「Someone」，在她的感覺裡，比起字典裡說的「某人」，或她背單字時以「啥人」來暗記的詞語，有種神祕的呼喚。

詞語有魔力，隨著她的心臟敲擊，令她催促著自己前行。

火車搖搖晃晃，男男女女共十二人，各坐在車廂兩排，相對著看。

年輕男女像是玩著不言自明的遊戲，與其同鄰座的同學聊，他們更喜歡跟對面的聊。必須略為高亢地喊出聲，才傳得到對座，對座則需要傾身側耳才能接到話語。他們把話語如傳接球拋接，實際上男女的話題毫無意義，多半圍繞著「還要幾站？」、「天氣不壞」、「你在哪邊唸書？」等。

但他們哪管得著這麼多？重要的是那份青春洋溢的情感，還沒有形狀，甚至也沒有對象，無形地在空氣中碰撞。整個車廂充滿他們的說話聲與歡笑聲，隔著一條走道，像是隔著山谷傳音，話一出口就被周圍的聲音吞沒。

一開始，惜蓮覺得有趣，這種聽不清楚講話的時刻，氣氛卻很愉快。所有人都是歡快的。

略微尷尬的是，歡快是不自覺的。當她意識到這是歡快的氣氛時，代表她有所隔閡，已經不完全在其中了。

她與他們之間有一層透明的膜。有那麼一刻，她的確忘我地融入，然而卻維持不久。幸好這種歡快中，也沒有人會真正發現惜蓮微妙的狀態。

惜蓮帶著微笑，搖晃恍惚地看著，眼前的情景是她失落的夢。惜蓮二十年的人生裡，現實總是太堅硬而無可逃避，夢境總是深不見底的夢魘得要拚命逃脫。美夢般的青春她無權擁有，此刻的美好竟有點刺痛夢外的她。的確，她比同年齡時期的阿母幸福多了，然後呢？

她對於未來才剛有那麼一點把握，但那終究是物質上的、金錢上的。令她心焦的是生活之外的事，可是卻說不上來。這問題或許也不難，就是一種孤零感如此難解，讓她不想面對罷了。

還有另一個原因令她無法融入。他們這一屆的國中同學，恰是九年義務教育前，最後一屆有參加初中聯考的學生。三年級的時候，當時的校長突發奇想，將這最後一屆經由考入入學的升學班，合併成男女合班。有人說新任的校長想要開創新的學風，也有人說是讓男女合班可以相互刺激，在學業上增加競爭。

那年，這些少年少女們，一邊在學校的嚴格操行管制，又如此陌生的接受當時少見的男女合班。惜蓮天資聰穎，當初以臺北縣第二高分入學。然而初中三年，是阿母身體最差的時候，她早早不奢望升學，將學業放在一旁。

幾年過後，她已經是一個在夜校就開始半工半讀、畢業後在正式職場三年的上班女郎。同車的這些同學們，除了淑兒外，大都還在念書，身上還有濃濃的學生稚氣。

尤其男生，不論當時高中考上哪裡，後來幾乎都有繼續讀大學。現在是大二升大三的年紀。聽著他們說話，無論是口氣或是想法，惜蓮都覺得像是還沒長大的孩子。

當她已經與翡翠，湊著阿母的存款買下了房子，也賣過、換過房子。而他們還在煩惱零用錢不夠，討論著家教與打工的機會。

矛盾的是，惜蓮在他們面前，卻有一點遺憾，甚至有些自卑。他們的差別，象徵著不同人生的交會的不可能。今次的同遊會過後，這些人再也不會再有交集了吧。

那就看窗外吧，反正沒人發現。

戶外的空氣混雜著車廂煤油味。日頭正熱，曬在她倚靠車窗的前臂與半身，白肉底的她，強光曝曬下，散開了光暈。出來走走也好，知道自己與他們的人生不同也好。她有點寂寞與羨慕，但那又如何？她早已接受了。

何況，她從不覺得自己人生有所選擇。選擇是有選擇的人才有的，對她而言，存在的只有決定。而她早就決定好了人生，在她在那晚決定守護阿母的祕密時，許多事情也一同了斷。即使夠堅定，但此刻這份歡快還是令她嚮往。

她趁著沒被發現離群前，將自己拉回現實，從窗外的白光回到車廂內，視網膜一陣霧灰。朦朧間，偶遇一雙清澈的眼。這眼神直朝著她而來，惜蓮像是被看穿，有些害躁，又有些感到冒犯的興奮。

她認出了他。她記得他綽號是柚子。也許是因為名字有「祐」，也可能是點到名字時，中氣十足的他總是大聲地喊著「有」，被女同學們暗暗取笑卻毫無所覺。

柚子的父親老師，因為數學好，當時被老師指定為班長。惜蓮則因為女同學們多半害羞，不願意跟男同學說話，班級的事務往往由她來代表溝通。兩人講過幾次話。惜蓮印象裡他有點高傲，有時在說話時不免挖苦一下，但柚子皆不為所動。

柚子盯著的眼很快轉開，惜蓮卻在一瞬間察覺，這個男孩在一群人當中也是落單的。他不是單純的害羞或沉默寡言，而是從他坐的位置，隔著其他三位男孩子約一個人的距離，她瞥見了他的格格不入。

奇妙的是，因為這份距離，讓他們的目光交會。默契的一眼後，兩人又各自回到群體的氣氛裡，又默默地彼此在意。

一路晃到雙溪車站，眾人走到溪邊戲水。那天的溪水徐緩清涼，恰好冷卻一下年輕人鼓譟的心。在車上引人側目的歡笑喧嘩，到了溪谷，也像被濺起的水花散落在石子上，在烈日下閃耀，烤乾。

到了這裡，惜蓮覺得自己輕鬆多了。她很快找到自己的角色。她像個大姊，指揮安排著大家帶來的食材，分配任務。

一夥人尋覓到合適地點，在平坦且離水不遠處烤肉。男同學負責生火、提水，女同學處理食材，並一起搧風，控制炭火，將食材一一烤成香氣四溢的食物。藉由合作，同學們的距離更進一步，他們的關係也由生變熟，甚至冒著煙，發燙著。多年不見的隔閡與尷尬，也這麼緩緩地被溪水帶走。

在一切逐步到位後，惜蓮放鬆許多。看著同學們，無論活潑或內向、話多或話少，都漸漸放下了緊張感。她才發現，原來那份不適應的感覺不是只有自己。尷尬或感到不適切的是時間，時代變化太快，他們的身心也在劇烈的變動。他們現在像是以捲起褲管、裸露著腿泡在冰涼的溪水的方式感受著時間：有點刺激，卻又相當舒服，彷彿可以一直這樣下去。

惜蓮安靜著看的大夥玩樂，不時留意是否有人落單，或涉水過深。隔閡已經淡去，不過看大家融入氣氛，她覺得自己好像慢了一步，已經來不及加入。或許也不是慢了一步，而是快上了太多步。過去為了生存，為了不被屈辱抓住，她拚命奔跑。好不容易讓家裡脫離貧困，可以放心享受青春，面對同齡的同學，卻覺得自己老了。

（想想，阿母也總是比同齡的婦女老上許多啊。）

怎麼這一步就那麼遙遠呢？

水面的光閃耀著，突然一道光閃進惜蓮的眼。有人喊著她名字，她抬頭，一罐在溪水裡沖得冰涼的津津蘆筍汁以拋物線的方式輕輕地丟了過來。那道弧線像畫出來的一樣，就那麼穩穩地落在她的手中。柚子走了過來，跟她坐在同一個大石上，看著遠方的同學。遠方的同學招手，對他做了鬼臉，柚子笑了一下沒有回應。

惜蓮因為尷尬而只好打開罐子，柚子也不約而同地開罐。重疊的開罐聲在溪谷間輕輕地也清脆地響起。兩人以鐵罐相撞擊乾杯，一口氣喝下冰涼的蘆筍汁。

「妳還好嗎？」

「怎麼這麼問？」

「看妳一個人坐在這。」

「不想曬太陽，那邊太熱了。」

「水很涼的。」

「好吧。」

兩人走下石頭，柚子調皮的轉身，奮力把手中的鐵罐奮力往遠處一擲，落入了溪水。惜蓮則隨後，高拋物線地將喝完的鐵罐丟入了溪水裡。

她回想，烤肉的過程裡，每當她下了什麼指令時，柚子都是「有！」的一聲，毫不遲疑的行動著。他的「有！」，不僅讓事情順暢，讓大家一起鼓舞，一起行動。對於惜蓮，那就是一種確實的回應，有人存在在那。

於是這麼輕易地，這位寡言的少年，把惜蓮一度飄走的心思帶了回來。

惜蓮也捲起了褲管下溪玩水，暫時忘記了許多事。

這是第一次，她隱約地知道遺忘的力量。儘管她並沒有意識到，不過她對於緊抓著記憶，並以祕密的形式藏在心裡的執著，在這一刻鬆動了。到了這年紀，該有權放下，好好享用眼前的美好生命才對。

那莫名幸福的恍惚瞬間，她再次聽到柚子的呼喊。她順著聲音方向抬起頭來，柚子手上拿著單眼相機，鏡頭正對著她。她側傾著頭，讓黑色的長髮自然垂下，給了一個燦爛的微笑。

一向有預感她，預感愛情即將來臨。

她在水光幻影間，隱約看見一雙少年清澈的眼。

歸途後，惜蓮在巷口流連一陣，想著許多事。

她想著阿母、阿ちゃん、想著弟妹，總想著時間真是不可思議。

她以家庭為見證，所謂時間的作用，不是變好或是變壞，而是真正歷經十年為度的日子後，將一切磨平的力量。曾有過的怨恨、羞恥、憤怒、不安，竟隨著時間洗淨，彷彿不曾存在過。

就像阿母年輕時總是厭惡走在阿ちゃん身旁，因為他們相差的年歲，看起來更像是父女而不是夫妻。但多年過去，早已禿髮的阿ちゃん依舊面色紅潤，反倒像逆行了時光。而阿母學佛了以後，省去了一切裝扮，加上多年在風塵打滾留下的痕跡，讓她提早進入初老樣貌。如果他們並肩而行，不再有人將他們視作父女。只可惜到了這個時候，阿母不但不太願意與阿ちゃん在外頭同時露面，連見面都少了。

她想，只要沒人提起，即便曾經知曉者，也將淡忘他們童年經歷的那段過去。於是，她對於有一天要與人交代家庭往事，感到有些抗拒。難道不能不提那些日子嗎？她不免有些矛盾。矛盾在於，儘管痛苦，她並不為那些日子感到羞恥，亦不願忘記。

有什麼方法，能說起這些故事，卻不讓他們感到傷害，尤其是受到最多苦難的阿母呢？有沒有一種說故事的方法，能保留他們的記憶與情感，卻能夠讓所有的當事者不受到打擾，繼續安靜地過日子？她想像未來，覺得有可能，卻暫時想不到答案。

也不盡然完全沒答案。只是年輕的她還未想到，當有那麼一天，時間竟也能把阿母如破片般刺人的人生磨平，還給她最為樸素的樣貌。

這時，作為女兒的她，心中有個位置無比澄明，這個位置保留了阿母歲月的苦難，卻包覆在一個透明但堅硬的晶體裡。即使微小的情感晶體，與阿母真正經歷過的相比微不足道。

但正是因為它如此微不足道，才能抵禦語言的洪流，安靜地保留著。

就像阿ちゃん養育兩個家庭所不能吐露的委屈與辛苦。在那些獨守著他們、等待阿母下班的深夜，一個人獨酌清酒哼唱的日語歌。惜蓮一句日語都不懂，但當時阿ちゃん的身影，落寞的表情，以及歌聲裡的無奈，如今卻以旋律的形式留駐在她耳際。

她只要感受著情感就好，寄存在她身上的情感，在自己的人生也邁入平凡後，總會有人繼承，那將會是她的子女。無論他們是否問起，無論她怎麼說，終會傳遞下去，以更透明的方式。

在此之前，她渴望好好的戀愛。

翡翠，1977

翡翠雙手捧著一堆信件，像捧著裝滿聖果的供盤，緩緩地上樓。

她凡事小心謹慎。從信箱拿到手中，已經將亂塞的、大小不一的紙件整理好，連上下方向都是一致的。

翡翠做任何事都有自己的習慣，並十足堅持，直到身邊的人放棄勸阻。她成長歷程多少因此吃虧，但幸運在於她渾然不覺亦不計較，全然沒放在心上。

到了夜校時期，開始半工半讀的時候，她這種古意又頑固的性格反倒在工作上成為優勢。不僅交代的事情，能遠超過要求。在工作技能上，也一項一項學會了。日子鋒利，翡翠以她固執的遲鈍克服了。日子被這樣磨著磨著，終於打磨出適合翡翠的樣子。

兄弟姊妹間還是經常提起她童年時鬧的笑話。這個時候，翡翠當初令人絕望的癡傻，化為家裡記憶一種甜蜜的印記。

譬如她到了小學六年級還看不懂時鐘。阿姊上初中的第一天，因為學校較遠，無法再與小學六年級的翡翠與一起上學。阿姊擔心翡翠迷路，前一天就耳提面命，說明幾點出門、出門的路線等等，要翡翠反覆背誦。沒想到阿姊開學典禮回來，翡翠還穿著制服坐在那裡，連同小學四年級祥雲一起坐著看鐘，豐盛則在一旁玩彈珠。阿姊問說怎麼回事，翡翠則說她忘記分針與時針哪個長哪個短了。她看著分針移動，一直搞不清楚時間，最後連該出門的時間也忘了。她一慌，連稍微看得懂時鐘的祥雲也忘了。姐弟倆就這樣，醒來之後一直盯著時鐘的轉動直到阿姊回來。

這一類的笑話，翡翠想起來也覺得好笑。

對翡翠來說，只是她小時候看出去的世界與別人不同罷了。她不了解時間怎麼可以計算。無聊的時間與趣味的時間，明明一個感到慢，一個感到緊，為何會用同一種方式計算呢？

她只喜歡反覆著做著自己喜歡的事，或覺得一定要學會的事。她一但擺脫掉煩惱，便會完全沉浸在自己的內在世界裡。

有一回晚上發生了地震，晃到碗盤掉落碎成一地。惜蓮跟祥雲、豐盛逃出了家門，發現翡翠沒有跟著出來。等待地震停歇，回到家才發現翡翠還在渾然不覺地背英文單字，書櫃在身後倒下也沒察覺。

大概就是因為這樣的性格，讓同時學英文的姐妹，後來卻是記性較差、發音掌握較慢的翡翠學得比惜蓮更好。惜蓮當時因為喜歡聽英文歌曲，拉著翡翠一起到長安東路的美爾頓英文補習班學英文，第一期的學費還是惜蓮出的。學了一年，惜蓮覺得一開始的目的達到了，能拿著歌詞唱起英文歌，聽得懂一些美軍電臺的句子，便因為工作忙而不再繼續。翡翠則一路報名，到後來明明沒有更高的班級給她，仍然待了四年，直到所有的課文與對話都能背出來為止。

外國話令翡翠安心。外國人會慢慢地、小心地、引導地對她說話，等待她找到詞組回應。短短的話就會受到鼓勵，這樣的過程令她感到安慰。

學英文等於給了她第二個機會學習說話，她彷彿沒有領受過語言的魔力一般開始理解語言。她感受到自己正一步一步擁有比他人好的能力，並受到他人誇讚。這份不靠天生，是靠學習的能力，令她備感放心。除此之外，她自小到大感到的特異性，隔絕感，竟自然在外語的語境中消弭了。

翡翠不免想像，若是學習外語，或與外國人聊天，都令她如此開心。那麼，到了國外工作或生活，會是怎樣的呢？

翡翠捧著信開門，仔細將給阿姊的兩封信放在飯桌上，這樣阿姊一回到家就可以拆開。阿姊的信，翡翠光看信封的字跡，就知道是阿姊正在當兵的男朋友寄的。

等下阿姊看到可能會罵她，可能不會。大概是不會吧，她想。

阿姊與男朋友開始通信是兩年前的事。她一開始後知後覺，心想怎麼平均一兩天就有人寄信給阿姊。問了，阿姊還生氣，並警告翡翠以後不准再碰她的信。翡翠相當不解。直到祥雲解釋，那是阿姊男朋友寫的信，翡翠才明白那些寫著天氣如何、朋友那兒聽到的趣聞、最近聽的歌，以及結尾附上一些想念的話語的信，是所謂的情書。

過往她習慣看到信就拆，沒特別區分收信人是誰。如果是阿母的信，她會直接唸給阿母聽。其他人的信，她則放在每個人的書桌上或是床頭。她對於沒興趣的事，從來不會放在心上。關於他人的私事，譬如祥雲的敏感與自卑，豐盛的腦中的各種幻想，以及惜蓮心中掛念的各種他人的事，對於翡翠來說都是過目即忘的事，許多時候甚至都沒感覺到。

翡翠因其獨特，以至於她對於心事毫不知悉。她習於所有的想法與感受就放在很裡面的地方，那個地方是語言企及不到的。即使要說也說不出口，最後索性也不說。翡翠沒有不可告人或難以啟齒的心事，她真正的心事，是連在內心裡都沒有言語可以表述的。

惜蓮有一度禁止家人取她的信，不僅不能拆信，也不能碰觸，必須讓男友的信安靜的躺在信箱裡，等惜蓮來取。祕密到了這種程度，到底是什麼感覺呢？翡翠確實不懂。

直到今天。她擺好阿姊的信後，自己手上還拿個一張巨大的信封，惴惴不安走進房間裡鎖門的這一刻。她終於懂得祕密的感覺。

翡翠終於明白，祕密是在不想讓人知曉時才誕生的。無論這件事情存在多久。這封信的祕密不僅在信封裡，光是它的存在，就足以成為翡翠不想讓家人知曉的祕密。信是從很遠的地方寄來的，上頭寫著家人都不認得的字。這陣子翡翠整天守著信箱，甚至想在巷口等著郵差攔截信件。

「上頭的字連阿姊都不認得」，翡翠不禁有點奇妙的想著。

坐正在書桌前。翡翠借了阿姊的裁紙刀，深呼吸，將信封紙的纖維割開，細微的聲響取代了心跳。忘了呼吸的翡翠臉漲得通紅，眼淚都快掉了。

過往不論學校考試或是工作面試，她對於結果如何始終甚少介意。家人沒有期待，她自然也就沒有得失感。

這回不一樣。

翡翠將信封割出整齊的切口，一點歪斜與破損都沒有。裡面只放著一張紙，稍微厚且硬，她將這張紙抽了出來。這是張證書，上頭寫著外語。翡翠認得自己名字的外語拼音，其他的字，一瞬間竟然認不得了。

她心慌之下，眼淚不小心湧出眼眶。

大顆的眼淚迅速沿著臉頰滑下，才驚醒了她。她趕緊用手抹走眼淚，一不小心，沒攔截成功的淚滴，滴上了證書，恰好在她的外文姓氏上面。淚滴未散，水珠狀地保持著，透明如放大鏡般放大了外文拼出的「SHIH」。「石」是他們一家姊妹兄弟換過的第三個姓氏。她想，換了一個語言拼出來，幾乎等於換了一個姓名了。假如真的有那麼一天，她在國外工作、生活，跟某個外國人結婚，冠了夫姓，屆時是不是又要換了一個新的姓了？

翡翠趕緊拿衛生紙吸乾淚滴，幸好證書上的字沒有因水而暈開。

她以為自己靜下心來，內心卻還在慌亂中。

突然，翡翠不認得這些字了。

什麼diplôme，什麼Langue française，什麼Niveau。她甚至要非常勉強地，像是暈厥邊緣抓住意識，才能不忘記這是法文。這是她法語檢定的證書。這是她默默上了三年法文的證明。

翡翠原來想學的第二外語是德文。

畢業後，她先進一間法律顧問公司擔任英文翻譯，專門處理跨國商務合作、合併等合約事項。老闆是一對澳洲夫婦，原本在被總公司派駐臺北，當澳洲總部決定撤出臺灣時，決定留下來與幾位臺灣律師成立事務所，承接原來的案子。

她從處理簡單的文件與溝通，慢慢可以幫忙搜集與撰寫合約事項。老闆欣賞翡翠，甚至將些重要的工作交給了她。才進入公司兩年，翡翠的收入已經是惜蓮的兩倍。然而老闆一直認為翡翠可惜，若有機會進修，取得大學以上的學歷，她的發展將會更好。

老闆鼓勵她再多學一樣外語，將來說不定還有出國工作的機會，至少到時候她若有意願到澳洲，他會幫忙推薦。

翡翠對出國進修或工作不抱幻想，但對於這份期待，倒令她感到飄飄然。不僅是能力上受到肯定，或性格受到欣賞，她的老闆還給她一份關於未來的想像。

「未來，future」，多麼美的詞，她心想。在成長過程裡，烏雲密布的童年，帶有光明意味的未來，足以期待的未來，是不曾存在過的。

為了這個毫無條件實現的未來，翡翠準備好一個紙袋，一點一點存起學費，不想被阿母與阿姊發現她有額外的支出。為了夢想花錢，即使有了工作與收入後，她仍感到愧疚。

她比預期中早幾天存好錢，雖然不是大數目，卻令她感到異常的緊張。她一想到要去學新的語言，講起家人都聽不懂的話，心跳就不停加快，不知道是痛苦還是興奮。

她甚至還夢到突然嘴巴無論講什麼，家人都聽不懂，而家人的話她也一個字都不理解，最後在夢中，以阿母悲傷的眼神終結。

沒有人告訴她，她體驗到的是賭徒的心態。阿金賭過，月娥也賭過，這個家就是這樣來的。但他們從來不願告訴子女，更不願他們走上任何有風險的路。她與其是確信著目標追逐夢想，不如說已經準備面臨失望。她準備在將來迎接命運的宣判：不論機會多好，她都沒有選擇的餘地。

她始終清楚，無論是已經能對話如流、在工作上發揮且受外國人誇讚的英語。或是即將去學的德語。學得好或不好，好到怎樣的程度，她都不可能有機會放下臺灣的一切，到國外展開生活。

那天，翡翠拿著裝好學費的信封，戰戰兢兢地搭了公車到大學校園。才一走進大門，就對於行走在三三兩兩的大學生之中感到羞慚，好像做了什麼虧心事，害怕被人發現。

事情是怎麼發生的呢？

翡翠如今想起，整件事情在發生的當下就是模糊的。這模糊並不是比喻，而是她才一進校園，就被路上的凹洞絆倒。

摔傷雖痛，更麻煩的是她右眼的隱形眼鏡掉了出來，並在她的眼前被腳踏車輾過。翡翠習慣厄運，在厄運中保護自己，並無視旁人的取笑。所以她凡事小心翼翼，規劃各種選擇，她甚至是家中第一位懂得為自己與阿母買保險的人。但她沒想到會在今天，以那麼狼狽的方式，讓自己失去視力。她因為苦讀，總在家人睡去之後，以昏暗的燈光讀書。二十歲的時候，因為度數不夠去驗光，一驗之下，兩眼近視超過一千度，才在眼科醫生的建議下（眼科醫生：「妳度數不足五百度，是怎麼過來的？」），佩戴了當時還未流行的隱形眼鏡。

因為看不清楚且不熟環境，翡翠在校園裡迷路。孩童時迷路的記憶湧現，急到快哭出來。她懂了，小時候迷路的恐懼，源自於自己被阿母賣掉的恐懼，怕成為家裡多餘的那個人。她之所以在每個地方、每份工作都如此拚命，也是為了不要成為那個多餘的人。

此刻，在師範大學這群大學生中，翡翠感覺自己是在這世界多餘的那個人，一直以來都是，她的努力只是徒勞的偽裝。

兩三百公尺的路，像是走了兩三公里。她摸索著找到了建築，腦袋一片空白，該說什麼，該做什麼，勉勉強強來到了這裡，卻什麼也不知道。走進教室，在教室的廊道徘徊，突然有個聲音從身後喚住了她：

「Bonsoir（晚安）！」

翡翠大驚之下回頭，模糊間，在暗去橘紫色的天光下，看見一位金髮的外國女士對她親切地笑。她張大嘴巴，不知如何回應，卻不自覺的模仿這個外國女人說話：「繃-絲-襪。」外國女士輕輕笑了一聲，慢慢地糾正。「繃」要帶點鼻音「嗡」，「絲」要輕一點，連著

「哇」。

翡翠跟著唸。外國女士對她說：「Très bien（太棒了）。」

外國女士招手，翡翠糊裡糊塗跟著進了教室。因為看不到黑板，整堂課只能像隻鸚鵡，跟著老師唸而絲毫不懂意思。奇怪的是她倒是不慌張，也不覺得格格不入，反倒著迷了。

儘管眼睛所見幾乎只是模糊的形貌，她仍覺得這位外國女士非常美。

外國女士的美還是其次。令翡翠恍惚不已的，是外國女士口中講出來的語言，對她而言是令人迷醉的優雅。優雅是他們家不曾有過的經驗。成長過程中，稍微靠近優雅的經驗，是有時她晚上醒來上廁所時，瞥見在客廳等著阿母回來的阿ちゃん，獨自拿著小酒杯喝清酒的模樣。

阿ちゃん連微醺都相當克制，與她印象的酒客完全不同。然而阿ちゃん的樣子還是太悽苦，讓人忍不住撇頭過去。

眼前這女士所說的語言，卻令她著迷且困惑著。

翡翠與惜蓮，與那個時代想學英文、聽英文廣播的年輕人一樣，說英文象徵著流行、時髦，會英文在工作上會有優勢。學好英文，你就可以去美國。

在這恍惚的班上，鸚鵡學舌卻不得其意的一個多小時，翡翠頭一次在這陌生的語言中，體驗到某種更細緻的美。

下課鈴響，翡翠立即被叫了出去，櫃檯小姐發現她並不是這個班上的學生。經過詢問，翡翠才知道自己剛剛上的並不是德文課，而是法文課。

當翡翠與櫃檯小姐兩人互瞪著眼，不知如何是好，那位外國女士走到她們身邊詢問狀況。

只見外國女士用英文問起現在的情況，而櫃檯小姐吃力的回覆，翡翠則馬上發揮工作培養起的能力，幫起這兩個人進行中英翻譯。因為意想不到又太突然，溝通結束後，三個人都笑了。

外國女士叫Julie，在教室外看到翡翠，以為她是學生，就帶進了教室上課。儘管已經是第二期，不過教室的學生程度不一，看翡翠上得認真，也沒發現她並不是法語班的學生。Julie說，完全沒學過法文的翡翠，發音非常的完美。Julie雖然用了法文「parfait（完美）」，翡翠卻聽懂了。

櫃檯小姐問翡翠該怎麼辦，翡翠說她要報名這個班，基礎的部分她會去自己找錄音帶與課本自學。翡翠把書包裡的那袋學費交給了櫃檯小姐，匆匆填了資料，紅著臉離開。走出大樓的時候，她再度遇見了Julie，對方說了一聲「Au revoir（再見）」，翡翠模仿這個聲音回答。

模糊的視線中，她猜想Julie是笑了。

翡翠茫茫的摸索回家，路途上還因為看不清楚而搭錯兩班公車。狼狽回家後，惜蓮已經睡了。翡翠鬆了一口氣，回到桌前開了小燈，將自己鐵罐裡存下的零錢清點一遍。她計算著買新的隱形眼睛還需要多少錢，等到下次領薪水需要多久。在此之前，她得要戴回那副因度數過高而厚重的眼鏡。以及預估一下，隔日下班後，繞道敦煌書局買法漢字典與法文課本的預算。

此後三年的法語學習時間，她把法文的教材、字典與考卷放在公司，小心藏放在她桌上各式的外文文件中。最後都沒有家人發現，這是連她自己也沒料到的。

翡翠埋首於工作與法文，沒有察覺這或許是一家人最後住在一起的時光。

這個家的每個人都將離開，不管是早已決定要出家的阿母，或是一心繫於戀愛的惜蓮；也包括即將畢業、等待兵單的祥雲；還在讀五專、沉迷於西洋唱片與汽車模型的豐盛，都已經在內心深處踏出了這個家，盡情地去探索這個世界。

翡翠並沒有瞞著家人的理由。一個祕密的形式會在她心中展開，若要說的話，是近乎於青春期的反撲。相對於家中其他的孩子，翡翠的青春期幾乎無風無浪。翡翠藏著很多他人的祕密，畢竟她是阿母託付最多心事的女兒。祥雲曾經在外頭賭撞球輸錢，或是豐盛想要跟同學旅行又不敢讓家人知道時，都是翡翠默默聆聽並幫忙解決的。這是頭一次她有了自己的祕密，不想讓任何人知曉。她害怕這會讓這微醺的、輕微晃動、心跳加速的感覺會突然瞬間消失。

學習法文後，她接觸到了不曾想像過的優雅。她不像阿姊愛婧，也不像兩個弟弟愛命。接觸了法文，她的眼睛終於能夠分辨美，像是第一次懂得觀看。透過一個語言，世間的美麗突然與她親近。

她看了許多法國景色的相片，艾菲爾鐵塔、聖母院、聖心堂、塞納河、聖米歇爾山、凡爾賽宮、楓丹白露。這些名字聽起來很美，她且學會了法文怎麼說。一個一個音節，猶如不同口感的食物，讓她反覆咀嚼，有著說不出的滋味。

透過法國，她閱讀了一些學習法國的歷史，文學甚至哲學，Julie帶著學生們練習怎麼寫「thèse-antithèse-synthèse（正論—反論—結論）」，她亂糟糟又矛盾的想法，不但懂得如何整理，也讓她在律師事務所處理案件時，有時還能在意見上幫上忙。

她唯一無法適應的是法國的料理。已經漸漸跟著阿母吃素的她，光聽到蝸牛、鴿子、牛腎、野兔、鵝肝的菜餚，便在心中偷唸著阿彌陀佛，不敢多想。

她愉快的探索，有課就上，還湊不成班時就自己練習。Julie似乎也在學中文，慢慢的兩人偶爾會在沒上課的時間約吃晚餐。她們混著法文、英文與一點點的中文聊天。她在這狀態裡，擁有一種前所未有的，對一切事物的敏銳。她沒有誤認，學習法文會給她這樣美麗的感受，一半以上是因為Julie的緣故。

她不知不覺掉進這夢裡，逐漸地，莫名悲傷。

Julie即將回去法國讀學位，差不多就在她學完最高級的時候。第十二期最高階的那個班，只剩下六個學生，是法國文化協會希望能有個成效，勉強湊成班的。在結束這個班時，Julie要他們考法語檢定，考卷會送回法國批改。Julie解釋，假如通過了，拿到這個證書，申請法國的學校是沒有問題的。她說希望將來有一天，能看見他們到法國來唸書，甚至工作也可以。

現在這個證書在她面前。Julie上個月就回去法國了。

這證書到底意味著什麼呢？就像她學法語，即使也慢慢對工作有所幫助，但意義究竟是什麼呢？最好不要想，一想，她就慌了。慌得要哭了出來，彷彿她已經將家人棄之不顧一樣。

她默默地將證書放回信封收好，放進抽屜。她沒有決定任何事，這已經是種決定了。沒有任何戲劇性的行動，如同她的過往，也如同她的將來，所有的重大決定的時刻，都會如此平凡地過去，沒有波瀾，亦沒有人知曉。簡單到連原因都不需要存在。

多年以後，當她聽到阿姊說，阿偉準備去法國留學時，她忍不住嘴角上揚，同時輕輕嘆了口氣，像是完成了什麼事一樣。她只是在電話裡跟阿姊輕描淡寫的說，自己在年輕的時候也有學法文。掛上電話，她看了一下匯率，想著準備一小筆歐元，到時候給阿姊與阿偉當禮物。

那三年的法語時光，以及收到證書那天的光景，在她心中閃現了一回，卻不再眷戀。她相信已經過得很好了。不一樣的未來，就留給其他人。

至少，她守護住了。這句話，並沒有受詞。

祥雲，1999

男子氣概一直是祥雲最感氣惱的。

除了濃眉尚稱滿意外，首先，他身軀矮小（弟弟國中時一下就趕過他了），體格練不起來。臉部的表情再怎麼擠弄，都只會惹女孩子笑，絲毫沒有一點男子漢的感覺。若是像個秀氣的小生也就罷了，偏偏他不是。他照著鏡子，總看見自己的臉上男味的欠缺。

他怪罪小時候家裡窮，營養不良導致自己沒長高。或是他國小時候總是夜裡惡夢，醒來時阿母卻不在家，阿ちゃん只是獨自對著月亮喝悶酒。大姐溫柔的哄騙無法讓他安心，導致從小睡不好，因此發育不好。

這些抱怨倒也不是真心的。祥雲天生有種眷戀的性格，關於自己的、家人的、舊的，他都十分愛惜。每一次搬家，最捨不得的往往也是他。他與大姐有些相像，只是大姐性格上又比他堅強了些。

祥雲雖然是家裡第三個孩子，大姐惜蓮猶如另一個阿母保護著他們。作為家裡首位男孩子，他期許自己堅強一點。這期許始終落空。沒有辦法堅強的原因，在於他有旺盛的想像力。偏偏他的想像力帶來的是不自主湧現的、無法停止的壞念頭，摧毀他想要堅強的意志。

壞念頭就像個關不掉的電視，拔了電還是會有不停的影像播放。醒著時候不停擔憂，睡著的時候，缺乏了意志的壓抑或是專注於其他念頭來轉移。厄運的影像更是無所不在的侵襲，直到夢裡沒有空間，只得又驚醒。驚醒後冷汗直流，渾身顫抖，小腿抽筋，甚至到國中還有一兩次因為噩夢過於可怖而尿床。

若是不知名的事物也罷了，他的壞預感永遠與臨近的現實相連。譬如早上出門，豐盛與翡翠牽著手過馬路卻被公車迎面撞上；或是阿母突然肚子痛，倒在地上雙眼倒吊，渾身抽蓄，怎樣呼喊卻沒有任何人來幫忙；或是阿姊惜蓮晚歸，走在巷子被男人尾隨，壓倒在巷尾的角落，惜蓮拚命反抗卻無法掙脫。

每次夢醒他都忘不了。尤其是災難無法挽回的那一刻的細節，幾乎連天空的顏色，地面或牆面的紋路，親人的表情都沒毫無分差的回想起來。

他需要跟隨著這些災難，在細節中去修改，才能擺脫巨大的焦慮感。例如，他會牽起豐盛與翡翠的手一起過馬路；他一早就吵著要找阿ちゃん，等阿ちゃん一到門前就匆匆忙忙告知阿母身體不舒服。那一回月娥被半強迫的帶去病院檢查，才發現她膽囊發炎復發，吊了一管點滴才回去；他提早稱病離開學校，冒著迷路的危險，到惜蓮的公司外頭等她下班，兩人一起搭公車，並刻意繞遠謊稱想跟阿姊討零用錢買衣服，最後走大路回家。

祥雲在這些點上特別堅持，且寧願不去解釋原因而遭受白眼。他惶惶的預感中，認為這些趨吉避凶的行為，是走在福禍之間的鋼索上。若是過度干預，怕會觸犯天機。他沒有一次抱著僥倖的心態，等待事情是否應驗。他寧願多做一些保險的行動，因為事情真的如夢裡那樣展演，他將無能為力去處理。

於是他經常被揶揄「煩惱十三代囝孫無米食煮」。

在兩個姊姊接連出社會，而阿母與阿金又逐漸疏遠後，有一段時間，祥雲最常陪阿母去寺廟參拜。幾次的早課之後，老師父突然說他很有佛緣，阿母點頭稱是，說他是四個小孩中，最有佛緣的一個。祥雲不解，他自己對拜拜念佛沒有特別感覺，若說有佛緣，該是虔誠的二姐，或是聰穎的大姐才是。或者老師父這麼說，是因為多年以前，阿母生重病而遇上老師父度化那回，對偷跑去醫院的自己還有點印象的關係？。

但他不敢說的是，自己腦袋中這麼多血光災難的預感，經常夜不得眠。若有佛緣，又為何會如此不安呢？若有佛緣，為何在家人受苦難時，無法多出一份力呢？

老師父像是看穿了他的心事，猶如當初看出月娥的心事一樣，對他說：「先渡人，才能渡己。」他怔怔看著老師父，點了頭。晃了一下腦袋，似懂非懂的。

不過，這時祥雲不安的預感與惡夢，也跟家族逐漸走出陰暗一樣，沒有過去那麼困惱了。雖然偶爾仍心慌，或是輕微的夢魘，也都能輕易淡忘了。

過去，他希望能長成一個男人支撐起這個家，但在他成為一個男人之前，月娥一家已經不需要誰來扛起集體的命運了。

祥雲沒有成為他理想中的那樣的男人，卻默默地成為他人眼中可靠的人。

祥雲吃苦耐勞，不輕易抱怨，所有麻煩的、耗時的、不起眼的、沒人願意做的工作，他都主動去承擔。他有種奇特的直覺，會察覺到這些必要的、無法逃避的，卻不會有人稱讚你的事，他卻很自然地看見了，並且去做了。

關於這點，他沒有意識到。正因為沒有意識到，他才會如此可靠。

不起眼的祥雲，反倒因為這樣，被身邊的人器重了。他當上業務經理，因為促成了不少生意，有好一陣子，獎金甚至比薪水高。他問了家人需不需要錢，阿母只說沒關係。家裡除了最小的豐盛還沒辦法獨立外，都沒有金錢的困難了。阿母叫他把這些錢存下來，將來結婚還需要呢。阿母只跟祥雲拿幾千塊去捐獻，剩下都讓祥雲自己留著。

祥雲買車的時候，恰好在中山高速公路定名的時代。有了車以後，他的業務開始可以南北跑。這改變的不僅是工作，也是生活，或說是生活感。彷彿有了車，整個世界平順了許多，像筆直的公路，可以一路前行，將點連成線。祥雲學習事物，既不像惜蓮那樣充滿天份，也不像翡翠專心致志，甚至不像豐盛能以玩樂的心態學習他有興趣的東西。他是中庸的，務實的，不過對於開車這件事，倒是相當在行。

他一下就可以將車子端端正正停入停車格裡，一次到位；他可以抓住最好的換檔時機，不論是起步、加速、採放離合器與油門的時機，或需要退檔補油、上坡爬升的時機，他都恰到好處。加速、變換車道與煞車，都能讓乘客毫無感覺，似乎連顛簸與彎曲的路段，也能由他的技術來彌平。即使是山路，他也能讓乘客最輕微地不感到暈車。

彷彿只在坐在駕駛座上，握住方向盤，一切就能在掌握之中。偶爾遇見挫折，譬如失戀的時候、工廠倒閉又欠薪的時候，他都會開著車到處跑，好像跑著跑著，心情舒暢了，回來之後事情迎刃而解，至少不去擔憂了。

生活像是逐漸開通的、拓寬的道路，漸漸沒有阻礙，那種自小時感走投無路的絕望感不復存，有的是累積起來的每一哩路。

日子也跟著飛快起來。他相親結婚，夫妻一起在沅陵街經營鞋店，有了第一個女兒，第二個女兒，孩子長大、上學、吵架，鞋店的生意曾經鼎盛，又隨著時間成了夕陽產業。

怎麼成為一個男人？關於這問題，祥雲並沒有答案，但也沒有再想了。作為一位丈夫，一位爸爸，他就是不分大小事地扛起來了。他的日子建立在接送小孩上下學，開車與太太一起上下班、買菜之間，每逢假日，他會帶小孩去看電影，去遊樂園玩。

等到大女兒國三，要接送補習時，祥雲才有天恍然大悟：他在家人中的身影，或許就好比他當初看著阿ちゃん奔忙的樣子嗎？之於阿ちゃん，祥雲對家人的照顧更加無微不至，且與阿ちゃん一樣不懂得抱怨。

某方面來說，經由照顧妻女，他彌補了童年時的缺憾。一個他自小隱隱卻沒有浮上心頭的疑問迎刃而解：為何養著兩個家庭，十個子女的阿ちゃん，在陪伴他們的時候，儘管落寞，卻好似又帶著幸福的微笑呢？這個問題，某次在車內後照鏡中，瞥見自己的表情，自然懂了。

另一個兒時無能為力的遺憾，則是在阿母出家以後才彌補了。

阿母出家後，幾經輾轉幾間寺廟，自尊心強的她，終是找不到與其他師父共處的方式。一九九三年的時候，阿母決定落腳埔里。她透過當地人介紹買了塊地，子女湊出一小筆錢，蓋了間精舍，可以在此生活、修行，固定接待信徒，辦些小型的法會。有了這個天地後，阿母的心態似乎默默改變。她的修行不再往內在，而是渡人，從自己過去的親人開始。

有一天，翡翠召集大家空下週末，一同前往埔里，以共修的模式，連續數晚的晚課，從《佛說阿彌陀經》開始，輪流敲著地鐘，帶領念佛。一次之後，即成習慣，頻繁時每月一回，各自忙時三個月也會共修一次。一有假期，他們就會帶著各自的伴侶與孩子，一起或分批的來到阿母的精舍。

月娥不到十六歲成為阿母，對於作為人母需要付出怎樣的情感，在生活的各種磨難之中根本無暇思索。她哀嘆過，除了苦難外，她有什麼人生的經驗可以給子女呢？直到這時，曾因出家斷絕親情，又重新因為有了修行空間而聚起，她終於知道自己給予子女與孫輩們怎樣的情感：慈悲與修行。

月娥的子孫們，被她主動的斷離，多年後又以弟子的形式回歸。月娥讓他們一起吃素、做早晚課，聽她每晚的開示。

九〇年代的發展與變動，恰好也是惜蓮兄弟姐妹們三、四十歲的成家立業期，他們有各自的課題與壓力。這個空間使他們暫時遠離都市與工作，能在自然之中喘息。相聚的日子，他們以小群體的共同戒律過生活。默默地，月娥子女們各自的特質，在社會中經過各種價值洗禮後，又在這短暫的相聚之中重新校準。

譬如祥雲，個性上容易不安且思慮過多，不過他也因此未雨綢繆，細心準備可能需要的物事。蓋精舍的過程中，大大小小的決定都是他在做的。

一來是月娥是出家人，不方便與人討價還價，亦不明白商討來往間的攻防、退讓或爭取的規則；二來是祥雲的鞋店畢竟是小本生意，對於談價錢、估成本與時間，或是與工人或當地人建立感情上都比較在行。

他的體貼與誠懇，讓事情順利進展。也許因他主動擔負起這個責任，在兄弟姊妹們溝通間，即使意見有些不同，最後還是尊重他的決定。

日後他不禁懷念，那些為了避免塞車，也不讓妻女感覺過於負擔，在店裡打烊後直接夜間上路的日子。

這份疲憊不僅不苦，反倒有種安慰。車速超過一二〇公里後，穩定速度感令人平靜。妻子與女兒漸漸睡去，剩他一個人醒著開著車，看著兩側等距的橘黃色路燈一路綿延到前方虛擬的交會。開在這樣的道路上，像是夜間滑行過海面的水鳥，不用拍動翅膀就可以御風而行。

從土地評估到申請，從設計到施工，從整地到地基，從建材到工法的選用，從鋼筋混泥土到水電配置，從庭院的空間配置到佛堂的規劃。儘管是個簡單的、無需過多室內裝修的精舍，祥雲仍舊學習與人打交道，不依賴他人地蓋起屋來。

有陣子缺工，祥雲不想等，人有去的時間就會下來幫忙。他手腳不俐落，做起土水倒是細膩，被老師傅誇讚水泥抹得平整。然後，某日在休息時間，月娥與祥雲的妻子、女兒一起端青草茶給大家喝時，他在不停滴落的汗水與疲憊著幾乎抬不起手的肌肉撕裂感中，突然意識到：「我今馬是為著阿母在起厝。」

這個念頭令他淚水在眼光打轉，趕緊用掛在頸肩的毛巾偷偷擦拭掉。想起童年顛沛流離，長大後在兩位姊姊存錢標會後，買屋換屋，直到兄弟姊妹有了各自的房子、各自的家，阿母卻出家了。如今卻有個機會，為阿母起厝。

他的夢開始澄澈，夢中是蓋好的精舍，莊嚴光明的佛堂，白天時陽光會從斜後方照亮佛祖的面，黃昏會在佛堂外留下一抹餘暉的溫暖。推開門，彎著一條路通往對外的廣場與馬路，另一條則有石磚步道通向小花園，花園有個涼亭，一張大的石頭泡茶桌與石椅。他想像阿母會非常欣慰。而這個夢並不假，一切如他所夢見的落成了，阿母的表情比他夢見的更加的莊嚴美麗，像是觀音一樣。

也許就是如此，噩夢回返時，才會令祥雲內心猝不及防。某夜，他驚起，呻吟不已且冷汗直流，他的舉動嚇壞了妻。祥雲要妻子回頭睡，自己到客廳倒水緩平心緒，摸著小狗妞妞，感覺牠均勻的呼吸。他心跳急促且不穩，呼吸的每一口都像肺部有個破洞需要大口大口的吸進氣，拿著水杯的手不停顫抖。

祥雲夢到阿母對自己求救，聲音卻很遠很遠，相當虛弱，他在一道巨大的牆前面，卻找不到入口，直到聲音消逝之前，他都找不到方式繞過那堵牆。

捱過了漫長的夜，他打電話到埔里，沒回應。他焦急等到預估的早課時間結束，才連絡上阿母。他沒有解釋理由，只是堅持希望阿母先回來臺北住一陣子，如果翡翠工作太忙，他會多找時間去陪她。

阿母沉默一陣，出家後更加決絕的她難得軟化應允了，否則平常她除了有大型法會或是要看醫生才會願意離開埔里。她說週末的時間要接待前來的信徒來進行簡易的法會，拜一祥雲要處理進貨，兩人於是約好後禮拜二晚間，祥雲先南下，睡一晚後，隔日一同北上。

隔天的祥雲雖然失眠一夜，但鬆了口氣，週六晚間與妻女去吃蒙古烤肉。他一邊預告女兒，師父上來臺北的時候，若要一起吃飯，要一起吃素，所以今天可以儘量吃肉。兩個女兒端著白煙滋滋的一盤羊肉與空心菜，氣呼呼的點頭答應。祥雲微笑摸頭，幫女兒各剝了一隻蝦。當晚與隔一晚，他都睡得非常好。

週一晚上，為了隔日的體力，他捨棄平常晚間看第四臺電影放鬆的時刻，早早上床睡覺。起初睡得相當甜，卻突然驚醒。他暗中叫了一聲，妻子睡眼不解地看著祥雲，又倒頭回去睡。

又來了。心跳比前幾日激烈，像是被人用手指掐著心臟，掐出了痕，滲出了血。他的肺吸不到空氣，像是回到當菜兵的時期，被逼著跑步直到眼前一片花白。有種急切想要痛哭失聲的悲痛。

問題是，無夢。不是忘記了，他確定在驚醒前，他意識陷入了極深的海，無光，壓力從四面八方壓擠他。但毫無內容。

他試著調整呼吸，恢復心跳，他看了時間，半夜一點四十五分。

才稍微平靜，他耳朵聽見細微的、低頻的卻讓他難受無比的嗡嗡聲。接著，彷彿清醒的意識是為了應對這一刻存在似的，他看見小狗妞妞驚嚇起身，跳上了床。然後，天搖地晃，上下、左右，家裡到處發出物品摔落的聲音。

他聽見女兒的哭聲，大聲喊著：「小萱小瑜不要動！躲在棉被裡不要動！」

這搖晃像是不會停，足足超過了一分鐘以上。

物品了碎裂聲、家具倒塌聲、建築物本身搖晃聲外，祥雲更聽到一個，像是從極遠的地方，又像是內心深處某個地方發出的巨大撞擊聲。

事情不好了。

地震停歇。摸黑找臥房電燈開關。燈不亮，停電。前幾年客人推銷買下的停電緊急照明，在廚房角落自動亮起。他拿著自動照明先去女兒們的臥房安撫後巡視家裡。廚房的碗盤被震倒一些。女兒房間的書架與ＣＤ架散落一地。

他找到手電筒掃視，沒有過多的損害，妻子、女兒、小狗妞妞除了驚嚇外無事。不過他的心臟再度猛烈跳動，極度不安。

他先將家裡大門微開，讓妻子先與女兒、小狗們在沙發，囑咐一有餘震要躲到桌底下。他在家門口晃了一圈，與衝出家門外、正三三兩兩準備回到家中的鄰居交換訊息。

有人家裡佛桌倒了。有人收藏的古董摔破了。有人說這只是第一波，大型地震之後的餘震破壞力也不能輕忽。有人說室內電話還能通，可以回去報平安。

有人說，廣播聽到震央在南投。

祥雲回到家，電話的嘟嘟聲是正常的，但埔里的電話撥不通。再撥，不通。電話鈴響。是翡翠，電話裡是顫抖的、慌亂的聲音，說聯絡不上師父。掛上電話，與大姐惜蓮通話。與豐盛通話。通完一輪。讓妻子與家人互相確認平安。家人安好，唯獨人在埔里的阿母。

凌晨兩點，餘震再起。

祥雲坐回電話前，與姊姊、弟弟們通話。現在即使趕去也是四個小時的車程，且不確定是否有餘震，山路是否崩塌，高速公路、南投的隧道是否能夠通車，全是未知數。

「怎麼偏偏是南投，怎麼偏偏她一個人在那。」翡翠說。

祥雲沒有多說：「我天一亮就去。」

祥雲七點出發，先在附近超商買足了泡麵、麵包、餅乾、礦泉水、電池的物資。店員摸黑的用小臺計算機算錢給他，沒有發票。路上塞車，好不容易才上了中山高。路途間他聽警廣，除了路況外也穿插了不少災情報導。每一則報導都讓他心頭沉重。傷亡、失蹤人數攀升，橋墩斷裂，道路塌陷，房屋崩塌。東星大樓倒塌。南投酒廠與埔里酒廠起火爆炸。

資訊越多，祥雲越是不安，埔里是重災區，那間精舍蓋得再堅固，怎能抵擋得住這末日般的地震？他祈求菩薩保佑，嘴裡不斷念佛號讓內心平靜，希望阿母能逃過一劫。

雖是大白天開車，在開車前也灌了保力達蠻牛，這整趟的車程，仍然像是夢境一般。他的腦袋與神經，雖是保持在最清醒、最集中的狀態，但總覺得自己是清醒的走入夢中，如同以活人的姿態走入死者的世界一般。像一些電影裡，進入特殊狀態裡的時候，周圍的聲音被抽去，萬物的速度相對變慢，色調調低，所有的一切能夠看得一清二楚，而自己像是沉進了事物的核心，又像自己不在那裡。

他的車速維持平穩，周遭景物化為橫線的光影向後，目光集中在最遙遠的、靠近地平線的那點。他感覺自己好像很久很久以前，從很小的時候，就準備這天的到來。所有的害怕、恐懼、憂慮，早就在醒著與夢著著時候反覆練習過了。

不安遠離了他。他有一點點的明白，之前在師父那裡誦經還是聽講時，無意中記起的一句話「善心一處住不動，是名三昧」是什麼意思。

臺3線到了草屯，轉往臺14線，眼前所能見到的建築幾乎頹倒。

即使只是開車經過，祥雲也可從車窗見證了中臺灣的災情。行過地獄般的景象，他意外的平靜，專注地向前開，人生至此，從來沒有幾個小時這麼專注無雜念。

通過一個又一個隧道，視線在明暗中，在狹窄與開闊中切換，他的回憶跳躍著。他成長過程中的一連串挫敗，竟然與這幾年在埔里與阿母私下的相處的畫面交會，慢慢延伸到童年時零星的對阿母的印象。

阿母在出家之後，一開始給人的印象非常嚴肅，不容親近。等到在埔里建精舍，允許他們這些子女以弟子的形式去探望她後，阿母的神情也相對柔軟許多。

每當祥雲默默幫阿母做點事情，下山買菜、幫忙載其他信徒上下山、修繕屋子水電等的小地方、或是他試著努力在早晚課時跟上唸經的速度時，阿母會對他投以一個情感飽滿的但不外溢的眼神，嘴角輕輕上揚。奇妙的是，這些不經意記住的表情與周邊的畫面，竟然逆反地回溯渲染了童年。不都說童年影響了長大以後看世界的方式，但這些畫面竟然返回去改變童年所見的世界：他過往記憶中阿母的悲傷或失望的神情，在這記憶的交錯間，也變成同樣的莊嚴相。連帶的，將他一路以來的挫敗感也輕輕化解了。

尤其童年到少年時，每次試圖化解夢中災厄所做的任性言行，也在阿母捻花微笑的畫面中點開了。記憶的樣貌像是被翻牌，相同的記憶，一下從苦澀成為甜美的。

到了埔里市中心後，他的車速緩了下來。一早就南下的祥雲，只是聽著廣播，並沒有實際看到電視播報的災情畫面。

儘管路途中看見零星的建築倒塌，但當祥雲看到，有一定熟悉的埔里街頭，不僅是建築物倒塌、電線竿歪斜或橫倒，街道上都是瓦礫，有些路段中途直接被垮下的樓房攔斷，心中不免受到巨大衝擊。

山腳下幾戶有過往來的人家，他們的磚瓦厝也半垮了。他問了路邊的人，似乎都平安，現在人在國小避難。祥雲問問山上那些人呢？路都還通嗎？說法不一，但還有車下來，應該代表上山的路還沒斷。

祥雲致謝，並給了他們一小箱礦泉水與餅乾，立即上山。

上山的路沒有太大損害，有兩處的山壁崩落。幸好土石量不多，只擋住了內側車道。祥雲開得非常慢，像在學開車的時候，用滑行般的速度向前，並注意有無落石。

到了這時候，他才擔心隱隱擔心，如果出了任何事，他的妻子與女兒該怎麼辦呢？

一他注意車內後視鏡裡面自己緊蹙的眉頭擠出的川字皺紋。他發現自己皺眉的樣子與阿母煩惱的時候好像。心念轉了一圈，他突然了解，擔憂著家人的心情，並非是不快樂的。擔憂是選擇將快樂放在後頭。如同他總是等到妻子女兒睡去之後，才會安心入眠，這對於他來說是最高枕無憂的狀態。放在後頭的快樂將也是最踏實的快樂。沒有後顧之憂，自然就會歡喜了。

等到某日，責任放下後，他可以自然舒展眉，想想即使什麼事也不做，或是跟阿母一樣選擇隱居鄉下，種菜、養雞，將積蓄放在最簡單的生活上，數著女兒或親友來探望的日子。思及此，對於阿母的心情似乎理解了一些。至少對於她曾有過的擔憂，以及這幾年展眉微笑，他多少能體會了。

他突然發現自己默默的成為一個樂觀的人，不如過往自己認定得那麼悲觀。他心底相信重擔總會有放下的一天，屆時他可以像辛苦做工終得休息時，那種隨著毛孔進入身體的清涼。

阿母的微笑再度浮現。笑容漸漸地不再特別去安撫他回憶裡的灰暗，或需要用微笑來確認阿母是否快樂。微笑就是微笑，不需要其他的。那個無法確認微微牽動嘴角的笑，低眉且神情舒緩的笑，安靜無語且讓人不忍出聲打擾的笑，那個也會令他發自內心略有羞怯的笑。

阿母的臉，就是這副拈花微笑的臉。他自知這份記憶印象的虛構性，卻理直氣壯地相信了。

他知道阿母大部分的人生都是哀傷、苦悶、隱忍的。但她該是這表情才對，一直以來，她遭受的苦難與折磨，都是為了完成這張臉。

祥雲在專注無我的狀態裡，車子奇蹟的平穩駛過剩下比單向道還窄的彎道，另一段則是峽谷；駛過電線桿橫倒，斜三角的空隙只容車子幾乎無多餘空間鑽行過去。

令他自這狀態中清醒的，仍是阿母的臉，遠遠的，出現在車窗外。這張臉與他方才失神中虛構起的表情相同。從昨晚就失聯的阿母，居然像早已預料他會來，靜靜的坐在涼亭外的大石頭上等待。

阿母的臉完好無缺，整個人也完好無缺。像是跟自己一樣是從外頭來到此處，因而臉上一點擦傷與灰塵都沒有，只是缺乏點血色。

精舍半垮，前門變形，屋頂的鐵皮捲曲。佛堂傾斜，一半的落地窗被屋頂壓毀，另一半邊被擠成原先一半大小。庭院的幾棵檳榔樹歪倒，涼亭則是歪歪的站著，像是勉力支撐不要倒下。

如此情景在前，祥雲覺得阿母完好到不可思議的地步。不可思議，他突然想起上國中的大女兒有一次在學校還是看電視學到，「不可思議」這個字是從佛教觀念來的。

於是他不思不想，純粹心念，才一轉念，他就眉頭鬆開，與阿母相視而笑。

「你怎會在這？」

「外口較安全。」

「嘛是。地震的時陣你毋佇房間？」

「昨暗我較早睏，半暝起來，想欲共佛祖講一寡代誌。跪下去，就地動了。我趕緊避佇佛桌下跤。好佳哉你買的這佛桌有影有篤，厝攏崩了，佛桌下跤馬是安全的。」

兩人回頭看佛堂，雖是損害較小的，仍然心有餘悸。而如果有人在阿母的房間或其他客房，將難以逃過一劫。

「好佳哉你當時佇佛桌頭前。」

阿母看著祥雲，慢慢地說：

「我夢到你在哭。」

「我？是細漢時陣抑是今馬？」

「我嘛毋知。但我知影是你。」

車子駛離的時候，祥雲從後視鏡看著精舍。好不容易蓋好的，讓阿母有個地方可以修行，可以主持法會，可以讓他們兄弟姊妹來探望的地方，就這樣一夕之間沒了。

「祥雲。這厝保護著我。」

他轉過頭來，阿母的笑顏，比起出家後的慈悲微笑，再多了那麼一點歡喜。

「是你起的厝，保護著我。」

豐盛，2002

「阿ちゃん愛去佗位？」

「攏好。」

豐盛不確定阿ちゃん有沒有說這句話，甚至不確定阿ちゃん有沒有聽見他的問話。

反正豐盛上路就此不管方向，順著車流順著心情開，像在河流上順流而下，在海上隨風漂流。

車內的音樂正放著披頭四的〈In My Life〉。阿ちゃん安靜地坐在副駕駛座，整個人陷在座椅裡，安全帶象徵性的繫著。豐盛知道阿ちゃん既然是快樂的，有沒有聽到，有沒有說話都不重要。

變老以後的阿金與年輕時一樣隨和，只是更沉默了一些。重聽之後，聽不到對方說話，不但沒有著急，反倒決定不再依賴話語溝通。漸漸他身旁的朋友與子孫們，也習慣他安安靜靜的，從言語到行動，都不驚擾這個世界。阿金甚至連生病都少，只有一天天的變老與失能，他的遲緩變老，讓人忘記時間的存在。

他會自己搭公車去榮總，掛號拿糖尿病的藥，即使他的兒女皆願意陪伴這一點都不麻煩、微笑並接受一切的老人。不過他實在太安靜了，以至於往往在大家都不注意時，自己默默地去、默默地回來而毫無痕跡。

他全口假牙，食量不大，身體瘦弱，但雙腿可以不依靠拐杖走路。雖然裝了助聽器，但很少主動戴著。反正他的需求少，需要開口求人的時候更少，沒講話似乎不會造成身旁的人困惱。

這個扛起兩個家，養育十來個孩子的男人，從年輕就不愛說話。阿金畢竟是受日本教育的那一代，精神上還是相當昭和時代的，如果言語對事情並沒有幫助，尤其只是情緒的發洩，那寧願不說。

豐盛每次看到日本老電影時，尤其小津安二郎電影裡經常出現的笠智眾，總會想起阿ちゃん。雖然阿ちゃん比他小上十幾歲，但那種面對子女時的壓抑的眼神與溫暖的笑容，確實在阿ちゃん的臉上也可以看見。

若要有什麼固執的地方，那應該就是他特別不喜歡打擾別人。他似乎將打擾別人視作為對自己生活的嚴重打擾。於是大家也不堅持了。

車子駛著駛著，上了交流道，離開了臺北盆地。

豐盛駕駛技術不像祥雲那麼好，不過他喜歡開好車。這幾年有賺到錢，他沒有炫富的需求，最大奢侈的就是買車。這臺保時捷996是他喜歡開出來過癮，平常不會隨意上路。只在輕鬆無事、天氣晴朗的日子開這臺車，去他喜歡的郊外走走。除了載妻子與女兒搭過之外，阿ちゃん是第三個坐上副駕駛座的人。

阿ちゃん的沉默，不會讓他們之間氣氛尷尬，更不會讓豐盛不敢說話。相反的，豐盛在阿ちゃん一上車後，就一邊開車一邊說話，說生活的事、歡快的事。原本就健談的豐盛，在阿ちゃん面前更是無話不說。即使阿ちゃん回應的少，眯起眼睛，側眼看著窗外微笑，豐盛仍然認為這是愉快的對話，而不是單方面的。

不管在誰面前，阿ちゃん都是聽的多，說的少。最多的時候是微笑點頭，與其說是同意對方的說法，更像是不置可否的曖昧。若是其他人，包括他正室的兒女、媳婦、女婿，或是孫子孫女等，都會在來回幾次問話後，自動的保持距離或藉故離開。能夠習慣這樣相處的，只有在公園相遇的、同樣安靜的老人，可以在涼亭下看著眼前的世界，一整個下午只互相說幾句話，並且這些話始終接不在一塊。

豐盛知道，阿ちゃん的安靜是豐富的，充滿變化的，比話語的意義更加細膩。那是一種以感覺來表述的語言，要在徹底的安靜，以身體的直覺去感知。

豐盛可以在與阿ちゃん共處的安靜的空氣中，讀到各種差異。這些差異極細，豐盛無法用言語形容，於是也任由話語無聲。豐盛繼續歡快地講，阿ちゃん則繼續安靜應答，豐盛在空氣中以直感閱讀，從不曾懷疑。

每次見完面，回到家被妻子問起，或被兩位阿姊問起，他都可以不假思索的說「阿ちゃ

ん今仔日心情真好」、「阿ちゃん最近身體較毋爽快」，彷彿他真的聽到阿ちゃん直接這麼說了般確定。

豐盛知道，阿ちゃん的老年有一點點的寂寞，卻不是痛苦的，反而有種輕盈的愉快。阿ちゃん以一種多賺到日子的快活來度過老年的時光。年輕養家那十幾二十年曾經負債累累，此刻的他感到富足，滿意得不需要多加言語。或許正是這世界也不需要他說話了，索性也讓他重聽。雖然對喜歡聽歌的他有些困擾，但少聽許多紛擾，也讓他享有置身事外的快樂。

豐盛趁前方無車，用力踩足油門，發出爽快的引擎聲。

父子兩人都笑了。暢快地笑。

車內播放到〈Ticket to Ride〉，豐盛於是跟著節奏唱著：

She's got a ticket to ride
She's got a ticket to ride
She's got a ticket to ride
But she don't care

「My baby don’t care…」直到這首歌結束，他心中還繼續迴響這句歌詞。過了千禧年，他依舊喜歡披頭四，內心依舊有個少年的心。他不會任何樂器，但他跟阿ちゃん一樣，有屬於自己的歌曲。似乎生活上偶爾遇上的的困境或沮喪，披頭四總有一首歌能讓他振作精神，只要精神振作了，就沒有什麼事過不去的。

豐盛說不清楚阿ちゃん是怎麼告訴他的，但他深信這是阿ちゃん教會他的，從他很小的時候，從阿ちゃん騎著腳踏車載他去看火車的沿途上哼的旋律中學會的。

現在換他載著阿ちゃん，哼歌給阿ちゃん聽。就像他小時候記不住阿ちゃん哼的歌，阿ちゃん聽不懂他唱的英文歌詞，甚至聽不到歌聲也無妨。旋律是跟著心跳的，在同一個空間裡，透過哼歌，他們得以同調。無論是阿ちゃん壯年而豐盛童年，或豐盛壯年而阿ちゃん邁入老年，一哼一唱之間，他們實際上是跨越了時代，以昭和時代的日本演歌，與六〇年代的英式搖滾合唱。

豐盛在搖下車窗疾駛過耳邊的風吹中，彷彿聽見了回音。那是三十多年前阿ちゃん在腳踏車上唱出的歌聲。

月娥的四個孩子成年後，豐盛與阿金來往最為密切。甚至，大房的兒女即使相處時間較長，也許是因為老人仍是個責任與負擔的緣故，這位不時來載阿金出去迌迌的二房么子，像是占在有利的位置，更討老人家歡心。

豐盛與阿金一樣早禿，年過三十髮量開始稀少，四十歲之前就頂上無毛，只好去理髮廳請剃頭師傅將他們圓圓的腦袋剃得乾乾淨淨。豐盛相貌清秀，沒了頭髮以後似乎更有人緣，強調了他的笑臉，不管是做生意也好，親友往來也好，他都是受歡迎的人。

豐盛令人信任的原因，除了誠懇與風趣之外，主要是他有一種氣質，讓人覺得事情總會好轉的。不需要說服自己，不需要安慰說詞，豐盛樂觀的確信，源自於某種堅實的經驗感。在那份經驗的最深處的根基，是阿ちゃん在他小時候載他去看火車的時刻。遠遠地聽見火車鳴叫，火車頭將從鐵軌的一側來，從他面前快速的經過，風壓吹過臉，火車尾消失在另一側末端。一班之後，還有下一班，只要到這裡等待，火車就會來。

豐盛懷疑過：為什麼自己可以那麼快樂呢？他像是有豁免權一樣。

他出生的時候，阿母一家還在困境裡。一直到他十歲左右，阿ちゃん才真正還完債務，而兩位姊姊陸續工作負擔家計後，阿母也不再晚上出外工作。在他的印象裡，日子是一天天變好的。那些寒夜全家窩著睡在一張眠床、用紙板擋住窗戶破洞、下雨天拿鋼杯接漏水的日子，每每回憶起，也往往是充盈著溫暖的。好像全家努力攢得的好運，都用在他的身上。

There are places I'll remember
All my life though some have changed
Some forever, not for better
Some have gone and some remain
All these places have their moments
With lovers and friends I still can recall
Some are dead and some are living
In my life I've loved them all.
「In my life I've loved them all.」

他假裝，關於童年，他都記得、他都深愛，在他心中永遠塗上歡樂的色彩。

事實是，許多的事情他都沒有記憶，或說沒有記憶的實感。

仔細說來，關於家裡的事，他分不清楚哪些是自己經歷過的，又是哪些是他們告訴他的？他分辨不出真實與想像。他印象裡的美好，家人總是帶著微笑保護著。只要不碰觸到外人的眼光，美好可以一直持續。

隨著成長，告別了童年。日子變好，卻有些惆悵。月娥一家生活條件改善，意味著過去保護好專屬於他的甜美記憶如同泡影般消逝。

確實都變好了。以經濟條件來說，豐盛又過得特別好。他心中最最眷戀的，還是童年的時光。也因為如此，除了跟自己的兄弟姐妹之外，他不對外主動提到童年。

他寧願讓人誤以為是在一般的家庭，甚至優渥的家庭中長大的。外人的眼光，像是戳破氣球的針，輕輕一碰就會炸開，留下萎縮在地上的氣球皮。

他曾在一些場合裡，若無其事的提到童年時光，引起他意想不到的同情眼光。

例如有一回，他參加客戶兒子婚禮吃辦桌。因為與同桌的客人生份，他順口提到自己的阿母過去都會在工作結束之後，將剩下的食物或食材打包回來。這是他童年最期待的事情。沒想到說完之後，他的客戶以及合夥的朋友，轉以一種尷尬的、意圖安慰的態度來回應他。

他們說他小時候一定很辛苦，便自顧自的幫豐盛解釋，認為他一定是奮發向上，努力讀書打拚才擺脫了貧窮。無論豐盛如何苦笑搖頭，揮手否認，都被當作是種謙遜的表現。那位熱情的客戶甚至勉勵身旁的年輕人向他看齊。接著，不知哪個人發起，抬起了酒杯，而同桌的人彷彿默契安排般紛紛向他敬酒。像是發生什麼好事，被眾人熱烈恭喜了一陣，連同隔壁桌不知情的客人都跟著舉杯致意。

豐盛一開始被這場面逗笑了，像是親歷了某個喜劇場景。酒杯落下，同桌一些長輩，開始說起自己或認識的人過往的艱辛與悲慘，化為一種苦盡甘來的敘事。這時，豐盛看著這些人大口夾著魚翅、龍蝦沙拉、蟹黃米糕、醉雞、佛跳牆，一面看著舞臺上穿著亮片舞衣扭身唱歌的濃妝豔抹女子，以及不停說著低級笑話炒熱氣氛揶揄新人的主持人，突然覺得這個世界難以理解。

他在剛才那段話裡，已經省略了一些關鍵了。尤其是阿母是因為阿ちゃん欠債跑路，為了養家而重操舊業。這些較為陰暗的記憶，他都已經選擇性的略過了。

豐盛在震耳欲聾的歌聲裡，身旁的酒氣中，對於阿母人格的犧牲，阿ちゃん內心的苦悶，以及大姐惜蓮的責任，才突然有所感悟：原來他如此香醇的童年記憶，是經由他的家人過濾過的，甚至翡翠與祥雲，也以他們的靈魂過濾了這些經歷，才能在他眼中看來如此幸福。

如此他懂了。不論是父母兄姐告訴他的，或他自己成長過程中自然而然知道的，他生命中沒有任何一刻感受到隱瞞，沒有任何一個故事是被粉飾的。

就像他經營的紡織工廠，染料需要過濾，過濾的廢水排放需要處理，必須將苯胺類化合物的污染減輕。那麼他的回憶樣貌，重要的不只是回憶本身，還有它的質地與色澤，都是珍貴的。他們一家以溫柔與耐心，掏洗成為記憶的結晶。他或許因為出生得晚，沒能參與全部，尤其最苦的時期。但他對於這份幸福感，是有義務堅信不移的。因為他知道，內心的幸福其實不是他一個人獨有的幻想，而是集體寄託。

他暗自決定，要將自己那份關於月娥一家的記憶，當作最終的成品。最終的成品也是最初的意念。在故事開始之前就存在，在阿金、月娥相遇前，在他們出生前，在一切緣起之時。

這成為他的祕密形式。不是因為愧疚或屈辱而恥於談論，僅僅是讓自己的內心保留起一塊空間。不讓這塊由歲月喜悲織紡出的回憶樣貌，不受日曬雨淋，不受蟲蛀酸蝕。

故事確實已經結束了。

結束在他婚禮那天，婚宴阿母與阿ちゃん最後一次同桌吃飯的那晚。當阿母在他婚禮過後不到一個月默默出家，在兄姐們皆或多或少受到餘波震盪時，他頂著妻子與妻子娘家的困惑，心中卻已經接受了。

他想像阿ちゃん一開始或許會震驚，會生氣，但最後一定會苦笑帶過，瀟灑放下的。

阿母已經將豐盛的日子交給豐盛自己了。他唯一能做的，就是平靜渡日，不去打擾彼此。

只有在夜裡有時會心慌，心慌的時候他會藉口出門遛搭，開著車在市區內轉來轉去，自言自語。

他自言自語的對象全是阿ちゃん。阿ちゃん之於豐盛，就是如此重要。過去，在兩個家庭中流轉，在債主追債間跑路，阿ちゃん實質陪伴少，卻總是保留一份私密的時光給他。被腳踏車載去看火車的記憶成為一種習慣，不管阿ちゃん在或不在，豐盛能感受到父親的陪伴。

現在換他載阿ちゃん四處走，哼著歌，這一首是〈Yesterday〉，「Yesterday all my troubles seemed so far away. Now it looks as though they're here to stay. Oh, I believe in yesterday.」

是啊是啊昨日的煩惱親像足夠遠，雖然今馬煩擾看起來擱再來，但是我相信yesterday。他不是為了訴苦才找阿ちゃん。只是載著阿ちゃん四處行的時候，苦惱會自然的傾瀉，再隨著風景拋到身後。

這陣子他其實過得辛苦。印度的擴廠看似順利，國內外的訂單穩定增加。但隨之而來的是資金的槓桿，人事的鬥爭與猜忌，有時又得在不同的國家與法令去計算風險與成本，而這些壓力只能放在心裡。

婚後一兩年，女兒剛出生的時候，豐盛因為B肝的緣故嚴重需要休養，辭去作業員的工作。在家閒賦的時間，除了自行組裝船艦、車子與機器人模型，或是添購音響、搜集外國唱片之外，豐盛拿出一點私人存款，以及跟二姐借了二十萬，與朋友一起買下一間便宜出讓的紡織工廠，合夥做起了老闆。沒想到生意越做越好，碰巧的是，無論是他對於人事命令的安排、合作廠商的選擇、客戶的經營、擴廠的位置、銷售的策略，只要是他提出來的意見，往往都會有意想不到的發展。

人們說他有生意頭腦，突然他發現一轉眼自己成了大老闆，好像一下子被迫告別過往的生活習慣而一去不復返。

開始有人找他投資，或者拿出一大筆錢要投資他，有時冒出不知哪來的親友來借錢。諷刺的是，他們一家人過往一向像是散逸在天地間的孤蕊，怎麼一夕間就有那麼多人來攀親帶故？

或許他身上存在的幸運，但行走於世，也不免遇上突如其來的厄運：他的合作夥伴，連同自己的結拜兄弟，在他們公司終於敲定一個重大合作時捲款潛逃，人跑到中國之後就毫無消息。

另一方面，他剛創業時，有位在紡織業多年的工專學長給予他們許多建議，也介紹過自己的人脈給他們。先前那位學長貸款建新廠時，豐盛二話不說當了擔保人。不料學長原來的公司早有財務危機，資金一下周轉不靈，公司瞬間破產。

接二連三的狀況，令他身陷險境，再來個意外，可能幾年來累積的資產也要化為烏有。甚至一個運氣不好，他也可能背上鉅額債務。

不過，這些他都沒有想過要跟家人說，除了阿ちゃん。他原本以為他今天會很想說。在阿ちゃん上了車、豐盛放了音樂之後，許多的情緒就隨著車子的移動，曲調的起伏而發洩了出來。訴苦的慾望卻消失了。豐盛一點也沒有如鯁在喉的感覺。他反倒漸漸感到一種溫柔，而這溫柔來自於理解：當他童年坐在腳踏車上，吹著風聽著阿ちゃん哼歌的時候，阿ちゃん面臨的，是與自己現在類似的處境。

在這樣的情況下該如何是好，阿ちゃん也對著當年幼小的他，好好展示過了。

And he told us of his life
In the land of submarines
So we sailed on to the sun
'Til we found a sea of green
And we lived beneath the waves
In our yellow submarine

對呀，「We all live in a yellow submarine」豐盛想。不管是他開的跑車，阿ちゃん的腳踏車，或是他大了一些時，阿ちゃん買的速克達，都是他們的黃色潛水艇。在這艘黃色潛水艇上，我們什麼都不缺。

時光重返，他記憶裡的那些夏日的晚間，一下低頭看車輪不停壓過馬路，一下看著身旁的風景緩緩向後，風吹得他額頭的瀏海飛起。

若是無雲，仰頭望天，是月娘的柔光與滿天的星斗。他的腦袋靠著阿ちゃん的胸膛與腹部之間，阿ちゃん的身體雖瘦，但甚少贅肉，緊貼著時，可以感受阿ちゃん呼吸時像手風琴一樣，在鼓起與凹陷間哼出聲音。

懂了，懂了，那時候哼著歌的溫柔中帶有的那種哀愁，到底是什麼？

那掛在臉上的微笑不語到底意味著什麼？

那在速度之間彷彿擺脫著又像在追趕著的感覺到底是什麼？

那深吐出的的大氣像是哀愁嘆氣又像是鬆了一口氣的氣息是什麼？

那些夜晚感覺阿ちゃん又是疲憊又是歡欣的情感是什麼？

在回憶復返的時刻，豐盛理解到，能夠撫慰心靈的時刻，並非是被人理解，而是終於理解到他人。尤其終於理解了最為親近之人最難理解的部分，不能在當下以言語傳達的那份心思時。

豐盛在腦海裡，再度聽到了阿ちゃん的歌聲，那些夜裡，阿ちゃん哼著的歌。

一人ぼっちの夜悲しみは星のかげに
悲しみは月のかげに上を向いて歩こう
涙がこぼれないように泣きながら歩く
一人ぼっちの夜一人ぼっちの夜

一人。

「一人ぼっちの夜……」

開著開著，豐盛開回了天母，他在大葉高島屋前面的十字路口等上長長的紅燈，再轉過幾條路就到家了。身旁的副駕駛座是空的，安全帶卻斜背在椅座上扣著，像是仍然護著誰。

阿ちゃん過世三個月了。

一直到告別式的前夕，他才被阿ちゃん長媳告知，並讓他傳達給其他人。他們說阿ちゃん在睡夢中過世，沒有痛苦。沒有遺言，也沒有遺產。豐盛在電話中沒有任何問題，就像他轉達給兄姊時，除了透過話筒也能聽出他們的啜泣聲外，沒有額外的反應。他們知道阿ちゃん不喜歡這樣。

豐盛猜想，他們四兄弟姊妹應該都非常有默契的，把頭仰起，讓淚水可以少滴一點。

他們沒讓阿母知道，自然也沒出席葬禮。但翡翠說，那一陣子，阿母在做早晚課時，念起阿彌陀經，尤其關於西方極樂淨土時，神情特別肅穆。

綠燈亮起，在返家之前，豐盛跳轉了CD。

會有一個答案：Let it be。

「Let it be，Let it be，Let it be，Let it be…」他小聲地唱著，對著空著的座椅，反覆不斷。

第八章

圓滿

1.

惜蓮自小把所有心事都放在夢裡。有意識地放，無意識地放。等到自己也老了，再也沒有特別一提的煩惱後，夢境成為她回味之處。有意識地回想，無意識地回想。

像是陳年的酒，伴隨著心事的回憶，在苦味之外，有迷人的香。

惜蓮滴酒不沾，但每回夢醒，她都會賴在床上一陣，等酒醉慢慢退去一般。

等到老了才稍微明白，為何多年來在酒家工作、鍛鍊出一身酒量的阿母，對於酒精如此深惡痛絕？又為了什麼，阿ちゃん酒量不佳，就算談生意也不愛喝酒應酬。但總在阿母夜班出門後，一個人帶著一壺清酒，到他們兄弟姐妹的住處，對著月亮獨酌哼歌？

那是因為，回憶與酒醉，有相似的感覺。

回憶是會醉的，不可以太急，不可以一下喝太多，不可以混著喝。回憶喝久了，一不小心就成癮，成癮就無法再與現實對抗了。

阿母斷了回憶。阿ちゃん戒了獨酌。在回憶裡微醺成為惜蓮孤獨的習慣。

惜蓮年輕時飽受記憶所苦。兄弟姐妹中只有她完整繼承這種天賦。她總記得那些傷害的、羞辱的細節，反覆在心上折磨。若一直積在心中，終會釀成苦澀的恨意。

幸好她儘管淺眠，卻愛睡覺。容易驚醒，也容易入眠。在生命的任何的階段，遇上了困難，惜蓮都會想辦法小睡入夢。夢境總會讓她恢復精神，療癒她心內的破損，化解內心的悶苦。

在夢裡，沒有什麼困難是不過去的。最差的情況，頂多是難以醒過來的噩夢，與夢醒之後揮之不去的胸悶。她知道這些會過去的，更重要的是，這些會忘記的。她記得太多，唯有夢境可以放心遺忘。

她儘管淺眠，但善於放任自己在黑暗裡而不會內心發慌，身體久臥間能調整姿勢而不發疼。

她祕密地學會在夢裡清醒，或在清醒時入夢。人們說的半夢半醒，對她而言卻不是這樣感覺的。夢與醒之於她是沒有界限的，總是無時無刻摻雜著。這進一步影響她的現實感，她像是同時活在喪失的過去與未知的未來，自我就在這樣的狀態中，永遠像是個慢了一步或快了一步的旁觀者。

幸好，時光還是放過了她。

在兒子出生後，很長一段時間，她度過真正無眠的日夜。熬過了那段時光後，她過分的記憶終於被鑽出個孔洞，釋放了壓力，像是記憶的重擔不再落在她的頭上，日子也漸漸輕鬆了起來。

不僅記憶放鬆，甚至開始健忘，健忘的毛病隨著兒子的成長而更加明顯。一開始只是小事，後來發生了放在瓦斯爐上的水壺徹底燒乾焦黑事件後，她知道自己必須要在家裡隨時貼上紙條提醒自己才行。丈夫總是笑她，中年之後，外表跟體態能這麼逆齡，記憶力倒是跟著年歲同步衰退了。惜蓮不感到生氣，而是安慰。重要的事先寫下來就好，來不及寫下來的話，也就算了。

只是最近健忘的事件發生較多，讓兒子也不免擔憂了起來。

那天，惜蓮午睡醒來。由於睡得太沉的緣故，一直沒有醒來的自覺，卻再也睡不回去。她像卡在夾縫裡，進也不是、退也不是，清醒著看著她想挽留的夢境飄散，徒剩一片永不結束的空無。直到電話聲響，才解救了她。

接起電話的半夢醒間，她試著回想起這場夢，卻徒勞無功，反倒讓她心頭感到悶痛。阿偉的聲音從電話那端傳來，他的聲音透過電話，似乎更成熟了些。這也意味著她乍聽之下，感覺自己像又過了幾年般那麼老。

「媽。」

「阿偉。」

「你怎麼Line不接？」

「剛剛午睡，先關靜音了。你等等。」

惜蓮掛上電話，拿起 iPad mini 撥了 line 給阿偉。她喜歡每週搜集免費的貼圖，有時阿偉與媳婦也會送她貼圖當禮物。這臺 iPad mini 也是他們換新機後留給她用的。

她原本排斥新科技，像是賭氣一般守著舊日時光。

她有種難以啟齒的幻想：若她輕易接受新的時代的種種有趣的事物，那些舊的事物會崩垮而沒人記得的。她總憐惜著這些沒人注意，被人遺忘、踐踏的事物。隨著時光推移，她的心漸漸像個儲物間。儘管如此，她仍感覺記憶在減少。

不會用電腦、拒絕用手機的她，會願意使用 iPad、註冊 line 的帳號，是因為翡翠的緣故。翡翠生病後，因為療程擾人，又不願被人過度關心，因此將電話線拔去，只用 line 跟人聯繫。為了不要讓翡翠過於封閉，惜蓮學會用 line。

「聽得到嗎？」

「有。」

「怎麼了？」

「你身體檢查報告不是出來了嗎？都還好嗎？」

「都正常，血糖、血壓都很漂亮，就吃藥控制。」

「腹瀉的問題呢？」

「可能前陣子吃太油，最近吃點わかもと就改善了。」

「那就好。」

十年前，一向健康的翡翠腸胃不適，到了醫院檢查，發現是直腸癌，並轉移到了肺部。阿偉嘴上沒說，卻時常提醒惜蓮多注意身體，定期健檢。這種點到為止的關心，是惜蓮自己也希望的。活到這歲數，只怕久病折磨，生死早已看淡，只想乾淨的、安靜的活完這一生。

「另外，你叫我檢查的那個……」

「醫生怎麼說？」

「血液檢查沒問題，神經內科檢查也沒問題，就是單純的退化。」

「這樣啊。」

「我老了。」

「我只是擔心跟師父一樣。」

「這也難說，她當時是摔倒，應該受到驚嚇。其實也很難確定她發生什麼事了。」

「也許是她自己選擇的。」

「反正學點東西刺激一下記憶力，對於預防失智很有用的。」

「下週就會去學日文了。」

「下週嗎？」

「對，老人中心的課，終於開成班了。」

「下次我回家，帶點便條紙給你。反覆提醒自己很有用的。」

「有啊。我都有用。」

「有一本小說，下次帶給你看好了。叫《百年孤寂》，裡面有個情節，是小說當中的村莊，染上了莫名的瘟疫，村裡的人全都患了失眠症。接著，村民開始失憶，必須用紙條貼在每個物件上面去記憶……」

「可是」，惜蓮打斷阿偉，「我這幾年，越睡越好了。」

沉默。

「那或許妳的記憶沒有想像中衰退得那麼厲害。」兒子說。

倒不是沒有記憶能力了，而是記憶轉向，躲進了夢裡。惜蓮想。

「真的嗎？」

「問你很久以前的事，妳都記得。我有時都懷疑是不是妳事後想像的。」

「但是現在的事我馬上就忘記。」

「記憶衰退分很多種。就像記憶分很多種，有人可能記得這個人這張臉，卻忘了他的名字。或者忘了一個東西的名稱卻知道怎麼使用它。或者是說，有些記憶有障礙的人，遇上一些過去熟悉的人事物，未必能夠成功召喚起記憶，但也不是什麼都沒想起來。還是可以觀察到這些人，有一些身體的反應，情緒的變化等等。就像有些劇情，不是失憶的人聽到某個聲音、接觸到某件事，雖然想不起來，可是卻不自覺地流淚或顫抖嗎？某方面來說，這也是某種記得。我想說的是，人一直都在忘記，也會隨著年齡加速失去一些記憶的能力。不過，不用覺得是全面性的喪失記憶。我這樣講會太複雜嗎？」

惜蓮笑著說：「我聽得懂，我沒那麼笨。」

阿偉聽到也輕笑了。笑聲過後，他語氣稍微轉換，正經的說：

「妳健忘的部分，是最常跟著老化發生的，是喪失了預示的記憶。」

「浴室？」

「預告的預，警示的示。就是未來的記憶吧。舉例來說，就是你現在想著：『等下我要記得關瓦斯。』你可能過一兩分鐘就忘記了。或者你現在想要記得什麼，等下回去要跟別人說或是寫下來，但如果沒有馬上記下來，等下就記不住了。」

「未來的記憶。」

「對。」

這句話觸碰到惜蓮什麼，但不知如何說起。當她從這句話之中知道，她的記憶或許不再需要承擔未來的責任，內心竟鬆了一口氣。

過去很長一段時間裡，她不只想記得發生過的事，也總是緊繃的想為未來記住所有的事。即使只剩她一人，將來她也會清楚無遺地記住這一切。

不，惜蓮心想。她不僅希望擔負記憶，也希望擔負遺忘。她必須記得一些事，也必須忘記一些事。家族記憶的修整與保存，考慮的並不是自己，而是為了這從一開始就註定是末裔的一家的榮辱。

她羨慕過丈夫的家族，縱使經歷過白色恐怖當中的壓抑，他們的記憶終有依歸。月娥這家的記憶，則充滿了無以名之的情感糾結。

她記得有天看兒子在書裡面寫道：「唯一配得上這段過去的記憶形式是遺忘。」

正當惜蓮即將陷入心緒的漩渦，阿偉突然說話了：

「不過。其實大部分的遺忘，是一點痕跡都沒有的。連『我忘記了』的感覺都沒有。對了，講太多我都忘了，我跟你講……」

「啊。」

「怎麼了？」

沉默。

兒子再問一聲：「媽你怎麼了？」

「想起來那個夢了。」這句話，惜蓮沒有說出口，取而代之的話語是：

「你知道剛剛我夢到了什麼嗎？」

阿偉等著惜蓮說。

「我夢到翡翠阿姨。」

阿偉不說話。

「我夢到我跟翡翠玩在一起。」

「是小時候的樣子嗎？還是長大了？」

「跟現在差不多。不過，就是她還健康時候的樣子，不像後來化療那麼瘦。」

阿偉停頓了一下，惜蓮知道他的意思。翡翠從癌症到往生，中間歷經了七年，接受過五次大手術，無數次的化療。在相同的年紀，卻是健康的樣子的翡翠，不僅不是事實，就連翡翠生前，都無法奢望的想像。

「然後呢？你們怎麼玩？」

惜蓮閉眼，接受一次回憶衝擊，心中有些感動。因為差一點點就要忘了這場夢了。

（想起差點遺忘的夢，算是記憶的一種嗎？）

2.

有間好大好漂亮的日式平房，翡翠的身影正輕快地跑過眼前。

翡翠這樣子好健康快樂啊。

翡翠生病之前，除了工作之外，就是愛各種運動。年輕時笨手笨腳的翡翠，中年之後著迷於運動。瑜珈、游泳、羽球，翡翠反覆操練之下，加上長年茹素與作息健康，人們都說她氣色好。沒想到是這樣的她得了癌症。

惜蓮還來不及感嘆，就警覺要跟上去，她有一種要失去翡翠的焦急感。這時夢裡的她還沒想起，在現實裡她早已失去了翡翠。

翡翠跑過屋簷下的長廊，一轉身打開拉門。只拉了一小縫就側身鑽了進去。惜蓮用同樣的方式，側身鑽進了房間，卻見一間寬廣的和室，除了整片平整的榻榻米上一無雜物，藏匿不了任何事物。

落空。

才要呼喚翡翠，惜蓮馬上聽見聲響，注意到房間深處的牆上，嵌著一扇拉門。她光著腳（這時她才意會到自己沒穿鞋）跑向拉門，拉開櫥櫃，想看翡翠是否藏在裡面。只見壁櫥上層收納的棉被整整齊齊的堆放好，下層則空無一物。

落空。

惜蓮不死心，把棉被扯落下，木壁板透了光，似乎有個小洞。

她試著探頭看看，心想自己鑽不過去。若自己鑽不過去，那麼翡翠也不可能過得去。

惜蓮扒著那個洞口把洞撐大一點。雙手用力地，以撥開雙扇滑門的方式往左右拉開。沒想到洞口相當堅硬，絲毫不動，上半身卻像是蛙式的划水被帶了向前。她的頭好像變得有彈性，一下鑽入了洞口，兩隻手的手指撐在兩頰旁邊。這不自然的姿勢讓她奮力將自己再往前塞，塞著塞著，通過甬道般，整個人鑽出了壁櫥下層的小洞。

壁櫥的洞後面，是跟剛才一模一樣的房間，只是左右相反的。不過剛剛在走道上得到的空間印象，並沒有感覺這個位置會有另一間房間。不過惜蓮無暇猜測，透過門紙的剪影，隱約看到翡翠的身影在門外的走廊，正快速的移動著。

惜蓮追了出去，在拉開紙門時，她注意到自己的手變小了，身體也是。

「難怪我鑽得過這個洞。」

她念頭閃了一瞬，繼續追尋。

奇怪的她沒有感到焦躁或不安，反倒非常快活。

惜蓮不知道翡翠的目的或想法是什麼。但身為多年的姐妹，她知道翡翠在跟她玩，而且相當快樂。她追，翡翠躲。

這間平房的空間似乎沒有界線，只要翡翠一跑，走廊就會自動延伸；只要一拉開門，就會有新的房間；只要一鑽，就有個洞口出現，通往另一個對稱的地點；只要腳用力一踏，腳底下就會翻出的暗道，走下去後，頭頂往下腳底朝上，翻了一圈後又是個房間。

彷彿有無數的方式可以從走廊轉進房間，又從房間翻轉到另一個相同的房間，然後翡翠永遠都早先一步跑到了走廊，等到惜蓮追出去。才剛瞧見了身影，又立即拉開拉門，進入了新的房間。那些走廊與房間看起來都是一樣的，差別只在進去跟離開的方式，還有空間的大小與長度。

分辨不出走廊的長短或房間的大小，除了紛陳的重複與差異之外，主要還是因為相對的問題：她的身體在鑽過第一個洞後，就開始毫無邏輯的變化。不是變大或變小，或是形狀上面或軟硬上面的改變。她變化的是肉體的年齡。

每轉換到另一個空間，惜蓮都會變化一次身體：

十八歲時亭亭玉立散發著青春氣息的身體；

三歲時如陶瓷娃娃讓人愛憐又害怕傷害的身體；

二十五歲正陷入戀愛中的女人的身體；

四十八歲急劇變瘦被驗出有糖尿病的身體；

十四歲時身體正介於女孩與女人曖昧間的身體；

二十八歲懷孕大肚子時的身體；

三十五歲因家庭忙碌而體態臃腫的身體；

四十歲時意外懷孕又流產後而虛弱的身體；

八歲時營養不良瘦得臉色蠟黃的身體。

她同時不斷瞥見翡翠身體變化：

四歲像個男孩子整天掛著鼻涕的翡翠；

十三歲初經到來卻恍然以為自己下體受傷的翡翠；

十五歲發育中因感到羞恥而不敢在家人面前裸露的翡翠；

二十歲學著化妝打扮卻總是過猶不及的翡翠；

二十八歲因工作熬夜過度而面色蠟黃黑眼圈極深的翡翠；

三十五歲決定養身而學起游泳各種運動而容光煥發的翡翠

……以及，五十歲那年，連一般小感冒的很少有，卻只是因為腸胃不適診察，被診斷出直腸癌後，經過一次又一次化療與手術，最後做了人工造口，那個乾瘦無比的翡翠。

彷彿她們走過的並不是空間的距離，而是時間的。

這個時間總是來回跳著，永遠是一下子的、抓不住遠近的。就像惜蓮這幾年的感受：無論是看他人或看自己，經常會驚訝小孩怎麼一下就長大了，人怎麼一下就變老了？還沒準備就來到下一個階段了？

無論如何，惜蓮就是不想讓翡翠的身體溜走，她隱隱知道她們的身體就是時間本身了。惜蓮想再一次地，用自己的身體抓住翡翠的身體。以自己的時間抓住翡翠的時間。

她們穿行在空間中，也穿行在不同的身體裡的時間中。

姐妹的捉迷藏持續著。一開始，兩個人的身體不停變化著，時間總是兜不在一塊。隨著一間間房間穿行，逐漸成為重複的路線。她們非線性的變化慢慢成為穩定的變化，這就是所謂的變老了。在夢境裡，惜蓮快追上自己的歲月，卻還摸不著翡翠。

惜蓮快要跑不動了，翡翠則搖搖晃晃的勉力走著。

惜蓮不知道要不要去扶翡翠。翡翠生病後，身體各個部位時時疼痛卻不願吃多吃止痛藥，每一步都是巨大的痛楚。但翡翠堅持不把自己當病人，什麼事情都希望自己面對（她總說：「阿姊，當初決定不結婚，就準備老的時候不依賴人。」）。

惜蓮腳步逐漸放慢，幾乎不動。

遠遠的，翡翠正在與病痛搏鬥，雙腳無力地扶著牆，惜蓮知道翡翠不會再躲了，身體也不會再變化了。

惜蓮清楚記得的翡翠最後的樣子：到人生的最後幾天，翡翠都還是固執的訓練自己起身走路。膝蓋支撐不住，搖搖晃晃的，像是隨時會崩塌的樓房。

惜蓮想要大喊：「停了，別再努力了，休息一下，病是不會好轉的。剩下時間不多了，妳不要再堅持了。好好的休息，好好的看我。」

在夢裡或現實，這樣的話她都說不出口。

遊戲快結束了。

下一次再夢到翡翠不知道是什麼時候？也許不會再夢到了。

人生剩餘的時間還有多久，而夢又如大海無邊際，如何可能再次相遇？

惜蓮知道，回憶並不屬於自己，就像夢一樣。夢一點也不虛幻，是記憶無力留住全部，關於親人的夢再多一點點也好，噩夢也沒關係。對於不在的人，能再多記得一點點就好。

忘了多哀傷，可惜比起生活中的遺忘，睡夢中被遺忘的更多，像是從來都不留給人，要全然收走似的。

最後一個房間外，夢裡的惜蓮已經是現實中的年紀，她知道再也無法變化，也準備要醒了。整個魔幻的屋子剩下一道走廊，惜蓮在內側，而翡翠在門邊，眼看就要推門出去了。追趕那麼久，總算要真的見到翡翠了。

等著她的翡翠會是怎麼樣子的呢？

夢境給了她希望與折磨：這場夢裡，惜蓮見證了翡翠各種可能性。好的與不好的，存在過的或未曾發生過的，那些她曾經絕望的幻想過又不願多想的，一次全給了她。

現實給她無奈與限制：一切的想像，終究被記憶中翡翠臨終的樣貌吞噬，翡翠的時間停留在五十九歲半，再也不會有別的樣子了。

門緩緩地打開了，惜蓮一動也不動的等著。

眼前的翡翠，仍是最後的時光裡，只剩三十五公斤，頭髮稀疏，手肘、膝蓋凸出得彷彿會撐破皮膚，脛骨與前手臂如同細棍，鎖骨兩側凹出陰影，全身僅存的肉徒勞地掛在身上，整個人看起來一下就要散了。

惜蓮抿嘴無語。

在惜蓮的面前，翡翠先是眼睛恢復了生氣，從眼角開始，抽動臉頰。凹陷的雙頰膨起了肉，撐起了臉，微微拉起了嘴角，最後露齒而笑。牙齒不再暗黃，而是恢復翡翠以往最自豪的，一口健康潔白的牙齒。在光亮的日式長廊，白得令人會心一笑。

原來瘦弱的身體，竟是充滿了活力。翡翠站得非常挺，像是忍不住想再大步奔跑。

翡翠確實想再跑再跳，躍躍欲試的樣子惜蓮最懂。病了那麼久，能這樣自由奔跑多歡喜。即使在這夢中，兩人已經沒有再度行動的空間了。這是最後的空間。她即將被請出去，眼前這扇門將永遠關上了。

翡翠停下來，是為了等她。等著她說話，道別的話。

翡翠在往生時，沒有人陪在身邊。她是在護士巡床前，才發現安靜地在病床上，睡得比所有的人都沉，像只是忘了呼吸而已。

原來翡翠去淡水馬偕，是想開始新的放射治療。不料療程才開始，身體就發高燒，立即安排入院。惜蓮還記得翡翠匆匆忙忙打電話來，要她去翡翠家收拾一些衣物與日常用品。趕到醫院時，發現院內的病房恰好是安寧中心，心中動念：「若翡翠真的到了最後的時刻，這邊環境那麼好，要走的時候心情也比較平靜。」

沒想到翡翠真的就在這裡病逝了。翡翠入院後的病況時好時壞，血氧濃度低，必須隨時掛著氧氣管。

住院剛滿一週，晚間八點，醫院傳來了的病危通知，惜蓮與兩個弟弟趕到了醫院，卻看到翡翠坐在床上，睜開大眼回著平板電腦上的line訊息。翡翠責怪醫院小題大作，護士則堅持說當時狀況真的是病危，怎麼撿回一條命的他們也不知道。惜蓮回家後，鬆了口氣，跟兒子提起時還笑了。

只是日子一久，翡翠也漸漸失去耐心，一直不斷央求出院。可是翡翠的狀況一直未好轉。惜蓮只好耐心安撫。安撫同時，也不免動怒，用強硬的口氣要翡翠忍耐。

翡翠離開的那天早晨，惜蓮與公園的朋友們晨練運動，返家時七點，順道買了兒子喜愛的飯糰，待他醒來後吃。一開門，看見兒子穿好了衣服在客廳。惜蓮還微笑問起怎麼假日了還這麼早起，才聽見兒子哽咽地說收到醫院的通知，翡翠已於夜間平靜病逝。

惜蓮有時不免遺憾，她的親人，無論是阿ちゃん、阿母或翡翠，都沒有在臨終那刻陪伴在身旁。然而究竟要如何道別呢？惜蓮也想不到答案。她不能理解，為何他們都能離去得如此了無罣礙？

面對著面，夢裡的翡翠就要走了，惜蓮看著她的身體，忍不住問：

「你咁袂疼？」

「袂疼。」

「你當初一定真疼。」

「係啊。足疼。但是今馬已經袂疼了。」

鈴聲響起，翡翠消失在夢裡。

惜蓮接起兒子的電話。

惜蓮原來以為，生命的各種程度的痛，只能單純的挨受或逃避。

痛，不太痛，很痛，非常痛。能忍過的小痛，忍不住哀嚎的劇痛。

一直到照顧起翡翠的病，等到她離開，經過了這場夢，她才發現痛是不可比擬的。

痛有時間、有性質，疼痛只能在不同的身體裡感受。每一種痛都刻在某個時空的身體裡面。疼痛指數並不能代表一切。痛是個人足以聲稱獨特的體驗。痛又卻是交流最深刻的一種形式。現在，惜蓮對於翡翠的痛，甚至阿母與阿ちゃん的晚年，亦能釋懷了。

痛不會過去，痛不會遺忘，只是生命的型態的變化。她的體悟，保存了他們的故事。

假如兒子再度問起，她已經準備好再講一次關於他們家族裡的故事了。不像過去總是遲疑著該說什麼，什麼又不希望兒子寫進小說裡。

這一次，她會放心的交出去。

3.

翡翠在他的最後一夜夢到了阿母。

常聽說，人容易夢到死去的親人。不過當翡翠問起阿姊與兩位弟弟有沒有夢過阿母，他們都說沒有。包括不時夢到阿ちゃん的豐盛，似乎也想不起來曾經在哪一場夢境有過阿母的身影。

是不是自己想像力不夠呢？翡翠想像不出來，就像沒有肌肉的以後，許多動作怎麼使力，都催動不了任何事物。

她記得外甥阿偉說過，當他在寫小說的時候，很容易陷入白日夢境。不僅是腦海裡躍動著各種故事與畫面，各種色彩與聲音，還有許多遺忘許久的回憶也會湧上。偶爾，阿偉會帶著白日夢在不自覺中入睡，又將夢境帶回現實。她問阿偉，你夢到的這些，是真有其事嗎？阿偉則是給了她聽不太懂的答案。阿偉說：「其實回憶這件事很依賴想像力。」

還是緣分盡了呢？一想到此，翡翠心裡又寒冷起來，病床的棉被似乎太薄了些。

十月秋老虎，白天天才熱得跟夏日一般，晚霞特別紫，像有人在清水中倒了墨汁。一入夜，氣溫驟降，整個人如同被丟到冰庫。

她猶豫是否夜半呼喚護士，負責她這床的護士好溫柔，前兩天講到隔壁床剛往生的老人才眼眶泛淚，不忍心因為這小事打擾。她把身體向內縮一點，確認每一根腳趾都有蓋到棉被，連口鼻的下緣都有蓋到毯子，靜靜呼吸，身體慢慢暖了。

記得細漢時陣，有幾回半夜冷醒，棉被卻被睡相不好的大弟捲走時，恰好都遇到阿母半眠仔轉來。阿母會挪動他們的身體。不知為何，在阿母的懷中他們身軀都會變輕，像是浮在水面上搖著遙。大弟沒有一次因此醒來。翡翠也會在這奇異的身體感受中，原本都冷到清醒的意識，又變得愛睏。

她會記得。阿母睡在小孩中間，一邊是大弟祥雲與豐盛，另一邊邊則是她與大姐惜蓮。她印象中，唯一會跟著醒的是阿姊，像是蹺蹺板，那端睡了，她那端就醒了。只是每當她在這半夢半醒的界線時，有時是阿母，有時是阿姊，會輕聲對她說：「卡緊睏。」

夾在阿母跟阿姊中的間的她乖乖地睡了，睡到天光，直到兩位小弟醒來玩鬧還不願起床。

現在她醒在半夜的病床上，左右兩端都沒有人。

生病後她下意識總僵直地睡著，不敢翻身也不敢側身。不僅是因為擔憂壓到人工造口袋子的緣故。她在睡意來臨時，會有墜落的感覺，一個晚上會有好幾次。往往發生在即將進入夢境的甜美安心時，倏然落下，跌醒在自己的身體裡，心臟乒乓跳。

生病的苦莫過於此，可以客觀確認的痛無論如何都能忍耐，但無法指認出的各種徵狀簡直會把人逼瘋。她說哪裡痛、哪裡不舒服時，一旦檢查不出問題，就會覺得被否定了。她曾經沮喪，也曾經發脾氣，最後吞忍了。錯覺與幻覺成了習慣，既然理智說服不了感覺，翡翠也不想去說明了。

懼怕墜落感，使她學會直挺挺的睡著，有時睡出了褥瘡，額外加深了痛苦。雖知如此，醒著就罷，但她非得要這樣才肯睡去。深怕一翻個身，整個人就會掉下去，就算病床兩側有扶手也一樣。

這一兩年心內的確懦弱多了，肚子旁邊開了人工造口後，營養好像就再也吸收不了。生病的人一但瘦到無法挽回的程度後，就再也不相信自己能夠痊癒。死亡本身不那麼可怕，怕的是生命一點點的削弱下去，活著看見自己邁向死亡。年輕的時候這麼斤斤計較體重，哪知道生病之後，身上一點點的肉都保不住。三四十歲時堆積在肚子、大腿旁的贅肉，令病弱後的身體欣羨不已。她的體重一下從五十公斤落到三十七公斤，這幾天住院，恐怕是更瘦了，手肘與膝蓋的關節凸起的形狀清楚可見，像是一用力就會刺破皮膚。

造口後的飲食限制對翡翠來說不算什麼。畢竟跟著阿母吃素快三十年，平時也注重養生，低渣飲食，避免刺激或脹氣的食物，這些本來就是她生活盡可能避免的。

罹患直腸癌後的六、七年間，她早養成每天記錄飲食成分與分量的習慣。幾萬塊的保健食品她毫不手軟，只要能給予一絲希望的事她都願意做。努力對待身體，克制生活飲食，這些她都不嫌苦。

令她痛苦的只有一個：為何長年如此善待身體，誠心禮佛，卻會罹癌？每次越是聽醫生或是關於健康的建議，她就越覺得自己不該是生病的那個人。

她害怕回診，每年回診得到的都是癌細胞轉移的消息：腫瘤的位置、數目與大小都是一次次的打擊；化療與標靶治療，都再度把她好不容易調整好的身體打落谷底；每回的手術都以為能徹底解決問題，但總是過不了多久，又回到診斷出轉移或擴散的問題。直到她的身體已經不建議再手術了，住進這安寧病房裡。

這裡環境其實不錯，住進來第一天，她就這樣跟阿姊說。

時至此，她心中已無怨憤與不安，也終於到了應該要心無罣礙的時刻了。

4.

阿母還在的時候，她不忍心讓阿母看到虛弱的樣子，努力要像一般人生活。

九二一地震毀了阿母在埔里的精舍，失去了住所。原本這年翡翠在天母剛買新房，心中就準備要設置和室與佛堂，讓阿母上臺北時可以暫住。沒想到一個天災，因出家斷絕的親緣又重新連結。多年的單身生活，一下子多了阿母，而且還是出家人。翡翠諸多的衝擊，都靠著強健的身體與意志，以及無論如何都不會計較的心思去接納了。阿母出家前，翡翠一直與之同住。多年後，能夠與阿母相處的，也只剩未婚的翡翠了。

那時翡翠在律師事務所已經是老闆倚賴的左右手，生活充實並不寂寞。她有許多關於將來退休後的理財與生活規劃，一下需要以兩個人為單位來思考了。阿姊惜蓮安慰翡翠：「你之前想要陪伴阿母卻做不到，現在阿母跟你住在一起，好好陪她修行。」

阿母確實需要的不多，吃得少，作息正常，不想出外遊玩。需要載她去法會時，兄弟姐妹在商量由誰出面即可。轉念之後，翡翠不再認為是犧牲與吞忍，而是放下與修行。

翡翠接受之後，生活又重新上了軌道，只是可惜後來卻生病了。

疾病令她愧疚。如果業報存在，那麼這場病，到底是誰的業報？

除了忍受痛苦，每日念佛，又有什麼方式能夠消除？

阿母出家後多年的修行，似乎被她一個人的病否定了。

生病之後，阿母冷漠以對，更為專注的修行，花上更長的時間打坐誦經，並一天到晚主持法會。過去參加活動都是翡翠開車，生病後改讓祥雲與豐盛輪流載，有時也讓其他信徒代勞。她們之間不談論病情，住院與手術時像是出外旅行。一個老人與一個病人，她們平靜地共同生活著，日復一日毫無波瀾。漸漸地，喜怒哀樂的記憶成為遙遠的事。

罹癌後的她始終強打精神，與癌友、癌友親屬們相互打氣。但脆弱的時刻總是猝不及防，像在黑夜時落海，一下便溺斃。

有天抽血，年輕的護士針筒插了三四次，仍然找不到血管，好脾氣的翡翠也忍不住哭泣，在診間叫喊，換氣過度導致全身經攣，得要在口鼻罩上塑膠袋讓呼吸平緩。這回醫生建議，為了將來的療程，還是安裝人工血管。動過兩三回大手術，經歷過化療的翡翠，不知道為什麼無法接受人工血管。或許覺得身體這個戰場上，一旦退到了在身體安裝異物的時候，就代表某種主權的喪失了。她忍不住哭訴，這輩子這麼盡心回報阿母，全心全意擔憂、照顧，為何生病以後阿母沒給過一點關愛？

那一次阿姊聽完，遞了紙巾，等她擦完眼淚後，只對她說一句：「你毋了解阿母。」

翡翠原想反駁，她畢竟與阿母相處最久，怎麼會不了解？但惜蓮突如其來的指責，彷彿敲擊到太陽穴，鑽進了心裡。對阿母來說，她的病與她的苦，又能怎麼反應呢？她想要阿母給她什麼呢？

這天她回到家後已是黃昏，阿母沒有開燈，面對著佛祖誦經。這反覆習慣的畫面，此刻像是第一次真正看見。翡翠原來把這當作阿母的冷漠與逃避，甚至自私。在這一瞬間，她體會到無可言喻的慈愛。她靜靜放下裝了滿滿藥袋與醫囑的帆布袋，跪坐在阿母身後，低聲誦經，直到兩人都斷了煩惱。

斷了。沒有任何的外力折斷或斬斷，而是煩惱自行斷了。這是翡翠有生以來，第一次不用反覆練習就學會的事。對於阿母在她生病之後的態度，翡翠終於釋懷。

如果不是阿母這回的開示，翡翠的抑鬱可能無止盡，陷入自憐自艾的深淵中。

翡翠的確平靜多了。她不再輕易哭泣，也不再避不見人。她開始重新開啟社交生活，在化療住院與正常生活間，當作陰與陽、月圓與月缺、潮起潮落間交替著。這已經慢慢成為她重新認識的生死觀。她認識了一些癌友，彼此相互打氣著，漸漸脫離了對阿姊的依賴，對阿母的擔憂與愧疚。只是隱隱間，她有些茫然。是否在輕輕斷了這些煩惱的同時，也斷了與阿母的繫連，讓阿母孤苦伶仃？

阿母往生後，一如預期，翡翠哭得最多，但也比所有人預料的回復平穩。她依然天天用網購買的調理機做精力湯，每天晨起依據身體狀況去操場練氣功或坐在一旁感受活力，跟阿姊傳訊息了解在國外的姪子阿偉的近況，並在每則手機滑過去的朋友的社群動態上點讚。

她只有隱隱怨嘆，這份平靜或許伴隨著的，是對喪失的接受。她接受了每天清潔造口袋的生活，也接受了沒有阿母的日子。過去那些捨不得放下的，如今竟然也接受了。這算好，還是不好呢？

死亡這件事似乎可以用相同的態度。可以放手與遺忘。想著想著，也漸漸理解阿母最後的時光，是怎樣的心情。

於是，到了自己最後的時光，翡翠終於夢見了阿母。

她先是在一片黑暗中。她在病後特別怕黑，夜燈總要開著，並自己更換成高瓦數的燈泡。不過這黑暗並不令她害怕，反倒有種溫柔的守護。

翡翠覺得自己已經往生了，儘管沒料到死後的世界是一片漆黑，但也就這樣了。才剛這麼想，眼前就一陣光明四散，照耀了她的周圍。閃耀過後，落入沉寂，眼前出現一條路，在半明半暗間。沿著路往前看，遠方有光亮，其餘一片黑暗。翡翠理解到，前方就是終點。如果不能抵達，將永遠囚困在黑暗中。

但如何能夠？她低頭看自己的雙腳，雖然還是細到連骨頭的形狀都清晰可見，不過感覺到力氣。最近幾個月，她越來越沒有力氣，光是出門一趟都是冒險。在這清醒夢裡，她站是站得穩，要往前邁進也似乎做得到。但她怯了。能前行是好，得離開的心理準備也都有，但在這半明暗的細道，是要通往哪呢？前方會是什麼呢？如果只是光亮，會比黑暗好嗎？

細漢時陣，白天阿母無閒，阿ちゃん無佇。只有佇半暝時陣，會感覺著全家攏佇遮。阿ちゃん一個人飲酒，阿母半暝工作結束後轉來，阿姊看伊精神，叫伊擱繼續睏。雖然暗眠摸，全家是作伙的。

比起白天的寂寞，夜晚反倒不曾感到孤獨。

有人關心過她獨身是否寂寞，尤其生病之後，更多人擔憂她的狀況。如果這就是生命的終結處，她會說：不會的，他們一家無論是否住在一起，是否各自成家，甚至即使生死兩別，也都有特殊的繫連存在。她以永恆般的夜晚記憶作為證據。

翡翠慢慢的沿著光亮走，沒有長短距離與時間，唯一的變化是光亮的靠近。此外，她越走也越有力氣。從害怕跌倒的舉步維艱，到復健般慢慢前行，再到漫步徐行。她在這無盡的微光步道，只憑著感受去觀察自己身體的變化。翡翠在生病以後，即使樂觀勇敢，心中總是默默的把癌後的時光視為平白失去的、浪費的時光。這裡，時光全部回返給她了。她試著快走，抬高膝蓋，大步邁前，最後奔跑。

她追逐，光亮也從無盡延後且無法到達，成為可以接近觸及的。

直到了遠遠的、可以看見前方的景色時，翡翠才慢下腳步，一邊喘息一邊走。她無暇理會身體的異樣感，前方呼喚著她。她追逐的光源比她想像來得弱。這減緩了她的擔憂，她怕黑暗無光，也怕將輪廓吞噬的刺眼光亮。

她走著，慢慢地認出了。這引導著她，進而沐浴其中的是月光。月光洗去她的悲傷。她抬頭，月娘就掛在前方金色寶殿上方，距離好近，像是爬到頂上就可以摘下。金色寶殿的門是敞開的。那就是最後了。但她奔跑至此，已經耗盡了力氣。清醒夢裡，她意識到自己在現實生活中已經死去。她不知道等著她的是什麼，還能停留多久。

無法再前進了。

翡翠不只是因為沒有力氣的緣故，而是在她與金色寶殿的中間，有個大池子，橫亙延伸，沒入了黑暗。

她繞不了，而前方這二、三十公尺的池子猶如大海阻攔了去路。她不知道池水有多深。正當她的膝蓋一軟，要就此倒下去之前，池水的中央，月娘的倒影間出現了阿母的身影。阿母先是水中的倒影，閉著眼睛，頭下腳上。她壓抑許久的情緒湧上，她想朝著阿母哭喊。為自己生病後的情緒抱歉，為她沒有餘力照顧阿母歉疚，為她在阿母往生後沒有停留在哀悼裡，試圖跨越死亡的悲傷，她為此感到抱歉。

翡翠不顧危險翻過了池子，卻馬上掉進了池裡。翡翠慢慢的下沉，比她預期的還慢，像是坐上一臺慢速下降的透明電梯。池水沒有粗魯強灌進她的眼耳鼻，而是輕柔包覆著她全身。

翡翠繼續尋找阿母，澄澈的池水中卻不見身影。從水底往水面看去，才隱約看見，阿母身影模糊的、不知道用什麼方法漂站在水面上。翡翠看呆了。阿母低眉微笑如觀音，從水面往下看，一手手掌向外、手指舒展成無畏印，另一手下伸、指尖下垂成與願印。

翡翠的身體不再下沉。她看著阿母的樣貌與記憶中有所不同：這是遠在她能回想起的記憶以前，當阿母還未滿十八歲時生下她的少女時期。

翡翠知道該怎麼做了，其實一開始就知道了。

她從拳頭開始放鬆，慢慢展開。她的身體從縮成一團，漸漸放鬆成仰躺。她卸去力氣，時光在水中溶解。她閉上眼，不花費任何力氣。池水輕輕搖晃著她，身體逐漸上升。

翡翠浮上水面。接觸到空氣，她不因悲傷，而是因為欣喜而嚎嚎大哭。不需要再強迫堅強、顧忌他人，她大哭著。她眼睛疼痛，在淚眼間窺看。

少女慈悲樣的阿母將已成嬰兒的自己捧在懷中，踮起腳尖，在蓮花間跳躍。一路朝向金色寶殿。翡翠累了，緩緩閉上眼。

她希望隔天早晨，當醫院跟阿姊阿弟們發死亡通知時，可以放下悲傷，為她與阿母的重聚與重生感到欣慰。

即使她淚水仍然流不停，滴落在池裡，形成漣漪，往更遠之處傳遞出去。

5.

祥雲在夜半的客廳沙發上驚醒，為自己突然瞌睡感到愧疚。

剛滿月不久的孫女，在他的懷裡睡著，呼吸均勻著。

他維持姿勢，懷中的孫女也隨著他呼吸的頻率，微幅著上升與落下，如同潮汐。

孫女小小的嘴巴打了哈欠，口水牽成透明的絲。打完哈欠後，紅嬰仔身體與臉又縮成一團，把自己包覆起來，露出滿足的模樣。

祥雲的手麻了，卻捨不得移動半分，不願意打擾孫女的睡眠。

再一會好了。

當了阿公，對於時間已經有另一種感受。

寧靜而平凡的幸福，在一生當中，其實是短暫中的短暫。

也難怪老人會疼孫，人生走到暮年，能預期大限將至，懷中的孫代表的就是在自己心跳停止後還會繼續跳動的心。那份疼愛無論記得與否，只要孫兒孫女能順利長大，就能在自己所不在的明天享有著生命。

至少他是這樣的，在抱著孫女的時候，他想的都是自己的死亡，而且是抱著惜福的心情，靜靜等待那一天到來。

他從小害怕死亡。毋寧說是死亡以及延伸的概念。阿姊喜歡笑他怕鬼。但他怕的不是鬼，而是死亡。他害怕黑夜，害怕睡著，害怕鬼，害怕遺忘，害怕痛，害怕流血。他甚至害怕影子。死亡像是潛伏在心中的鬼，時不時侵擾著他。

當他發現他已經不再害怕死亡，並能夠想像死後的情景時，驚訝之餘，也有一點點的惆悵：到了這階段，他已經預習過死亡，而且是許多的死亡了。

在他人身上，在親近的人的臉上。

阿ちゃん走了，阿母走了，這是自然得面對的。但他沒想過翡翠也會這麼早走，更訝異的是年紀比自己小的豐盛，也在前幾年過世了。

弟弟封棺的那天，禮儀師將鍾子遞在他手中，要他在棺材上輕敲釘子，讓姪女婷婷來進行咬釘的步驟。他感到不解，他甚至氣憤於命運，怎會讓如此善良樂觀的弟弟還這麼年輕就離開了？他輕輕錘下釘子，像蝴蝶停在花蕊上輕輕碰著，一接觸，釘子回傳的震動卻像自己心臟也被重擊。

看著豐盛的獨生女彎下腰來咬起釘子，心中觸動的悲傷比收到弟弟死訊時還難過。同樣作為人父，他知道自己若是突然離去，最放不下的就是女兒。他為自己的弟弟不能再多活一點，陪伴著女兒更多點時間感到遺憾。豐盛也無法像他一樣，能抱著孫子或孫女睡了。

懷中的孫女呼吸均勻地睡著。他輕輕地拉長脖子，伴隨著孫女呼吸起伏轉動肩膀。他清楚感覺得到嬰兒的心跳聲，緊貼自己的胸口傳來。

祥雲用呵氣般的輕柔聲響呼喚著孫女的小名，這是他自己給的。只屬於他們之間，不會給其他人聽到的小名。愛玉依然熟睡，聽著聽著露出了淺淺的笑容，祥雲相信她一定聽到了。他最喜歡這種時候。他輕輕地把愛玉放回嬰兒床裡，怕吵到妻子，走到沙發上躺著，輕易地返回剛才的夢。

「愛玉。愛玉。小愛玉。」

6.

這場續接的夢，續接的不只是原先夢境本身，還有入夢前的現實本身，以及不曾發生過的往事。

祥雲夢到自己住在小時候某一時期的家。確切來說，那並不是某一個家。而是當時因為阿ちゃん跑路躲債主時期，他們連帶著四處遷徙住處，某種匆匆的綜合印象。

那些房子，總是有紅磚牆與一道薄薄的、多少有裂縫的木門。家裏總有一張大眠床讓全家擠在上面，有破網的窗，不知為何要很長很長走廊。

夢裡的他大約三十來歲，身體正健壯的時候。

他與現實同樣的姿勢，正坐在客廳的藤椅上，抱著一個嬰孩。

他原來分辨不出這個嬰兒是誰，只覺得非常的親切熟悉。他確定從來沒見過這個嬰兒。他直覺是個女嬰。不是大女兒與二女兒小時候，也不是誰的孩子，卻似曾相識。女嬰睜開了眼，如黑暗中的星點。她看著祥雲的眼神裡，清楚的告訴他：她知曉一切。

透過女嬰眼中倒映，交互間祥雲終於知曉。帶著疑惑再度入夢，重新在夢裡懷抱的女嬰不是別人，而是往生的阿母與翡翠。已故的兩位親人，一起以女嬰的樣貌，交付在祥雲的懷中。

忽然一陣水流從門縫進來，先是淹濕了地板，接著迅速蔓延到四周。祥雲捧著自己的阿母與翡翠化作的女嬰，輕輕放佛桌上。正因為是這佛桌，祥雲才敢託付嬰兒。他知道這女嬰也會放心地躺在上面。

這只烏心石佛桌，是當初阿母朋友燕妙送的。燕妙與阿母早期在舞廳就是朋友，後來嫁給了有錢的老先生。燕妙與丈夫遷移新居時，將舊居的佛桌送給了阿母。這成為他們這家不斷遷徙過程中唯一的傢俱。一直到他成年、當了兵又回來，又到了大姐出嫁前，才因桌腳毀損請人估價後賣掉。

他記得最早的時候，這佛桌沒有佛像。阿母會在河邊洗衣時，撿拾路邊野花回來供奉。

他印象中那些無名的花朵總散發淡淡的香氣，是將來怎樣再也沒聞過的。阿母說，那是因為誠心誠意的緣故。

阿母不識字，最初拜佛時只會唸唸阿彌陀佛與南無觀世音菩薩。但在祥雲的記憶裡，那時阿母念佛時身上彷彿圍繞著微光的感受，後來當她出家、有自己信徒的師父時，反而沒有再看過了。在阿ちゃん終於從朋友那裡以便宜價格換來一個木雕觀音像之前，這佛桌一供奉著鮮花。阿母特別交代，無論如何，不可以爬上這個桌子玩。他們姐弟也同樣隨著阿母對著這沒有佛像的佛桌跪拜念佛。祥雲每當做惡夢或心有不安預感時，會偷偷地對著佛桌看不見的神明乞求家人平安。無佛像的佛桌，確實有求必應，讓他許多的壞預感落空，並且遺忘。

輕放嬰孩後，祥雲靠近門窗。聽得外頭風聲、雨聲與雷聲大作。他感覺逃不出去的，而這脆弱的建築也許很快就垮了。

但他一點也不慌。他穩穩地走回佛桌，輕聲唸起佛號，以掌心輕撫桌面，自己才爬上了桌。上桌之後，他把身側的嬰孩抱起在胸前，調整坐姿成盤坐，低眉照看懷中嬰孩。他沒想過阿母與翡翠化作的女嬰會那麼美，那麼莊嚴，使他平靜無比。

風雨吹破了門窗，像無數肢張牙虎爪的手要鑽進來。屋頂開始漏水，祥雲記得小時候大雨總是拿出家中所有鍋碗瓢盆來接雨水。風吹走屋瓦的破碎聲響此起彼落，像是酒醉鬧事的客人正在放肆的摔破碗盤。看來房子很快就要垮了。

在這轉瞬滅頂的景象中，祥雲手中托起女嬰，心中卻毫無所懼，靜如湖面。

祥雲當父親之前相當焦慮。他自感身高與外貌遺傳不好。害怕賺不夠多錢讓子女感到貧窮受迫。擔心突然哪天身體出狀況或發生意外讓妻子與子女孤苦無依。他憂心自己不夠力量保護子女。不過，這些為人父前的憂慮，在女兒誕生的第一聲哭聲後，就一掃而空了。只要捧在懷中，三公斤的重量，不但沒有使他多感到負擔，反而充滿力量。

二女兒出生過後，偶爾會有人問他，想不想再生一個兒子？這種時候，祥雲會相當正經的說：「擁有女兒是我的夢想。」

洪水沖破了門，屋頂被風暴掀開，整團烏雲的天空不斷閃電與雷鳴，令人眼瞎目盲、震耳欲聾。可是祥雲不受干擾，他坐定於佛桌，懷擁嬰孩，緩緩升起。

他終於弄清楚自小的迷障。

身為弟弟，沒能具有保護阿母與阿姊的力量。這件事讓他心有不甘。偏偏他不像豐盛，可以如此自然承接著關愛與祝福。他有記憶以來，就一直看著阿母日夜辛苦工作，大姐與二姐輪流扛著家務，希望自己能幫得上忙。在債主找上門時，是阿母低聲下氣，是惜蓮挺身而出罵債主欺負小孩，甚至是翡翠站在門前任人挨罵，可是卻輪不到祥雲和豐盛。

他發願要快點長大，身體強壯，有天要換他扛起責任。

矛盾的是，他希望自己強壯有擔當，但個性上既敏感易受怕。很長一段時光，他都厭棄自己，沒有自信。他沒有成為理想中那個能早點長大賺錢的男孩，甚至抽中了三年兵，比同輩晚一年才出社會。他也遺傳自父母的矮個子，不像弟弟青春期抽高，兩人身高差了整整一顆頭。

不過，這些陰影，在他成為父親之後一掃而空。當了兩名女兒的父親，他踏實且任勞任怨的性格，終於讓他成為心中理想的父親。他從女兒們的眼裡，確認了自己可靠的、保護的、奉獻的身影。這的確是他最幸福的事了。

乘著佛桌上升，穿過風雨雲層與閃電。最後，連夢境都穿過了。懷中的那個嬰孩，化作了泡影，他卻不失落。

「一切有為法，如夢、幻、泡、影；如露，亦如電，應作如是觀。」

他記起了阿母時不時唸出的話。

睜開眼，天剛透光，光線穿透窗簾的縫，落在孫女小愛玉的臉上。她的眼角有點淚珠，卻仍是幸福的安睡的臉。她正夢著什麼呢？

他再度輕輕喚著小愛玉，把食指伸向她，讓她小手緊緊握著。

今天就不再睡了，他想。他願意多醒著一點，守著孫女的夢。

7.

豐盛一家終於湊出了時間前往日本旅行。

在河口湖下榻的旅館房間，窗外是完整的富士山與湖面的倒影。婷婷拿起了手機對著他，他自然燦笑，與富士山合影。父女端詳著這張相片的遠景與近景與構圖比例，都相當喜歡，不由得討論一下。

瓊文則挖苦了一下：「不是說要輪流開車帶我出來玩？怎麼兩個人聊那麼愉快？」

父女倆吐舌互望，尷尬地笑。

豐盛是女兒的大玩伴，一如他童年記憶裡，最好的玩伴就是阿ちゃん。

看著眼前的富士山，比相片上所見更為壯觀。頂端被削去的火山口，白雪煉乳一般蜿蜒流下，雪像是從火山口中滿溢出來的。山麓像長長展開的和服，一直向外延伸，還有湖上倒影更令他著迷。

女兒幫他拍的相片像極了阿ちゃん。圓圓禿頂，下垂眼，招風耳，獅鼻，薄唇，錐形臉。想想，阿ちゃん生他的時候已經四十五歲，他童年印象的阿ちゃん，的確跟現在年紀差不多，剛過五十歲左右。憑著這張相片，豐盛可以想像阿ちゃん人假如在這裡，會是怎麼的樣子？

很遺憾沒能帶阿ちゃん來日本。倒不是錯過，而是不能。豐盛是月娥一家唯一能自由自在進出大媽一家的孩子。大媽的子女們與他就像堂兄弟姊妹一般相處，相互沒有距離與敵意。但長大之後，隔閡就加深，他們似乎也提防著豐盛，久了就成為外人。連阿ちゃん過世，作為兄弟姐妹中第一位被告知的，也都是晚了三四天之後才知曉。

阿ちゃん近七十歲時，一個人跟著老人團去過日本幾回。豐盛偷偷塞錢給他當買お土產。豐盛去日本旅遊或出差時，也會記得去求些御守，與買阿ちゃん喜愛的麻糬。

但他們沒有一起來過日本，他甚感遺憾。

他喜歡阿ちゃん露出懷舊時的微笑。阿ちゃん跟他一樣笑容滿面，笑聲爽朗。只在緬懷過往時會露出一種帶有苦澀又甜蜜的笑容，是阿ちゃん招牌的特色。這笑容令他懷念，那是一種，假如你手上有杯酒，你會在看到這表情時，忍不住被打動卻又無言以對，兩人以碰杯聲代替言語。

阿ちゃん說，從小說著日語，開口唱都是日文歌的他，人生竟然過了六、七十年，才踏上日本土地。可是每一個風景，每個人的樣子，每句飄在空中的語言，都讓他格外懷念，有一種回到故鄉的感覺。阿ちゃん感動日文都還聽得懂，他說的話日本人不但能理解，甚至沒有察覺他不是日本人。阿ちゃん說自己也說不上來為什麼如此感動，明明沒來過這裡，卻像流浪已久終於回到了家。

豐盛記得在惜蓮的兒子阿偉的臉書上看過一句話：「鄉愁是一種時間的概念，是在某處終於找回了過往的時間時，那種既感動又心痛的感受。」豐盛覺得或許就是這樣了。

阿ちゃん的鄉愁簡直讓豐盛也跟著心痛了起來。

「爸你累嗎？怎麼一直不說話？」

「要不要睡一下，明天你們還要開車。離晚餐時間還有兩小時。躺著休息也好。」

「你們呢？」

三人把棉被鋪在榻榻米上，豐盛才剛躺下去就睡著了。婷婷捏了一下豐盛鼻子，他皺了眉頭翻身繼續睡，且睡得更沉。

「倒頭就睡，真是個小孩子。」瓊文說。

8.

阿ちゃん的頭頂在眼前，韻律的上下起伏，搭配著左右搖晃，周圍的街景緩緩的在兩側向後退去。豐盛不需要看到正面，光從頭型與耳後的形狀就能認出。阿ちゃん的顱後是他的另一張臉，在人群中，豐盛可以一眼認出。

豐盛意識到自己騎在阿ちゃん的肩膀上，這是小時候阿ちゃん帶著他四處晃晃的情景。空間看似延展無際，卻因為看著阿ちゃん的腦後而集中視線向前，有一種行走在隧道中的感覺。

他不捨得轉頭往兩側或後方看，視線下方占著阿ちゃん後腦勺的半圓的世界，是他最為懷念的童年印象。

一個人身上最平滑的地方，或許就是掉光頭髮後的頭頂，不需要打蠟就可以發光。騎在阿ちゃん肩膀上的時候，他會小心的，像撫摸小狗或小兔子般的力道，觸碰著阿ちゃん的頭頂。

豐盛喜歡阿ちゃん的禿頂。他剛過三十歲，頂上的毛髮開始稀疏，不到四十歲就幾乎頂上無毛，索性剃光。他不像祥雲斤斤計較的擦著生髮水，天天關心還剩多少毛髮。豐盛迎接著光頂，開心的看著婷婷的蠟筆畫裡面，爸爸的形象就是一顆大光頭。

「阿ちゃん。」

「嘿。」

「咱欲去佗位？」

「四界走。」

阿ちゃん經常帶著他四界走，也許是太快樂了，他日後回憶起來，細節全然丟失，只有模糊的影像。他只隱約記得，阿ちゃん每回帶他出去，尤其是白天，都會走到很遠很遠。

印象中，一開始出門，阿ちゃん都會繃著一張臉，拉著他快步離去。當到了很遠的地方的時候，不但阿ちゃん神色會快活許多，周圍的人會以非常友善且親切的態度對待他們。

他以為世界就是這樣運作的。不管多麼複雜或難受的情境，只要走到遠一點的地方，都能夠找到方法的。更多的時候，是困難自己消失了。

要到了很久以後，在他與哥哥姊姊們聊起往事時，他才意識到實際的情況：阿ちゃん走遠，是為了要避開鄰居們的打探眼神。到了沒有人認識的地方，陌生人會把年紀相差四十五歲的他們當作是阿公與孫，為著他們親暱的互動而覺得趣味。豐盛當時毫無所覺，領悟了之後，卻也不感到羞恥或生氣。

豐盛寧願接受阿ちゃん教他看見的世界，願意以相同的心態面對人生。這與其他人如何看待與評價無關。

霧起，很快的視線裡一片煉乳色，連呼吸都怕被嗆到。濃霧似乎黏稠得足以阻礙行動，阿ちゃん的速度變慢，徐行慢走。兩側微光向前延伸成為唯一的指引，這下真的像在隧道中了。很奇怪的，兩側的光點平行向前，卻沒有在視線前方交會，也許霧氣將交會點遮蔽了。但這麼一來，似乎有種沒有終點的感覺。

「阿ちゃん阿ちゃん。咁欲繼續走？」

「安怎？」

「看無著頭前，我會驚。」

「免驚。行就有路。」

一步，一步。豐盛壓低身體，阿ちゃん光滑的後腦占去視線的一半。驚慌尚未安定，奇蹟便顯現。豐盛隱隱約約能穿透阿ちゃん的後腦，看向前方。他試了一下，頭抬高的時候，阿ちゃん的頭顱是平常的光亮。可當他如潛水把視線沉至阿ちゃん後腦等高後，靜待一會，會逐漸穿透，看見原來應該會被阿ちゃん的頭遮蔽的前方。不僅是看到而已，透過去的視野，連霧氣也不見，兩側點點延伸的光點，也終於在遠方交會了。

「如何？」

「阿ちゃん你的頭殼真厲害。」

「慢慢啊看。咱繼續走。」

哥哥姊姊們問過，阿ちゃん帶著你出去的時候都說些什麼。豐盛總說他不記得了。阿ちゃん開心或不開心時，話都不多，一路上都是豐盛在說話與問問題。阿ちゃん有時回答有時則不，即使回答也都是簡短的。

豐盛從阿ちゃん學到的所有事，幾乎都在這份沉靜當中。雖然他喜歡說話，善於聊天，不愛開口的人遇上他，往往被他逗樂。瓊文嫌豐盛話太多了，卻又忍不住跟他聊了起來。但豐盛唯獨不愛抱怨，不說喪氣話。這當中沒有虛假或隱忍的成分，只是他很早就學會如何以阿ちゃん面對生命難免的困頓。

他唯一一次差點被擊垮，是女兒婷婷剛出生後。瓊文生產後身體狀況多，精密檢查後，發現原來輕微的脊椎側彎在懷孕時期嚴重加劇，甚至壓迫到心臟。這使得她不能再懷孕外，求助幾位醫生評估後，得到的都是開刀風險極高，只能與這可能逐年趨向嚴重的體內未爆彈和平相處。同一時間，他被診斷出嚴重B肝，建議休養。豐盛與瓊文討論之後，決定辭掉工作。一兩年的時間裡，他們依靠著存款，養育著婷婷。儘管幸福恬靜，但夫婦內心不安。好奇且好動的婷婷笑與哭都特別有活力，但她滿懷新奇的眼睛所看見的未來，會是怎麼樣的呢？豐盛像是一個氣球，身上有看不見的孔隙，逐漸洩氣了。

此外，豐盛也對瓊文無聲的情緒束手無策。阿母在豐盛婚禮過後不久出家，有幾年的時間與家人斷絕聯繫，只有翡翠能直接以信徒身份去探望。瓊文難以諒解婆婆出家的時機點，也沒事先與告知，讓她面對自己的家人眼光時無比難受，以致連同婚姻的幸福與否都變得有口難言。況且，孩子出生後，出家的阿母一回都沒來看過孫女，讓瓊文感到委屈（「大姐的兒子、大哥的兩個女兒，媽甚至還照顧過。婷婷呢？她連孫女叫什麼名字都不知道吧？」瓊文這樣指控）。

然後有一天，阿ちゃん突然來了。

他沒請豐盛去載，是下了公車之後，打了公共電話過來，確認他們有空才前來的。阿ちゃん穿著體面，戴著圓頂帽，像個老紳士。他進門，給孫女與媳婦的禮物分別用包巾包著。瓊文還不知道怎樣面對這不熟的公公（她甚至對於家人，都只能很隱晦的告訴他們公公婆婆之間的關係），卻在阿ちゃん敬重的彎腰致意中就濕了眼。阿ちゃん以肅穆又慈愛的姿態接下婷婷，捧在懷中，喚著她的名字。沒有逗弄，只是凝視著，微笑著。愛哭愛笑的婷婷也在這眼光中，對這初次見面的阿公看得入迷。阿ちゃん沒有詢問，沒有建議，只是好好憐愛著。

他耳朵重聽，眼睛則一直很好。他像是將自己的眼底，以銀版照相的方式，記下婷婷的模樣。

豐盛拿起自己的富士相機，沒有打擾阿ちゃん與婷婷，拍下了他們的互動。阿ちゃん那天沒有久留，儘管瓊文希望他一起留下來吃晚餐。阿ちゃん鞠躬戴帽道別，也婉拒豐盛開車載他，自己搭了公車回家。

事情當然不會因為一次的見面而好轉，不過他們一家，似乎因為這次拜訪解開了結，慢慢將困境走了出去。

霧氣更濃稠了。他們還在前進著。豐盛像戴著蛙鏡沉在水中，把臉埋在阿ちゃん的後腦。不僅是貼著，而是感覺自己的臉埋進了阿ちゃん的後腦裡了。只有兩人獨行的蒼茫道路，身邊冒出白色模糊的，也正在走路的人影。

白色人影也只是走路，同樣在泥濘般遲緩前行，沒有其他的目標。差別是，白色的人影全是逆行的，這讓阿ちゃん走起路來更加辛苦。白色人影撞上阿ちゃん時會穿透過去，沒有接觸的感覺，卻似乎讓阿ちゃん身上少了點什麼。兩側指引的光點不知何時消失了，也許那些光點就是這些發亮的白色人影。只是他們陷進去了那些流逝的光點，終於看清這些飄蕩的人影的樣貌。

一股不安的情緒，如水中的氣泡浮起，隨著浮起而變大，最後爆破在豐盛與阿ちゃん的腦袋裡。這時他們的頭幾乎鑲嵌在一起，只剩一點縫隙就會完全疊合。不僅如此，他的軀幹與四肢也完全被吸附進去。豐盛猶如小一號的俄羅斯套娃，卡在阿ちゃん的身體裡。

豐盛這時想起，阿ちゃん早就已經是名死者，而自己也到了中年了。

儘管這重逢讓他懷念無比，他們終究是不同世界的存在了。除此之外，這樣的接觸給予他不祥的預感。豐盛試著說話，卻因為他們的身體越來越交融，他開口卻分不清是用誰的嘴巴說話。一個身體以兩種聲音對話。

「阿ちゃん，人死以後會去佗位？」

「佗位攏袂去。」

「人死去後會安怎？」

「我亦毋知。咁講人活的時陣就會使解釋啥物叫『活』？」

「嘛是。」

說完，豐盛笑出聲來。笑聲中已經分不出是誰的聲音。

「嘛毋一定啥物攏要知。」

阿ちゃん消失了。豐盛以為他們會是交融的，或是換成阿ちゃん在他體內縮得小小的。但阿ちゃん既不在體內也不在體外，徹徹底底的跟周圍的白影一道消失了。他將手按在心臟處，在夢醒前對阿ちゃん說話。

夢醒。瓊文與婷婷已經換好了浴衣。

「爸。」婷婷說。

「嗯。」

「你睡真熟。還說夢話。」瓊文說。

「是嗎？我說什麼？」

「多謝。」婷婷答。

「是對誰說的？」瓊文問。

「對你們說的。」

婷婷捏了一下豐盛，做了鬼臉。瓊文裝了一臉噁心樣，再給予微笑。她將手遞出，把坐臥的豐盛拉起身。手腳一向冰冷的瓊文，今天的手心特別溫暖。

9.

月娥在祥雲的背上時，久違的短暫清醒地想起了阿金。

她在最後的時光裡，沉睡失能的時間越拉越長，清醒的時間縮短。最後連呼喚、搖晃都毫無反應時，家人決定送往醫院急救。翡翠癌後身體瘦弱不堪。豐盛前陣子診斷出胃的後方有惡性腫瘤，緊急手術摘除。由於他們自責是自己的病而導致阿母身心失靈，送醫一事是惜蓮與祥雲處理的。

雖然惜蓮的丈夫也在，畢竟月娥是出家人，不便身體接觸。在眾人幫忙下，祥雲將阿母背在背上，走下樓梯。

惜蓮與丈夫跟在前後護著，祥雲專注下樓。月娥醒覺，卻未睜眼與動作，以至於沒有人察覺她最後一次的清醒。

這副身軀已經許久沒被人觸摸了。

月娥不喜歡碰觸，尤其是男人。男人不是暴力對待，就是對她充滿慾望。她記憶中，親生的阿爸跟阿兄不會抱她疼她，只會打她。養父也是，除了打罵什麼都沒有。直到她發育，被賣去了酒店。雖然直接暴力相向的客人不多，與男人接觸也始終讓她覺得是污穢不堪的。

阿金帶她脫離那環境，卻沒有讓她扭轉對於肉體的感受。每當她想起阿金另外有妻子，就感到身體的罪惡，儘管她知道阿金對她絕對不是只是肉體的迷戀而已。他們能夠相安無事，不因為月娥是細姨而隱忍，而是阿金有一種敏銳。每當她感到厭惡，想要作嘔的時候，他會立刻停止。他最多就是不說話，轉頭睡去。或是穿上衣服，回去自己的家。也許會生悶氣，但不曾惡言與強迫。

月娥的改變，是阿金耐心所致。連她自己都沒有察覺到。

阿金以細微卻無聲的方式照顧起月娥的身體。遇見阿金之前，月娥是沒有身體需要照顧的概念，阿金平常溫和，卻對此堅持不已。他弄到什麼營養品，都會先帶給月娥。只要她身體不舒服，阿金都會弄來藥品，親眼看著她服下。他呵護她的冷暖，時常詢問她身體狀況。即使是最貧窮的時候，他仍盡可能的讓月娥與子女們住在舒適一點的地方。

也是因為跟阿金在一起，她在與他生下祥雲與豐盛時，才會做月子補身體。她很早開始，就對葷食反胃。阿金顧慮這點，自行在灶跤用鼎烹煮雞湯。直到味道新鮮而無腥味，才細心吩咐月娥喝下。

另外是零星的、埋藏的回憶。

月下牽著手沿著田邊或河堤散步的時光。

伏趴在阿金背後，騎著腳踏車或速克達的時光。

阿金四處躲藏債主，卻還是能找到縫隙來探望他們的時光。

再次於酒館工作，深夜返家，與在客廳獨酌守候的阿金交會的時光。

一起到寺廟參拜時，虔誠禮佛時以眼角餘光確認彼此，聽著阿金對菩薩低語的時光。

他們已經不再有親密的接觸，阿金也步入了老年，看著子女們終於正常長大的淺笑時光。

阿金從來沒有過問惜蓮與翡翠的父親是誰，並視如己出，以至於她真的快忘記她們兩個並不是阿金的孩子。阿金對於祥雲與豐盛亦是盡力照顧，沒少給過一分。月娥儘管辛苦，也被阿金債務拖累過，但她從來都清楚，阿金做為丈夫與父親，他扛下了所有的責任。所有的。即使夫妻沒有名分，他也不是他們這些小孩名義上的父親。

長久以來，她有種說不出來的感受，現在懂了：那是一起扛著擔子，分攤著重量的共感。兩人各在一側，肩膀頂著竹竿，搖晃間維持平衡前行。雖然重量就是重量，無法逃避。甚至，跟著阿金，她擔負起額外的責任與世人眼光。

然而，越是感受重擔，她就越清楚阿金共同承擔的是什麼。她也承認，在許多方面，阿金扛下的是她想像之外的沉重。可是他永遠是背著她的。這也許是她怨懟之處。如果他願意多說一些就好了，他的不語讓她感到距離。最不想要有的想法是，她本身就是阿金的重擔，是重擔的源頭。因為想斬斷這念頭，她也默默地在心底背對起阿金。

月娥出家時是以不告而別的形式，一起經歷這麼多，卻一句話也沒留給阿金。直到生死分離，他倆沒再說過話。但她其實都知道。不管是阿金開始接受的離別，寂寞卻不麻煩他人的晚年，享用重聽後的恬靜時光，默片般的視覺記憶，反應稍慢卻持久留駐的肌膚觸感。這些，她都知道。

因為他們生命中有那麼長的時間，扛著同樣的重量。某方面來說，兩個人的生命有很大程度是不分彼此的。

子女在阿金過世幾天後，才從大房的兄長那邊知道消息。他們沒有告訴月娥，後來也在她缺席的情況下，以收養子女的身份參加葬禮。

儘管如此，月娥在阿金過世的那天清晨，早課之際，她反覆低語，唸起一百零八次的往生咒。

心念輪轉。此刻，在祥雲的背上，身體的重量完全倚靠著。這副身軀總算到了最後，無病無痛，且無罣礙的時刻。

她再度閉起眼，輕輕在心底確認：這輩子，終究沒有託付錯人。

10.

那陣子阿金經常被夢冷醒。無論寒暖，他睡覺總是蓋著厚厚的眠被。醫生說他那是循環差，手腳容易冰冷的緣故，沒有人是被夢冷醒的。

多說無用，他也不堅持了。

畢竟，那確實不是夢。阿金只感到一片黑暗、無聲，與逐漸流失的溫度。

他預感死期將至，雖然不害怕，但有一種心慌之感，讓他心臟如被人捏緊一般難受。

若要死去，他希望還是平和一點。至少不要這樣寒到骨裡的死去，他從未自覺悲慘。

他不愛說話。話語給周圍的人所帶來的反應，會讓他更不知所措。所以他連夢裡，都是安靜無聲的。

也許就是因為這樣，漸漸的，連夢都沒有了。

那晚，夢久違地造訪。

阿金在一片水中央。水淺，未至膝。

前後左右無盡延伸的水，令他動彈不得。

阿金不動，卻因為其他的原因。在他面前，水中倒映著滿盈潔白的月。

月映之中，是月娥與他們的子女與孫子女。

彷彿在這情景中，他是完整的丈夫、父親與祖父。在這版本裡面，他並沒有虧欠誰。

阿金抬頭望天，無月無雲，只有灰白的光明。而水中映月，則無比耀眼。

阿金顫抖著手，小心翼翼的，以雙掌盛水之姿，想撈起水面上的月。

雙手從月映的外圍沉浸水中，他屏息專注，雙手成圓，將水月捧起。

水月在他手中，隨著他的手慢慢升起。

水從指縫中流去，月光與月映的畫面卻沒有絲毫破壞，終於來到他的面前。

他以洗臉沐浴的姿勢，將臉埋進手心裡。

一陣暖意。

夢醒，沐浴在晨光中。他看著照在掌心上的陽光，像是手掌本身散發著光芒。

他忘了夢，但記起今晚要跟月娥的子女與孫子女們聚會吃飯。

或許是時候，把自己珍藏的相片轉交給他們了，他想。

也許他們有天會看到，那張相片裡年輕時的自己，在閃光的幻影間，到底看見了怎樣的風景。

跋

這邊與那邊

我對阿嬤最早的記憶，是在她家的客廳看著電視播放的《假面騎士》錄影帶。阿嬤坐在我旁邊，非常拘謹的。

每看一個單元，我都會轉頭問阿嬤：「在演什麼？」她會試圖用國語告訴我一些聽起來也似懂非懂的話。例如要保護弱小的生命，要珍惜物品等等的。然後媽媽來接我了，媽媽會問起阿嬤我表現如何，她會說：「有乖。」

日後追憶，這段記憶若為真，那就是我幼稚園中班甚至更小的時候。

我們家住「這邊」，阿嬤與阿姨的家在「那邊」，這邊與那邊的距離，對小朋友來說也是走路可以到的距離。

那個時候，阿嬤還有頭髮，是常見的短髮燙捲，穿著針織背心、尼龍長褲。我記得她不常笑，但慈愛的感覺是確實的。那個時候，我還叫她阿嬤。

有時候我也會看見外公。大多是晚上，阿姨與舅舅們都在的時候。阿公因為一顆光亮的頭，以及總愛餵我吃冰淇淋，我稱他為冰淇淋阿公。我的印象裡，這樣的場合，散會的時候，他會跟著我們一起出來。告別後，騎著摩托車離開。

一兩年後，我上小學前，阿嬤出家了。記得我第一次被帶去探望她時，媽媽再三的提醒，阿嬤現在已經沒有頭髮了，以後也不可以叫阿嬤，要改叫師父了。

我們一家，因為父親工作的緣故搬去了新竹。「這邊」讓阿姨住了進去。而阿嬤與阿姨同住的房子，「那邊」成為新婚的小舅的新居。

好幾年的時間，逢年過節或是聚會，每當北上的時候，都是住在大舅的家中。我與兩位表妹小時候關係一直友好，若要問起我對全臺遊樂園的所有記憶，六福村也好、九族文化村也好，都是大舅帶我們去的。在臺北有個地方可以過夜，似乎代表著某種聯繫一直存在。

小舅是我心中最風趣而無距離的長輩，甚至沒有長輩的感覺。他的家，小時候的「那邊」，被他擺滿了各種模型，以及將一間房間打造成音響室。每回拜訪小舅，都會聽他介紹最新喜歡的專輯、電影，然後以高規格的影視播放給我們這些小孩子。我們會入迷的看，小舅自己也是，而他有時會被小舅媽揪出房間，回去大人們間的談話。

時移事遷，轉瞬間我已是少年。有回難得外公來到小舅家，留下了一張他與全部外孫的合照。那是我最後一張保留的，跟外公的合照，在「那邊」。

也許記錯了，但我記得，好像就是那回從小舅家離開，我在路上問了媽媽，到底為什麼外公不太常出現呢？他以前就沒有跟阿嬤住在一起嗎？我是在那晚，才知道家族的事。然後才漸漸漸漸漸地，知道師父的過往，以及要更久一點點，才知道更深的事。

拍下合照那晚的五、六年後，外公過世了。

這個時候，我剛上大學，父親退休，我們全家又搬回了「這邊」。外公的死訊，據說是隔了一個禮拜才告知媽媽他們的。我參加了告別式，親身體驗自己在屋子以外，與他的關係是怎樣定義的。

後來，小舅搬走了，「那邊」的房子租給外人幾年。每回經過這裡，我都不免會抬頭看向窗戶。

大學畢業，退伍後，我去了法國。阿姨非常開心的把她律師事務所的法籍實習律師介紹給我認識。也是到了我要出國前，我與母親才知道她年輕時學過法文，而且在師大通過最高級檢定的事。

在旅法的期間，師父與阿姨回到「那邊」。感覺像是回到了起點，卻註定成為她們的終點。

阿姨生病多年，師父逐漸年邁，搬進「那邊」的房子是她們那幾年難得愉快的事。回國的時候，阿姨會眼睛發亮的聽我跟妻子講關於法國的生活，像是我真的在某種程度上，為她實現了某種夢想。

時間繼續走著。

師父往生了，最後的時刻，無愧於一個修行之人。

一年多以後，阿姨也往生了。前一晚，我們才去醫院探望過。

「那邊」的房子再次租出去了。

我旅外多年，挫敗回國，與妻子流轉了一年。最後竟因緣既會，恰好房客退租，換成我們住進，「那邊」成為「這邊」，父母住的「這邊」則成了「那邊」。不變的是，三十多年過後，「這邊」與「那邊」時常相互探望，一起遛狗、吃飯，交換物品。

住進後半年，我出了第一本書《禮物》。我送走了我的愛犬旺，又迎接了皮蕾兩名愛犬。作品累積著寫，人生也一直前行。

《金月蓮》的撰寫中，我與許多回憶的時間共存。我所在的空間，他們都在此存在過。

這本小說教會了我，原來需要有那麼巨大的，幾乎全然虛構的意志，才能容納起生命中經歷過的真實情感。

在此，特別感謝母親。是她守護著多年的家族記憶而不佚失，又給予我如此溫暖的家庭情感。寫作此書，很大一部分，是以自己的方式守護著她珍惜的記憶，以及她記憶的姿態。

這記憶的姿態，把一切連繫起來。

AK00416

金月蓮

作　　者——朱嘉漢
執行主編——羅珊珊
校　　對——羅珊珊、朱嘉漢
美術設計——黃子欽
行銷企劃——林昱豪

總 編 輯——胡金倫
董 事 長——趙政岷
出 版 者——時報文化出版企業股份有限公司
108019臺北市和平西路3段240號
發行專線——（02）2306-6842
讀者服務專線——0800-231-705・（02）2304-7103
讀者服務傳真——（02）2304-6858
郵撥——19344724時報文化出版公司
信箱——10899臺北華江橋郵局第99信箱

時報悅讀網——http://www.readingtimes.com.tw
思潮線臉書——https://www.facebook.com/trendage/
法律顧問——理律法律事務所　陳長文律師、李念祖律師
印　　刷——勁達印刷有限公司
初版一刷——二〇二四年四月二十六日
初版二刷——二〇二四年五月二十二日
定　　價——新臺幣四二〇元
（缺頁或破損的書，請寄回更換）

時報文化出版公司成立於一九七五年，
並於一九九九年股票上櫃公開發行，於二〇〇八年脫離中時集團非屬旺中，
以「尊重智慧與創意的文化事業」為信念。

金月蓮／朱嘉漢著. -- 初版. -- 臺北市：時報文化出版企業股份有限公司，2024.04
320面；14.8x21公分

ISBN 978-626-396-198-2（平裝）

863.57　　113005119

ISBN 978-626-396-198-2
Printed in Taiwan